Diana L. Paxson

Die Herrin der Insel

Der Britannien-Zyklus

DIE HERRIN VOM SEE
DIE HERRIN DER RABEN
DIE HERRIN VON CAMELOT
DIE HERRIN DER INSEL

Gustav Lübbe Verlag ist ein Imprint
der Verlagsgruppe Lübbe

Titel der amerikanischen Originalausgabe:
The Hallowed Isle: Book Four: The Book of the Stone
Für die Originalausgabe:

Published in arrangement with the author,
c/o BAROR INTERNATIONAL, INC.
Armonk, New York, U.S.A.

Für die deutschsprachige Ausgabe

Textredaktion: Cornelie Kister/Helmut W. Pesch

Schutzumschlaggestaltung: Reinhard Borner
Bildmotiv: »Windflowers« (1903) von
John William Waterhouse, Privatsammlung
Trotz sorgfältiger Recherche war es nicht möglich,
den Inhaber der Bildrechte zu ermitteln.
Bei Nachweis der Rechte ist der Verlag
zu einer angemessenen Vergütung bereit.

Satz: Bosbach Kommunikation & Design GmbH, Köln
Gesetzt aus der ITC Berkeley Old Style
Druck und Einband: Friedrich Pustet, Regensburg

Printed in Germany
ISBN 3-7857-2083-1

1 3 5 4 2

Sie finden uns im Internet unter:
http://www.luebbe.de

Diana L. Paxson

Die Herrin der Insel

Roman

Ins Deutsche übertragen von
Michael Krug

Gustav Lübbe Verlag

In Memoriam
Paul Edwin Zimmer

DANKSAGUNG

Um all meinen Quellen für *Die Herrin der Insel* gerecht zu werden, bräuchte es eine Bibliografie von der Länge eines ganzen Kapitels. Hier nur einige der Materialien, die sich als besonders nützlich erwiesen haben:

An oberster Stelle *The Age of Arthur* von John Morris. Dieses Buch gibt den besten Überblick über die arthurische Epoche, und bis auf wenige Ausnahmen habe ich die darin angegebenen Daten für Ereignisse übernommen.

Für Namen und Orte *Roman Britain* von Plantagenet Somerset Fry sowie die British-Ordnance-Survey-Landkarten *Roman Britain* und *Britain in the Dark Ages*.

Für Fauna und Flora das Country-Life-Buch *The Natural History of the British Isles*.

Für die Legende *The History of the Kings of Britain (Historia Regum Britanniae)* des Geoffrey von Monmouth sowie ein gelegentlicher Blick in Malorys *Morte Darthur*.

Für die Geschichte des Nordens *Scotland Before History* von Stuart Piggott und *The Age of the Picts* von W. A. Cummings.

Für die Angelsachsen die hervorragende, von Anglo-Saxon Books, Middlesex, England, herausgegebene Buchreihe.

Für Einblicke und Anregungen *Ladies of the Lake* von

John und Caitlín Matthews sowie *Merlin through the Ages*, herausgegeben von R.J. Stewart und John Matthews.

Außerdem zahlreiche Landkarten, regionale Landschaftsführer und Bücher über regionale Folklore.

Mein besonderer Dank gilt Heather Rose Jones für ihre walisischen Namenslisten und ihre Einführung in die Rätsel der britischen Rechtschreibung des fünften Jahrhunderts, außerdem Winfried Hodge für die Überprüfung meines Altenglisch.

Wie ein breiter und erhabener Strom zieht sich die »Matter of Britain«, die Sage von König Artus und den Rittern der Tafelrunde, durch die gesamte europäische Literatur. Meinen Beitrag widme ich mit Dank und Anerkennung all jenen, die den Pfad vor mir beschritten haben.

Brigid-Fest, 1999

INHALT

Prolog 11

I Die Erbschaft 13

II Der Kreis der Könige 35

III Am Ort der Steine 63

IV Der Obstgarten 87

V Die Hochkönigin 113

VI Ein Wind aus dem Norden 141

VII Bittere Ernte 165

VIII Beltene-Feuer 191

IX Die Wende 217

X Der Rabe der Sonne 245

Epilog: Rex Aeternus 273

Glossar 277

Karte 285

PROLOG

Die Erde ist unser aller Mutter, und die Gebeine der Erde sind aus Stein gemacht. Stein ist das Fundament der Welt.

Aus Feuer geboren, drängt der Stein himmelwärts, nimmt Tausende Gestalten an. Abkühlend und sich vereinigend erduldet er die Abnützung durch das Wasser, das Feilen durch den Wind, verwandelt sich in Erdreich, aus dem Lebendiges erwachsen kann. Die Welt erbebt, begräbt das Erdreich, und Druck verdichtet es abermals zu Fels. Im Laufe unzähliger Zeitalter wiederholt sich der Kreislauf und verewigt die Knochen von Pflanzen und Tieren in Stein. Die Lebensdauer ihrer Geschöpfe gleicht bloßen Lidschlägen im Lebensalter der Erde selbst, doch der Stein bewahrt die Erinnerung an sie.

In Stein geschrieben ist die Geschichte der Menschheit. Die ersten Primaten, die sich als Menschen erkennen, fertigen aus Stein Werkzeuge, die Zeugnis von ihrem Wesen ablegen. Zeit verstreicht, und das Eis kommt und geht. Mit Werkzeugen aus Stein fällen Menschen Bäume und bauen daraus Häuser; sie betreiben Ackerbau und bilden Gemeinschaften. In gemeinsamer Arbeit schleifen sie riesige Felsblöcke über das Land, errichten Menhire, Grabhügel und gewaltige Monumente, um den

Verlauf der Gestirne aufzuzeichnen, und meißeln sie mit den spiralförmigen Mustern der Macht ein.

Mit Grenzsteinen markieren die Sippen ihre Gebiete, doch in der Mitte jedes Landes befindet sich der Omphalos, der Nabelstein, das geheiligte Zentrum ihrer Welt. Wenn der auserkorene König den Fuß darauf setzt, singt der Stein in siegreicher Bestätigung für jene, die Ohren haben, es zu hören.

Doch Könige sterben, Sippen vergehen, und ein Volk macht den Weg frei für das nächste im Land. Die Erschaffer der Steinmonumente scheiden dahin, und nur die Steine erinnern an sie. Weise Druiden nehmen sie in ihre eigenen Geheimnisse mit auf. Die Legionen des Adlers überziehen das Land mit pfeilgeraden Steinpfaden, und um die Königssteine wuchert Gras. Aber die Erde dreht sich weiter, und nach einiger Zeit sind auch die Römer verschwunden.

Stein jedoch überdauert.

Die Gebeine der Erde erhalten die Welt. In den Steinen der Erde lebt alles, was gewesen ist, als Erinnerung weiter.

I

Die Erbschaft

A. D. 502

Hier befanden sich die Gebeine der Erde dicht an der Oberfläche.

Artor brachte das Pferd zum Stehen, das er am Zügel führte, und sah sich um. Er erblickte grauen, von Stürmen abgeschliffenen Stein, hier und da von dünnen Grasschichten überzogen, wo in vereinzelten Erdreichflicken Samen aufgegangen war. So rau die Berge auch waren, die einst der Stamm der Silures durchstreifte, sie besaßen ihre eigene, unbeugsame Schönheit. Doch sie kannten keine Gnade für jene Wesen, die ihre Geheimnisse zu erkunden wagten. Hirten folgten ihren Schafen über jene Hügel, doch selbst sie kamen selten so hoch herauf.

Das schwarze Ross, dem das Gras zu kurz und karg war, um zu fressen, stupste Artor behutsam an, und der Hochkönig trat einen Schritt vor. Im klaren Licht schimmerte Corvus' Fell wie das Gefieder des Raben, dem er seinen Namen verdankte. Der Hengst hatte am späten Vormittag zu lahmen begonnen. Der Hirsch, dessen Fährte sie zuvor gefolgt waren, war längst verschwunden, und der Rest der Jäger war hinter ihm her. Der Pfad, auf dem Artor sich nunmehr befand, war der kürzeste Weg nach Hause, obwohl er sich zum Hügelrücken emporwand, ehe er hinab ins Tal führte.

Ein Stein gab unter seinem Fuß nach; unwillkürlich verkrampfte er sich ob der Erinnerung an einstigen Schmerz. Doch seine durch die Ertüchtigung warmen Muskeln spannten sich und hielten der Belastung stand, ohne dass er einen stechenden Schmerz empfand. Tatsächlich war er mit zweiundvierzig Jahren gesund und kräftig wie nie zuvor. Und Britannien lag im Frieden nach unzähligen Jahren des Krieges.

Es erschien ihm immer noch merkwürdig, einem Jahr ohne Feldzug entgegenzublicken. Er würde sich etwas einfallen lassen müssen – vielleicht öffentliche Arbeiten –, wofür seine Häuptlinge ihre Kraft einsetzen konnten, damit sie nicht anfingen, sich untereinander zu bekämpfen. In Artor war sogar die Hoffnung gekeimt, er könnte die Kraft in sich finden, Gwendivar ein wahrer Gemahl zu werden.

Er hatte sich noch immer nicht ganz daran gewöhnt, sich frei bewegen zu können – drei Jahre lang hatte ihm die Wunde Schmerzen bereitet, die Melguas' Speer damals seiner Lendengegend zugefügt hatte, und die Nacht, in welcher der Kessel von unsichtbaren Händen durch die Halle von Camelot getragen wurde und sie alle geheilt hatte, lag kaum drei Monate zurück.

Was für ein Glück das gewesen war – halb gelähmt hätte er diesen Anstieg nie und nimmer aus eigener Kraft bewältigt. Nun jedoch, während er den Blick über eine Landschaft blauer Weiten schweifen ließ, geriffelt durch Hügelrücken und Täler, segnete der König jenes Missgeschick, das ihn hierher geführt hatte. Letzten Sonntag hatte Vater Paternus über die Versuchung Christi gepredigt, den der Teufel an einen hohen Ort gelockt hatte, um ihm die Pracht aller Königreiche dieser Welt zu zeigen. Während Artor sich umsah, dachte er, dass dem Verfasser des Evangeliums ein Irrtum unterlaufen sein musste, denn er selbst war Hochkönig all dessen, was sein

Auge erspähte, und der Anblick erfüllte ihn keineswegs mit Stolz oder Machtgefühlen, sondern mit Erstaunen.

Und, so überlegte er, als der nächste Augenblick ihm eine neue Wahrnehmung bescherte, mit Demut. Wie konnte irgendjemand diese gewaltigen Weiten aus Bergen und Ebenen betrachten und behaupten, er herrsche über sie?

Unter ihm fiel das Land in langen grünen Hängen zur Mündung des Flusses Sabrina hin ab, hier und da von dem Goldschimmer sich verfärbender Blätter durchsetzt. Eine Rauchwolke verhing die Schindeldächer von Castra Legionis; dahinter konnte er gerade noch das blaue Funkeln des Wassers ausmachen. Etwas näher erblickte er die Villa, von wo die Jagdgesellschaft an jenem Morgen aufgebrochen war. Im Süden, jenseits des Flusses, erstreckten sich verschwommen die Gebiete Dumnonias. Östlich befanden sich die Reichsmitte und dahinter Londinium und die Länder der Sachsen. Wenn er nach Norden schaute, konnte er sich die ganze Länge der Insel vorstellen, bis hinauf zu den Stämmen von Alba, die jenseits des Walls lebten. Der Himmel im Norden war von Wolken verhangen. Ein Sturm braute sich zusammen, aber Artor blieb noch ein wenig Zeit, ehe das Unwetter einsetzen würde.

Von diesem Berggipfel aus wirkten die Werke der Menschheit wie bloße Kleckse auf der geheiligten Insel Britannien, die gleich einem Juwel inmitten der silbrig funkelnden See prangte.

Aber das Land gehört mir nicht, dachte Artor. *Man sollte besser sagen, dass ich dem Land gehöre.*

Ein sanfter Schubs von Corvus riss ihn aus seiner Grübelei. Grinsend drehte er sich um und streichelte das Pferd zwischen den beweglichen Ohren, wo die schwarze Haut unter dem Zaumzeug schwitzte. Menschen waren nicht dafür geschaffen, in solcher Höhe zu leben, und um diese Jahreszeit würde die Dunkelheit einsetzen, bevor er einen Unterschlupf erreichen konnte. Artor tätschelte den Hals des Rappen, ergriff die Zügel und brach den Hügel hinab auf.

Jahrelang, dachte Medrod, hatten ihn diese Hügel in seinen Träumen heimgesucht. Aber er hatte die Insel der Maiden seit seiner Kindheit nicht mehr besucht und sich fest eingeredet, dass die dunklen, bedrohlichen Schemen, derer er sich besann, lediglich der Einbildung eines Kindes entsprangen. Er war an Berge gewöhnt – an die hohen, wilden Gipfel des Piktenlandes und die verschlungenen Hügel der Votadini. Wieso sollten diese Berge so anders sein? Doch mit jeder Stunde, die er ritt, kamen die buckligen Gestalten näher und wirkten zunehmend furchteinflößend.

Das sind die Hügel meiner Mutter ..., dachte er voll Ingrimm. *Sie sind wie sie.* Er fürchtete diese Hügel ebenso sehr wie den Gedanken, ihr gegenüberzutreten. Doch er war fünfzehn und somit ein Mann. Keine Furcht konnte ihn jetzt noch aufhalten.

Bei Voreda traf er einen Hirten, der einwilligte, ihn für ein paar Silberstücke zu führen. Drei Tage lang folgten sie dem schmalen Pfad, der durch die Hochweiden und zwischen den Bäumen hinab verlief. Wie viele Menschen, die überwiegend allein leben, neigte der Hirte in Gesellschaft zum Plaudern, und so schwatzte er fröhlich vor sich hin, bis ihn ein durchdringender Blick von Medrod verstummen ließ. Danach reisten sie in einer trübseligen Stille weiter, die an den Nerven des jungen Mannes zehrte, bis er beinahe bereit war, den Hirten aufzufordern, wieder draufloszuplaudern.

Doch mittlerweile hatten sie den Pass unterhalb des Steinkreises erreicht, und Medrod konnte den See erblicken, die runde Insel und die durch die Bäume schimmernden Rieddächer der Gebäude. Er bezahlte den Hirten, erklärte ihm, dass er dem Pfad von hier aus ohne Führer zur Küste folgen konnte und schickte ihn fort. Es kümmerte ihn wenig, ob der alte Mann ihm glaubte, solange er sich nur fortscherte. Den Rest der Reise musste er auf eigene Faust bewältigen.

Allein zu sein war erschreckend, aber es vermittelte gleichzeitig das berauschende Gefühl von Freiheit. All die Jahre seines Heranwachsens war seine Mutter stets allgegenwärtig gewesen, selbst wenn sie nicht körperlich anwesend war, so als verbinde sie immer noch die Nabelschnur. Und dann, vor drei Monaten, als der Vollmond am Himmel stand, war die Verbindung abgebrochen.

Wochenlang war er vor Entsetzen halb gelähmt gewesen; von jedem Boten erwartete er die Nachricht, Morgause sei tot. Es war Cunobelinus, der mit seinen Männern im Gefolge durch die großen Tore geritten kam und Medrod mitteilte, dass seine Mutter sich bei den Priesterinnen auf der Insel der Maiden befände und Cunobelinus selbst von nun an als Oberhaupt und Kriegsführer der nördlichen Votadini dienen und von Dun Eidyn aus herrschen würde.

Cunobelinus verhielt sich anständig, und seine Leute behandelten Medrod wie einen königlichen Prinzen, wenn ihnen Zeit blieb, ihn überhaupt zu bemerken. Es war keineswegs der Verlust seines Ranges, der Medrod nach Süden getrieben hatte. Vielmehr war es dieses Lodern in den Eingeweiden, das in ihm aufzukeimen begann, als er noch befürchtete, Morgause sei tot, und das ihn zu ihr trieb, um ihr gegenüberzutreten. War man von Trauer zerrissen, fiel es schwer, Zorn einzugestehen. Doch seine Mutter lebte.

Somit stand es Medrod frei, sie zu hassen.

»Was tust du denn hier?«

Medrod wirbelte herum; einen Augenblick war er völlig verblüfft darüber, dass er nicht gespürt hatte, wie seine Mutter die kleine, geweißelte Kammer betrat, in die ihn die Priesterinnen geführt hatten, um auf sie zu warten. Da er seit seiner Geburt auf ihre Anwesenheit eingestimmt war, hätte er eigentlich erzittern müssen wie eine Harfe, deren Saiten man anschlägt. Doch die Verbindung zwischen ihnen war abgerissen. Sofern er noch daran gezweifelt hatte, wurde es ihm nun bestätigt.

»Du hast mich ohne ein Wort verlassen. Ist es denn so überraschend, dass ich gekommen bin, um zu sehen, wie es dir geht?«

Morgause betrachtete ihn unsicher. Ohne Zweifel fühlte auch sie die unverkennbare Veränderung der Kräfte zwischen ihnen, und dies umso deutlicher, wie er voll Zorn bemerkte, weil sie diese Veränderung gar nicht erwartet hatte. Offensichtlich war ihr nicht bewusst gewesen, dass die Bande zwischen ihnen gerissen waren. Seit sie abgereist war, hatte sie überhaupt nicht mehr an ihn gedacht.

»Wie du siehst«, meinte sie schließlich, »geht es mir gut.«

Seine Augen verengten sich. »Du wirkst verändert.« Und dem war tatsächlich so, obwohl es auf den ersten Blick schwer fiel zu beschreiben, was genau anders war. Während sie früher stets Schwarz und Scharlachrot getragen hatte, kleidete sie nun das Dunkelblau einer ranghohen Priesterin der Insel. Doch das war nur äußerlich. Vielleicht wirkte sie deshalb verändert, weil ihre vornehme Gesichtsfarbe verblasst war oder weil neuerdings silbrige Strähnen ihr Haar durchzogen. Vielleicht lag es aber auch an der Aura der Macht, ja beinahe Gewalt, die Morgause früher umgeben hatte und die nun verschwunden war.

Medrod tastete sich mit seinen inneren Sinnen vor, wie sie es ihn gelehrt hatte; blinzelnd schreckte er wieder zurück. Die Macht war nach wie vor da, jedoch gebändigt, beherrscht. Es kam ihm so vor, als machte diese innere Stille sie womöglich noch stärker. Eine beängstigende Vorstellung, doch sie änderte nichts. Nach dem heutigen Tage würde ihn nichts von dem, was sie tat, mehr verletzen können.

Seine Mutter zuckte mit den Achseln – eine unscheinbare, vieldeutige Bewegung, die gleichzeitig Bedauern, Stolz und – seltsamerweise – Heiterkeit ausdrückte. Dann blickte sie ihn unvermittelt an; ihn schauderte.

»Auch du hast dich verändert.« Ihre Stimme klang tonlos. »Warum bist du gekommen?«, erkundigte sie sich abermals.

»Um dich anzuklagen –« Die Worte drangen als Flüstern über Medrods Lippen; zornig räusperte er sich. »Du hast sie getötet. Ohne ein Wort zu mir. Du hast Kea ermorden lassen! Wieso?«

Er hatte Verachtung oder Wut erwartet, nicht aber dieses völlige Unverständnis, mit dem Morgause ihn anstarrte.

»Die Sklavin!«, herrschte er sie verzweifelt an. »Mit der ich in Fodreu geschlafen habe!« Wie unzulänglich diese Worte für das schienen, was Kea mit ihm gemacht hatte, indem sie den ihr auferlegten Zwang in eine Gabe verwandelte, die ihn veränderte, als hätte sie ihn, indem sie seinen ersten Samen empfing, als Mann wiedergeboren.

Kurz blitzten ihre Augen so auf, wie er es in Erinnerung hatte; dann seufzte sie. »Hast du sie etwa geliebt? Es tut mir leid.«

Er räusperte sich. »Tut es dir leid, dass ich sie geliebt habe oder dass du sie beseitigt hast wie eine kranke Hündin?«

»Zu jener Zeit... schien es am besten, sicherzustellen, dass es kein Kind geben würde«, antwortete Morgause nach einer Weile.

»Glaubst du das tatsächlich? Gewiss hättet ihr weisen Frauen auf andere Weise dafür sorgen können, dass ein eventuell empfangenes Kind nicht geboren worden wäre!« Zornig schüttelte er den Kopf; seine Schläfen pochten vor unterdrückter Wut. »Wäre der Tod ein angemessenes Mittel gegen unerwünschte Empfängnis, hättest du dich am nächstbesten Baum erhängen müssen, als du herausgefunden hast, dass du mit mir schwanger warst!

Du hast Kea nicht wegen meines Kindes getötet, *Mutter*!« Endlich brach all die Verbitterung aus Medrod heraus, die er so lange mit sich herumtragen hatte. »Du hast sie *deinetwegen* getötet. Ich glaube, du hast Keas Tod befohlen, weil du befürchtet hast, ich könnte sie mehr lieben als dich!«

Morgauses Hände bewegten sich in einer hilflosen Geste, die Medrod endgültig die Beherrschung verlieren ließ.

»Tja, das ist dir misslungen! Ich hasse dich, du Schlampen-Königin, du hochwohlgeborene Hure!« Damit stürzte er auf sie zu und musste feststellen, dass sie, ohne sich mitreißen zu lassen, nach wie vor die Macht besaß, ihn bebend innehalten zu lassen.

»Du bist ein Prinz! Zeig gefälligst ein wenig Selbstbeherrschung!«

»Ich bin ein Monstrum, eine Missgeburt! Ich bin, was du aus mir gemacht hast!«

»Du bist fortan von mir erlöst...«, erwiderte Morgause träge. »Ich kehre nicht nach Dun Eidyn zurück.«

»Denkst du wirklich, das ändert etwas, wenn in jedem Raum dein Geruch klebt, auf jedem Stein ein Abdruck deiner Macht? Ich gehe nach Süden. Vielleicht lehrt mein *Vater* mich, was es heißt, ein Mann zu sein. Schlechter als dir kann es ihm ja kaum gelingen!«

Die langen Stunden im Sattel hatten ihm Gelegenheit verschafft, über alles gründlich nachzudenken. Seine Mutter hatte ihn zu dem Glauben erzogen, er wäre für einen besonderen Zweck bestimmt, und seit zwei Jahren hatte er sich für den wahren Erben Britanniens gehalten. Aber als er ihren Verrat entdeckte, begann er alles infrage zu stellen, und er war zu dem Schluss gelangt, dass es ihr nicht zustand, Artors Thron zu verschenken. Ebenso wenig würde ihm das Erbe durch christliches Recht zufallen. Es war Artor selbst, den er überzeugen musste, wollte er die Thronfolge antreten.

»Nichts dergleichen wirst du tun!« Zum ersten Mal wirkte Morgause bestürzt. »Du wirst in Alba bleiben und die Länder der Votadini erben. Artor hat all deine Brüder in seinen Reihen. Er braucht dich nicht.«

»Hasst du ihn noch immer, Mutter?«, fragte Medrod gehässig. »Oder hat deine Bekehrung zur Heiligkeit auch das beseitigt?«

»Artor ...«, erwiderte sie steif, »geht mich nichts mehr an.«

»Ebenso wenig wie ich, liebste Mutter, ebenso wenig wie ich ...« Medrods Wut verflüchtigte sich und wurde von einer kalten Gleichgültigkeit ersetzt, als hätte der Zorn jede Menschlichkeit in ihm verbrannt. Das Gefühl behagte ihm – es verdrängte den Schmerz. »Ich bin so alt wie Artor, als er König wurde, und keiner Frauenherrschaft mehr untertan. Willst du mich einsperren, um mich davon abzuhalten, dorthin zu gehen, wohin ich möchte?«

»Wenn es sein muss –«, entgegnete Morgause kurz angebunden.

Medrod lachte, als sie ihn verließ. Aber als er die Tür

öffnete, um ihr zu folgen, stellte er fest, dass der Eingang von zwei strammen jungen Frauen bewacht wurde, die aussahen, als verstünden sie mit den Kurzspeeren in ihren Händen umzugehen. Doch in mancherlei Hinsicht zahlten sich die Lektionen seiner Mutter gut aus. Seine jäh auflodernde Wut unterdrückte er so schnell, dass die beiden Frauen sie kaum bemerkten.

»Seid ihr hier, um mich zu beschützen? Ich fürchte, meine Mutter hält mich immer noch für ein Kind.« Anerkennend musterte er die beiden, und sein Lächeln verwandelte sich in ein verschwörerisches Grinsen. Sie waren jung, und da sie ständig unter Frauen lebten, mussten sie neugierig auf Wesen eines Geschlechts sein, das sie nur bei Festen zu Gesicht bekamen. Es dauerte kaum einen Lidschlag, bis eine der beiden jungen Frauen sein Lächeln erwiderte, und er wusste, dass zumindest sie ihn ganz und gar nicht als Kind betrachtete.

»Sag jetzt bloß nicht, dass es mir nach all dem Kummer, den ich dir bereitet habe, recht geschieht, in meinem Sohn einen Feind zu finden!«, rief Morgause aus und wirbelte herum, um Igraine anzufunkeln, die reglos auf ihrem großen geschnitzten Stuhl saß. So still – selbst inmitten ihrer Verwirrung spürte Morgause einen Stich im Herzen. Mit jedem Tag wirkte Igraine zerbrechlicher, als verdunstete ihre Kraft wie der Morgentau.

Doch als sie antwortete, sprach sie mit fester Stimme. »Habe ich das etwa behauptet? Aber wenn er sich nun rebellisch zeigt, solltest gerade du dafür Verständnis haben.«

»Das ist es nicht, was mich beunruhigt. Medrod ist so geworden, wie ich ihn geformt habe, und nun, da ich kein Verlangen mehr habe, ihn zu formen, fürchte ich, ihn an die Welt zu verlieren.«

»Du hast ihn geformt«, bemerkte die dritte Frau, die bei Igraine gesessen hatte, als Morgause durch die Tür in die Kammer stürzte. »Aber die Weisen meines Landes lehren, dass es der Nornen drei gibt. Du magst wohl verantwortlich dafür sein, was geschehen ist, doch nun wird aus deinem Sohn ein neuer Mensch, und er muss selbst über seine Zukunft entscheiden.«

»Was weißt du schon darüber, Fremde?«, spie Morgause ihr entgegen. Igraine hob eine Hand, um ihr Einhalt zu gebieten, und Morgause verbiss sich die nächsten Worte. Selbstbeherrschung war ihr fremd geworden.

Haedwig hielt Morgauses durchdringendem Blick ungerührt stand. Morgause war dazu erzogen worden, die Sachsen als Feinde zu betrachten, weshalb sie Haedwigs Namen und Herkunft als gleichermaßen störend empfand. Doch Igraine hatte die Weisfrau willkommen geheißen, und in Wahrheit besaß die Alte, die geholfen hatte, den jungen König von Cantuwara großzuziehen, vielerlei Wissen, das ihnen von Nutzen sein konnte.

»Ich war alles andere als glücklich, als es an der Zeit war, Eormenric in die Obhut der Männer zu entlassen – sieben Jahre scheint mir immer noch zu jung dafür«, sagte Haedwig schließlich. »Aber es stimmt, dass ein heranwachsendes Kind sowohl männlichen als auch weiblichen Einfluss benötigt. Lass doch seinen Vater sich seiner annehmen, wenn Medrod eine strengere Hand braucht.«

Eine kurze, spannungsgeladene Stille trat ein.

»Sein Vater ist der Hochkönig…«, presste Morgause zwischen zusammengebissenen Zähnen hervor.

»Ah – und der ist dein Bruder…«, Haedwig nickte. »Ich weiß, dass die Christen für derlei Dinge wenig Verständnis aufbringen.«

Eine Weile starrte Morgause sie noch an. Dann begann

sie recht hilflos zu lachen. Haedwig, die zerfurcht und gebückt wie ein alter Holunderstrauch wirkte, spielte die Rolle der schlichten Dorfweisen sehr gut, doch Morgause durchschaute die Maske. Die *Wicce* verharmloste die Gefahr absichtlich, um sie zu trösten.

Morgause überlegte sich gerade eine höfliche Erwiderung, als es an der Tür klopfte. Im nächsten Augenblick schwang sie auf, und sie erblickten Verica, eine der jungen Priesterinnen, die mit Medrods Bewachung beauftragt worden waren.

»Er ist weg!«

Eine eiskalte Hand umklammerte Morgauses Herz.

»Hat er Cunovinda verletzt?«, wollte Igraine wissen.

»Oh, Vinda geht's gut – es sei denn, man bezeichnet ein gebrochenes Herz als Wunde«, antwortete Verica verbittert. »Als ich wegging, hat sie eine verriegelte Tür bewacht, und als ich zurückkehrte, stand sie sperrangelweit offen; Vinda weinte sich die Seele aus dem Leib, weil er sie überredet hatte, sie zu öffnen und ihr dann entwischt war!«

Es hätte schlimmer kommen können, dachte Morgause wie betäubt. Er hätte das Mädchen mitnehmen und töten oder in der Wildnis aussetzen können. Wer wusste schon, wozu Medrod fähig war?

»Er ist deiner Hand entglitten, Tochter«, meinte Igraine, und Haedwig fügte hinzu: »Von nun an schmiedet er sein Schicksal selbst.«

»Das ist wahr, doch das Schicksal dieses einen Kindes könnte ein ganzes Königreich erschüttern«, entgegnete Igraine.

Morgause nickte. Wie dieses Schicksal aussehen mochte, wagte sie sich nicht auszumalen, aber sie wusste, wohin Medrod wollte, und zum ersten Mal in ihrem Leben empfand sie Mitleid für Artor.

Der Hochkönig von Britannien saß auf seinem Prunkstuhl, um die Botschafter zu empfangen. Die Basilika in Calleva oder Londinium wäre eindrucksvoller gewesen, doch die lang gezogene Kammer, die einst der Stolz des Befehlshabers der Feste von Isca gewesen war, hatte man wieder instand gesetzt, als Artor die Verteidigungseinrichtungen der Stadt erneuern ließ. An den Wänden prangten zwar keine Fresken, aber sie waren frisch geweißelt. Entlang des oberen und unteren Randes erstreckte sich ein helles Band mit geometrischen Figuren, und die Säulen, die entlang des Mittelschiffes verliefen, waren teilweise vergoldet. Die karierten und gestreiften oder mit leuchtenden Stickereien versehenen Mäntel der Häuptlinge und Fürsten, die sich in der Halle versammelten, sorgten für einen farbenfrohen Anblick. Artor befand sich seit etwas mehr als einem Monat in Castra Legionis, lang genug für jeden in der Gegend, der ein Anliegen oder eine Beschwerde hatte, sich hierher zu begeben.

Für diese Anhörung hatte Artor beschlossen, die vollständige Ausstattung eines Kaisers anzulegen. Wie lange die letzte Gelegenheit dafür zurücklag, zeigten die Schwierigkeiten, die man hatte, einen juwelenbesetzten Umhang in dem Farbton zu finden, der zu dem dunkelgrünen Kittel mit den Stickereien und dem golddurchwirkten Brokat passte. Sie hatten Frieden mit König Icel geschlossen, behauptete Bediver, während sich Artor noch zu erinnern versuchte. Damals, dachte der König, als er vorsichtig seine Position veränderte, ohne die Ordnung der steifen Falten des Umhangs zu stören, wollte er Barbaren beeindrucken. Heute bestand der Zweck darin, als Erbe des römischen Weltreichs vor anderen Erben Roms aufzutreten.

Artor spürte, wie Bediver hinter dem Stuhl unruhig auf

der Stelle trat, und drehte den Kopf, um ihm beschwichtigend zuzulächeln.

»Ich hätte ihn willkommen heißen müssen«, murmelte der jüngere Mann. »Aber ich wusste nicht, was ich sagen sollte. Herr im Himmel! Es ist mehr als zwanzig Jahre her!«

Vor zwanzig Jahren war Bediver ein von Ehrfurcht ergriffener Knabe gewesen, und Artor selbst lernte gerade erst, mit der Macht eines Königs umzugehen. Mittlerweile war aus dem Kind, das ihm überlassen worden war, um ein Bündnis zu besiegeln, eine der Stützen seines Königreichs geworden.

»Er ist dein Vater«, sprach Artor laut aus. »Er wird dir verzeihen. Ich sollte seinen Zorn dafür ernten, dass ich dich hier behalten habe.«

Dann schwangen die großen Doppeltüren am Ende der Halle auf, und die Männer traten beiseite, um einen Gang zu bilden, als die Gesandtschaft aus Gallien einmarschierte.

Johannes Rutilius, gezeichnet von den Jahren, wirkte kleiner, als Artor ihn in Erinnerung hatte. Für die Menschen Galliens war die vergangene Zeit ebenso wie für die Menschen Britanniens von Kämpfen gekennzeichnet gewesen. Nun präsentierte Rutilius sich mit hinkendem Gang und reichlich silbrigem Haar. Aber er stand aufrecht, und seine Miene veränderte sich nur, als er begriff, wer der Krieger neben Artor sein musste.

Dennoch trübte kein Stocken die lateinischen Begrüßungsfloskeln und Artors Willkommensgruß.

»Erfreut sich Euer Herr guter Gesundheit?«, erkundigte sich der Hochkönig. »Mittlerweile muss er reich an Jahren sein.«

Seufzend sank Rutilius auf den Stuhl, den man für ihn herbeibrachte. »Er ist fürwahr alt, und ihm bleibt nicht mehr viel Zeit. Daher auch diese Gesandtschaft. Als ich zum ersten Mal kam, boten wir Euch ein Bündnis an. Nun bin ich hier, um Euch um die Hilfe zu bitten, die zu gewähren Ihr geschworen habt. Riothamus liegt im Sterben, Herr, aber Chlodowig, der Frankenkönig, ist in der Blüte seiner Jahre und trachtet danach, die Gebiete der Franken im Norden auszuweiten, während im Süden Alarich die Wisigoten von Tolosa gegen uns anführt.

Riothamus' einziger Sohn, Daniel Dremrud, wurde vor einigen Jahren bei Kämpfen in den Landen der Germanen getötet. Die Enkel meines Herrn schmieden Ränke gegeneinander.« Dabei warf er einen müden Blick auf einen dunkelhaarigen, jungen Mann, der mit finsterer Miene bei den Kriegern stand, die ihn in die Halle begleitet hatten.

»Budic dort ist einer von ihnen. Vor fünf Jahren haben sein Bruder Maxentius und er die Civitas Aquilonia im Süden von Armorica angegriffen, worauf sie durch den Vater ihrer Mutter Anspruch haben. Nun hat Budics Bruder ihn seinerseits des Landes verwiesen. Er hofft, dass Ihr ihm eine Armee zur Verfügung stellt, mit der er das Gebiet zurückerobern kann.«

»Also erbittet Riothamus nicht meine Unterstützung für Budic als seinen Erben?«, fragte Artor.

»Wir sind Römer«, erwiderte Rutilius schlicht. »Und das Kaiserreich gedieh stets dann am besten, wenn wir keine Erben des Fleisches, sondern des Geistes auserkoren. Nun, ich weiß, dass dem so ist – ist nicht mein eigener Sohn Euch treuer ergeben als seinem Volk?«

Er schaute an Artor vorbei zu Bediver, der hochrot anlief. Sein Vater aber lächelte und deutete auf Artors Umhang. »Und wie ich sehe, haltet auch Ihr, Herr, am Geiste Roms fest – folglich werdet Ihr es verstehen.«

»Was?«, fragte Artor in die Stille. »Was genau wünscht er von mir?«

»Ihr müsst selbst entscheiden, ob Ihr Budic in Aquilonia Hilfe gewährt – aber Riothamus hält keinen seiner Enkel für fähig, Gallien zu verteidigen. Der Kaiser des Ostens ist in weiter Ferne, und in Rom herrscht ein Ostrogote. Die letzte Kraft des Westens befindet sich hier in Britannien, Herr, wo Ihr die wilden Iren vertrieben und die Sachsen Eurem Willen gebeugt habt. Was werden Eure Soldaten jetzt tun?«

Gemurmel und ein wenig Bewegung durchlief die Reihen der Krieger, als Rutilius sich umsah.

»Bringt sie nach Gallien, *Princeps*, und Riothamus setzt Euch als seinen Erben ein. Euer Name besitzt in Gallien großes Ansehen, und die Enkel der Männer, die Maximian gefolgt sind, werden sich um Euer Banner scharen. Eilt uns zu Hilfe, Herr, und wir machen Euch zum Kaiser!«

Die Wiedergeburt des alten Traumes! Artor bemühte sich, keine Regung zu zeigen und lehnte sich auf dem Stuhl zurück. Die Geister Magnentius' und Maximians, die einst die Legionen Britanniens angeführt hatten, um für das Kaiserreich zu kämpfen, flüsterten ihm ins Ohr. Constantin selbst war in Eboracum zugejubelt worden, ehe er gen Süden seinem Schicksal entgegenmarschierte. Aegidius und sein Sohn Syagrius hatten versucht, das westliche Kaiserreich in Gallien wiederherzustellen, doch ohne die Mittel Britanniens konnten sie nicht bestehen. Sein Ziehvater Caius Turpilius hatte ihm diese Geschichten erzählt.

Doch mit der Macht Britanniens und Riothamus' Segen im Rücken mochte Artor durchaus vollbringen, was niemandem sonst gelingen konnte. Er hatte bereits erfolgreich Britannien geeint, woran sowohl Vitalinus als auch Ambrosius und Uther gescheitert waren. War er für diese Aufgabe von seiner Verletzung geheilt worden? Von der Aussicht berauscht, zwinkerte er mit den Augen. O welch edler Traum!

»Herr?«, sprach eine Stimme aus der Nähe, und Artor zwang seine Aufmerksamkeit zurück in die Gegenwart.

»Das ist ... ein äußerst unerwartetes ... Angebot«, brachte er schließlich hervor. »Es bedarf reiflicher Überlegung und muss hinlänglich besprochen werden.«

»Selbstverständlich«, erwiderte Rutilius.

»Ihr seid mein Gast und seid noch kaum in den Genuss unserer Gastfreundschaft gekommen«, sprach der König in beiläufigerem Tonfall. »Lasst Bediver als meinen Stellvertreter handeln und seine Pflicht uns beiden gegenüber erfüllen, indem er für Eure Unterkunft sorgt. Budic soll ebenfalls unser Gast sein. Was immer die Zukunft bringen mag, ich bin immer noch König in Britannien, und draußen warten Männer, deren Gesuchen ich Gehör schenken muss.«

Medrods Hand wanderte über das Bein der Küchenmagd unter den Rock; er zog sie zurück aufs Bett. »Noch einen Kuss – lass ihn dir nicht entgehen. Sobald wir den Hof erreichen, siehst du mich vielleicht nie wieder.«

»Lass mich los, du dummer Junge – ich komme noch zu spät«, begehrte sie auf, aber sie lachte, und als er sie festhielt und küsste, schmiegte sie sich seufzend an ihn.

Dann war er es, der lachte, als ihn eine einzige geschmeidige Bewegung aus dem Bett und auf die Beine brachte. Er ging zu der Schüssel, die er sie in die Kammer bringen ließ, und begann, sich zu waschen. Der Raum war wenig mehr als ein Verschlag mit einer Pritsche, auf der zwei Menschen nur dann Platz fanden, wenn sie einander überaus freundlich gesonnen waren.

Doch hätte Medrod nicht die Gabe besessen, das zu erobern, was die Iren als »Freundschaft der Lenden« bezeichneten, wäre er nicht hier gewesen.

Mit kurzem Bedauern entsann er sich der jungen Priesterin, die ihm geholfen hatte, von der Insel der Maiden zu entkommen. Ihre Küsse waren zurückhaltend, aber süß gewesen; zu schade, dass er keine Zeit gehabt hatte, ihre Jungfernschaft zu beenden. Eines der Mädchen zu verführen, deren Jungfräulichkeit seine Mutter – diese Heuchlerin – behütete, wäre ein befriedigender erster Schritt zu seiner Rache gewesen.

»Du bist verrückt«, sagte die Küchenmagd, die immer noch mit zu den Hüften hochgeschobenem Rock auf dem Bett lag. »Der Hochkönig gewährt nicht jedem namenlosen Wanderer einen Platz an seinem Hof. Sogar Herr Goriat hat zwei Jahre in der Küche gedient.«

»Oh, ich besitze durchaus einen Namen«, entgegnete Medrod. »Auch wenn ich ihn dir nicht verraten habe.« Den ihren hatte er sogar bereits wieder vergessen. »Aber Goriat wird sich gewiss an dich erinnern. Bring mich zu ihm, dann hast du alles getan, was ich von dir brauche.«

»Ach, was bist du für ein stolzer Bursche!«, rief sie aus und streckte verächtlich das Kinn vor. »Ich bringe dich zu meinem Herrn und sehe mir an, wie weit du fliegst, wenn er dich hinauswirft!«

Ohne ihr Beachtung zu schenken, ging Medrod zu seinem Bündel und holte die Kleider hervor, die er den ganzen Weg von Dun Eidyn mitgeführt hatte. Beim Aufleuchten der scharlachroten Seide verstummte das Mädchen, und als er die Hose aus fein gewobener, brauner Wolle und die Schuhe aus geprägtem Kalbsleder anlegte, deren Schnürsenkel sich kreuzweise über seine Schienbeine spannten, riss es die Augen auf. Die Seide entpuppte sich als Kittel, den an Schultern und Saum mit Silberfaden gefertigte Stickereien zierten. Aus der Tasche seines karierten Mantels zog er eine Silberkette hervor, die er sich um den Hals schlang, dann fuhr er sich mit einem Kamm durch das dunkelbraune Haar und ergriff den Mantel.

»Wer *bist* du?«, hauchte das Mädchen erstaunt.

»Bring mich zu Goriat, dann erfährst du's vielleicht.« Medrod bedachte sie mit einem höhnischen Lächeln. »Wenn du nicht vergisst, was ich dir zu sagen befohlen habe ...«

Während sie ihn aus dem Kämmerchen in der alten Kaserne durch die schmalen Pfade der Feste zur breiten Pforte der Empfangshalle führte, verweigerte er jedes weitere Wort.

Medrod hatte erfahren, dass Gwalchmai jüngst geheiratet hatte und sich im Land seiner Gemahlin im Süden befand und dass Aggarban nach wie vor wegen Krankheit beurlaubt war. Was keine Rolle spielte. Es war Goriat, der ihn am ehesten erkennen und der ihm als Verbündeter zur Seite stehen würde, so sehr es ihm auch widerstreben mochte. Es fiel ihm nicht schwer, ihn inmitten lachender Krieger neben Gwyhir auszumachen, denn seine Brüder überragten die meisten anderen Männer um gut einen Kopf.

Nur Hofangehörigen und Bediensteten war es gestattet einzutreten. Medrod war darauf angewiesen, dass die Küchenmagd sich durch die Männer den Weg zu Goriat bahnte. Er sah, wie sein Bruder sich stirnrunzelnd umdrehte. Medrod grinste. Er hatte dem Mädchen befohlen zu sagen, eine Botschaft für »Dandelion« sei eingetroffen. Das war Goriats Knabenname, und er hatte ihn in der Aussprache des Nordens wiedergegeben. Kaum einen Lidschlag später drängten seine Brüder durch die Menge.

»Es ist der Balg!«, rief Goriat aus und starrte Medrod an. Dann sah er sich beunruhigt um. »Wo ist Mutter?«

»Bei den heiligen Schlampen auf der Insel. Den Hintern dem Mond zugestreckt, die Nase im Staub, murmelt sie dort Beschwörungen.«

»Oh, Mutters Nesthäkchen ist dem Nest tatsächlich entflohen!«, schnaufte Gwyhir. »Ich dachte, wenigstens du würdest bei ihr in Dun Eidyn bleiben!«

»Ich dachte, sie hätte dich mittlerweile mit einer piktischen Prinzessin verheiratet«, warf Goriat ein. »So wie sie es mit mir versucht hat!«

Er kniff die Augen zusammen ob des Gifts in Medrods finsterem Blick, doch es ging rasch vorüber. Goriat konnte unmöglich etwas von Kea wissen, dachte Medrod.

»Ich hoffe, Gwalchmai rechnet nicht damit, den Krönungsstein der Votadini zu besteigen«, sprach er laut aus. »Dort herrscht nun Cunobelinus, und ich glaube, er würde die Herrschaft nicht mehr aus der Hand geben, selbst nicht zugunsten von Leudonus' Sohn.«

»Und Mutter kämpft nicht dagegen an? Sie ist einfach fortgezogen?«, wiederholte Gwyhir erstaunt. »Ist sie verrückt geworden?«

Medrod zuckte mit den Schultern. Wann, fragte er sich, war Morgause je recht bei Sinnen gewesen?

»Ich bin nach Süden gekommen, um mein Glück bei euch zu suchen«, meinte er schließlich. »Es heißt, unserer Mutter Bruder sitzt auf dem hohen Thron in der Halle da drüben. Begleitet mich einer von euch hinüber, um mich ihm vorzustellen?«

Der Bote aus Dun Breatann sprach bereits seit geraumer Zeit. Artor hatte Mühe, sich auf ihn zu konzentrieren, als endlich eine Veränderung im Tonfall des Mannes den Schluss der Rede ankündigte. »Und so ersucht mein

Herr Ridarchus den Hochkönig, zu ihm zu reisen, um über diese Angelegenheit zu sprechen.«

Welche Angelegenheit? Artor hatte über Gallien nachgegrübelt und bestenfalls mit einem Ohr zugehört. Die Iren – das war es. Der König von Dalriada hatte ihm ein Bündnis angeboten. Er räusperte sich und richtete sich auf.

»Ich will Ridarchus' Gesuch in Erwägung ziehen, doch ich verfüge, dass Erius Männer sich wenigstens bis zum nächsten Frühling ruhig verhalten müssen. Ich werde kommen, aber ich muss erst die Bedürfnisse des übrigen Britannien bedenken, ehe ich entscheide wann.«

Das war eine taktvolle Antwort, die ihn zu nichts verpflichtete, dennoch entsprach sie der Wahrheit. Selbst wenn er beschlösse, Riothamus' Angebot anzunehmen, musste er noch eine Weile bleiben, um hier einige Dinge zu regeln, bevor er aufbrechen konnte. Vielleicht konnte Bediver eine vorläufige Streitmacht nach Gallien führen...

Der Mann aus Dun Breatann verneigte sich und wich zurück. Die Menge regte sich, und Artor erblickte die hellen Köpfe von Goriat und Gwyhir, die über den anderen schwebten wie Schwäne auf einem Bach.

»Mein Herr und Onkel!«, rief Gwyhir. »Wir bringen einen neuen Rekruten, der in Eure Dienste treten will!«

Ein weiterer Mann war bei ihnen – nein, ein Junge mit dunkelrotem Haar an der Schwelle zum letzten Wachstumsschub. Der Glanz seiner Silberkette sprang Artor ins Auge, die Züge des Jungen jedoch wirkten verschwommen. Sein Herz begann urplötzlich und heftig zu pochen, als wäre er völlig überraschend einem Feind begegnet.

»Der letzte der Söhne meiner Mutter ist gekommen, um sich uns anzuschließen«, fügte Goriat überschwänglich hinzu. »Hier ist Medrod, mein König. Heißt Ihr ihn willkommen?«

Artor starrte auf das geneigte Haupt des Jungen hinab. Ohne recht zu verstehen, hatte er ihn bereits erkannt. Doch wie konnte die Zeit so schnell verstrichen sein? Dieser Junge war beinahe erwachsen! Medrod ähnelte in keiner Weise seinen Brüdern, wenngleich seine langen Knochen eine stattliche Körpergröße versprachen. Aber als er sich aufrichtete, musste der König an sich halten, um nicht zusammenzuzucken, denn in den fein geschnittenen Zügen erkannte er Morgause. Er fragte sich, ob seine Schwester ihrem Sohn die Wahrheit über seine Herkunft erzählt hatte.

»Es ist dein Wunsch, mir zu dienen, Junge?« Artors Stimme klang heiser in den eigenen Ohren.

»Ihr sollt mir wie ein Vater sein ...«, antwortete Medrod lächelnd.

II

Der Kreis der Könige

A. D. 503

Die Ebene erstreckte sich zu einer grauen Hügelreihe hin; eine frische Schicht grünen Grases schimmerte durch das zertrampelte Stroh des vergangenen Jahres. Medrods Stute zog an den Zügeln, um einen Happen zu erhaschen, doch er riss sie zurück. Seit er letzten Herbst in Artors Hof eingetreten war, hatte er wesentlich mehr Übung im Reiten erhalten. Auch im Winter zog der Hochkönig häufig um, und sein Haushalt reiste stets mit ihm. Medrod fand diese südlichen Länder mit ihren dichten Wäldern und fruchtbaren Feldern schön und üppig, doch für jemanden, der die rauen Landschaften des Nordens gewöhnt war, fühlte sich all diese Pracht beengend an.

Von Castra Legionis aus waren sie zunächst gen Süden nach Dumnonia gereist, danach für die mittwinterlichen Festtage weiter nach Camelot. Er wünschte, sie hätten dort bleiben können, denn Artors Königin hatte sich ihm gegenüber ausgesprochen freundlich verhalten. Gwendivars goldene Schönheit erinnerte ihn an seine verlorene Kea. Aber vielleicht war es ohnehin besser, dass sie nicht lange verweilt hatten, dachte er. Vermutlich hätte sie sich weit weniger freundlich gezeigt, hätte ihr jemand verraten, dass er Artors Sohn war.

Sollte dies je geschehen, trüge allein er selbst die Schuld dafür, dachte er mit Bedauern. Oder vielleicht seine Brüder – nachdem sie ihn beharrlich so behandelt hatten, als wäre er noch ein Kind, war es zu einem dummen Streit gekommen, und er hatte ihnen scharf erwidert, dass nur er und Gwalchmai wahrlich wussten, wer ihre Väter waren. Nachdem die erhitzten Gemüter gekühlt waren, hatten sie zwar vereinbart, Stillschweigen darüber zu bewahren, aber irgendjemand musste sie belauscht haben. Er spürte es daran, wie ihn die Leute danach ansahen.

Dieser Fehler würde ihm nie wieder unterlaufen, schwor er sich und verlagerte im Sattel das Gewicht. Und dennoch – vielleicht war es gar nicht so schlecht, wenn die Neuigkeit nicht völlig überraschend käme, sollte Artor ihn je anerkennen.

Den Rest des Winters hatten sie in Londinium verbracht, und nun befanden sie sich wieder auf dem Weg nach Norden. Der direkteste Weg nach Alba hätte über die alte Römerstraße durch die Länder der Angeln nach Lindum geführt. Stattdessen jedoch hatte sich die königliche Reisegesellschaft nach Westen gewandt und über Calleva nach Sorbiodunum begeben, ehe sie den Pfad einschlug, der in nördlicher Richtung zu dieser Ebene führte, dem größten offenen Landstrich Britanniens.

Medrod schauderte. Hier, wo es keinerlei Schutz vor dem Wind gab, war es überaus kalt. Selbst im Sommer würde hier stets ein Lüftchen wehen, vermutete er. Nun, eine Woche nach dem Osterfest – dem Fest der Auferstehung, wie die Christen es nannten –, drang der Wind durch den Stoff seines Mantels wie eiskalte Nadeln und heulte wie eine rastlose Seele.

Weiter vorne erblickte er die ersten Grabhügel, die sich über die Ebene erstreckten. Vielleicht war ihm der Vergleich mit der rastlosen Seele deshalb in den Sinn gekommen. Medrod verzog das Gesicht. Seine Mutter hätte die Geister freudig lächelnd willkommen geheißen. Sein ... Vater, der nahe der Spitze der Kolonne ritt, saß gelassen auf seinem großen, schwarzen Ross; sein wachsamer Blick gab keinerlei Gefühlsregung preis.

Medrod drückte die Fersen in die Flanken der rotbraunen Stute und trieb sie voran. Der Pfad war breit genug, um nebeneinander zu reiten, und der Krieger unmittelbar vor ihm zügelte das Pferd, sodass Medrod die Stute neben den König lenken konnte. Kurz hefteten Artors graue Augen sich auf Medrod, dann wandten sie sich wieder ab.

Verursache ich dir Unbehagen, mein lieber Vater und Onkel? Zwar hatte der König ihn mit größter Höflichkeit willkommen geheißen, dennoch herrschte stets eine Spannung zwischen ihnen. Waren es Schuldgefühle, die Artor so vorsichtig wirken ließen, fragte sich Medrod? Oder hatte Morgause ihn, Medrod, in etwas verwandelt, das niemand lieben konnte?

»Das ist nicht der Weg nach Glevum«, sprach er laut aus.

»Nicht der direkteste, stimmt«, gab Artor zurück.

»Warum sind wir dann hergekommen? Die Gegend ist zweifellos höchst bemerkenswert, aber ist es im Königreich so friedlich, dass Ihr die Zeit mit Besichtigungsausflügen vergeuden könnt? Ich dachte, Ihr wolltet das Land unbedingt gefestigt sehen, damit Ihr Euch nach Gallien begeben könnt –«

»Als Maximian aufbrach, um Anspruch auf das Kaiserreich zu erheben, griffen die wilden Stämme im Norden an wie Wölfe, nachdem der Hirte die Herde verlassen hat. Ich werde diese Küste so lange nicht verlassen, bis ich unsere Verteidigungseinrichtungen zu meiner Zufriedenheit begutachtet habe. Bediver und die Männer, die er nach drüben geführt hat, werden Riothamus unterstützen, bis ich komme.«

»Bediver ist der Sohn der Schwester des alten Mannes«, merkte Medrod mit einem seitwärts gerichteten Grinsen an. »Fürchtet Ihr nicht, Riothamus könnte ihn als seinen Erben einsetzen?«

»Das wäre nur natürlich«, meinte Artor mit leiser Stimme, den Blick nach wie vor auf das Land vor sich gerichtet. »Sollte das geschehen, würde ich mich für Bediver freuen und mich nur allzu gern zu seinem Verbündeten erklären, obwohl ich ihn an meiner Seite vermissen würde.«

Medrods Herz raste in der Brust. *Er hat vor, mich zu seinem Erben zu machen! Ganz sicher sogar, weshalb sonst sollte er so mit mir reden?*

»Da –«, sagte Artor, als sie den Gipfel der Anhöhe erreichten. »Deshalb sind wir hergekommen.«

Medrod richtete sich gerade auf und schirmte mit der Hand die Augen ab. Zu ihrer Rechten erstreckte sich die Reihe der Grabhügel über die Ebene. Der ihnen am nächsten befindliche war größer als die anderen. Seine Seiten wirkten unter der Grasschicht immer noch rau, so als hätte er noch zu wenig Zeit gehabt, vollständig mit dem Land zu verschmelzen.

»Dies sind die Gräber der alten Könige, die in die Erde des Landes zurückgekehrt sind, das sie liebten.«

Medrod schauderte, als er in Artors Worten den Widerhall seiner Gedanken hörte.

»In dem Grabhügel dort am Ende ruhen die Gebeine der britischen Fürsten, die Hengest in der Nacht der Langen Messer so heimtückisch getötet hat. Mein Onkel Ambrosius liegt dort begraben, ebenso mein Vater Uther.«

Mein Großvater …, dachte Medrod. Dies war ein Erbe, das seine Mutter nicht teilte. Neugierig beäugte er den

Grabhügel und versuchte sich zu erinnern, was er über jene längst vergangenen Tage gehört hatte, in denen die Sachsen in Blut und Feuer über das Land herzogen.

»Nun, Ihr habt sie gerächt«, meinte er schließlich. »Der sächsische Wolf ist gezähmt.«

»Vorerst«, pflichtete Artor ihm bei. »Solange wir stark bleiben. Aber in Gallien herrschen mittlerweile die Franken, Burgunder und Wisigoten, die dort zur Verteidigung des Landes angesiedelt wurden, über die Römer. Sie mögen wohl vorgeben, unsere Traditionen anzunehmen, aber sogar Oesc –« Kopfschüttelnd verstummte er mitten im Satz. Dann deutete er auf die Grabhügel. »Es braucht Zeit, um uns alle zu einem Volk zu einen. Wenn die Gebeine der Sachsen und Briten sich gemeinsam mit dem Staub dieses Landes vermischen, können wir ihnen vielleicht vertrauen. Aber es braucht Zeit.«

Medrod musterte ihn skeptisch. Alte Männer, hatte er gehört, neigten dazu, in der Vergangenheit zu leben. Der Hochkönig wirkte stark, doch in seinem Bart zeigten sich bereits silbrige Strähnen. Wurde er allmählich alt?

Der Wind blies heftiger. Von oben hörte er den heiseren Schrei eines Raben und blickte empor. Der Vogel umkreiste die Reiter einmal, dann zog er Richtung Westen fort. Medrod drehte sich nach, um dem Flug zu folgen und verharrte. Er starrte auf den Steinkreis, der aus dem Boden gewachsen zu sein schien. Zwar hatte er bereits wesentlich größere römische Bauwerke gesehen, doch noch nie solch mächtige Felsblöcke. Stolz wie sich zu einem Rat versammelnde Könige ragten sie empor; ihre kahle Schlichtheit ließ seine Seele frösteln.

Seine Stille musste die Aufmerksamkeit des Königs erregt haben, denn Artor folgte seinem Blick und lächelte.

»Das ist der Tanz der Riesen. Merlin brachte mich hierher, als ich noch ein Knabe war.«

Beim Klang dieses Namens zuckte Medrod unwillkürlich zusammen. Der Druide war kurz nach ihm in Castra Legionis eingetroffen. Es gab keinen Grund anzunehmen, es hätte irgendetwas mit ihm zu tun. Gemeinhin hieß es, Merlin komme und gehe stets, wie es ihm beliebe – nicht einmal der Hochkönig vermochte ihm Befehle zu erteilen. Aber etwas an dem düster starrenden Blick unter den buschigen Brauen ließ Medrod sich nackt fühlen. Die gewaltige Erleichterung, die er verspürte, als der greise Mann wieder fortzog, hatte ihn zutiefst überrascht.

»Wieso?«, fragte er unverblümt.

Artor blickte ihn an und zog eine Augenbraue hoch. »Komm her und sieh selbst.« Nach einem kurzen Wort zu Gai lenkte der Hochkönig das Pferd auf den Steinkreis zu. Völlig verblüfft zögerte Medrod kurz, dann folgte er ihm.

Als er sich dem Kreis näherte, schaute er über die Schulter. Der Rest der Kolonne zog über die Ebene weiter. Beunruhigt sah der Junge sich um. War der König zu dem Schluss gelangt, er stelle eine zu große Gefahr dar und nun wäre die Gelegenheit gekommen, ihn loszuwerden? Sein Verstand sagte ihm, dies sei unwahrscheinlich. In Londinium hätte Artor eine solche Tat wesentlich einfacher durchführen können als an diesem einsamen Ort hier, wo es jeder wissen würde.

»Hab keine Angst«, beruhigte ihn Artor, der sein Zaudern richtig deutete, selbst wenn er, wie Medrod hoffte, den wahren Grund nicht kannte. Er hielt vor einem Stein inne, der gleich einem Wächter vor den anderen stand, schwang sich vom Pferd und bedeutete Medrod, es ihm gleichzutun. »Zu dieser Tages- und Jahreszeit ist der Kreis ungefährlich.«

Medrod machte ein paar Schritte. Als er den äußeren

Kreis der stehenden Steine durchschritt, fuhr er zusammen. Ein mehr gefühltes als gehörtes Summen pulsierte durch seine Knochen.

»Spürt Ihr es denn nicht?«, fragte er, als Artor sich fragend zu ihm umdrehte. »Dieser Ort wird von einem Schutzzauber behütet.«

»Nicht ganz – Merlin sagt, zwischen den Steinen fließe ein Strom der Macht. Ich habe gelernt, solche Dinge zu spüren, was ich in deinem Alter noch nicht konnte. Ist das eine natürliche Gabe, Medrod, oder sind es *ihre* Lehren?«

Der Junge spürte, wie er rot anlief. Unnötig zu fragen, wen er meinte. Was hatte seine Mutter Artor angetan, dass *er* sie fürchtete? Er trat einen weiteren Schritt auf den Trilithen in der Mitte zu. Alles jenseits des Kreises schien zu verschwimmen, als betrachtete er es durch trübes Glas.

»Warte.« Artor legte die Hand auf Medrods Schulter. Der Junge zuckte zusammen, doch die Berührung besänftigte ihn, und er versuchte nicht, sich ihr zu entwinden. Gemeinsam schritten sie zwischen den riesigen übereinander liegenden Felsen des inneren Kreises hindurch zu der ebenen Stelle in der Mitte. Als sie sich dem Altar näherten, spürte Medrod ein unterschwelliges Brummen, so als stünde er neben einem Bienenstock.

Artors Blick hatte sich nach innen gekehrt. »Macht fließt unter der Erde wie Wasser in Flussbetten, von Kreis zu Kreis, von Stein zu Stein. Hier kreuzen sich zwei gewaltige Ströme. Es ist ein Ort unvorstellbarer Magie.«

»Habt Ihr auch meine Brüder hierher gebracht?«, erkundigte sich Medrod nach einer Weile mit leiser Stimme, immer noch von der Hand des Königs gehalten.

Artor schüttelte den Kopf.

»Ihr wisst doch …«, sagte Medrod, »über mich Bescheid, oder …?«

Zum ersten Mal gestattete er sich, den Mann direkt anzublicken, der ihn gezeugt hatte. Obwohl der Hochkönig nicht ganz so groß war wie Medrods ältere Brüder, überragte er mit seinem muskulösen Oberkörper doch die meisten Männer. Seine Gesichtszüge waren zu durchfurcht, um sie schön zu nennen; geprägt durch die Jahre der Verantwortung zu einer Maske der Macht. Doch rings um die grauen Augen, die ihn unter ebenmäßigen Brauen musterten, prangten Lachfalten. Abgesehen von diesen Augen konnte er nichts von sich an diesem Mann entdecken.

Der König ließ Medrods Schulter los und wandte den Blick ab. »Erst als du zehn Jahre alt warst, hat sie mir von dir erzählt.«

»Warum habt Ihr mich ihr nicht weggenommen?«

»Ich hatte keinen Beweis …«, flüsterte Artor.

Mit zehn Jahren hatte Medrod noch geglaubt, seine Mutter wäre ein guter Mensch und er würde eines Tages zu einem Helden heranwachsen. Hätte der König ihn damals geholt, wäre sein Sohn nun vielleicht in der Lage gewesen, ihn zu lieben.

»Ihr wart frisch verheiratet und habt erwartet, ein rechtmäßiges Kind zu bekommen«, bemerkte er unverblümt. »Aber Ihr habt bis heute keines. Werdet Ihr mich zu Eurem Erben erklären?«

»Du hast den Anspruch eines Sohnes an mich, Medrod. Aber wenn es um das Reich geht, bin ich mehr Römer als Brite. Man hat mich nicht zum König gemacht, weil ich meines Vaters Sohn war, zumindest nicht ausschließlich deshalb, sondern wegen des Schwertes.« Artors Hand wanderte auf den Griff der Klinge an seiner Seite, und Medrod schauderte, als ein neuer Klang das

Summen des Kreises durchschnitt, so hoch und klar, dass es in den Ohren schmerzte. Selbstverständlich wusste er von dem Schwert, doch es war stets der Kessel gewesen, den seine Mutter begehrte. Dies war eine Magie für Männer, und auch sie, dachte er voller Erregung, war sein Erbe.

Der Laut verblasste, als die Hand des Königs wieder an seine Seite wanderte, und er seufzte. »Wenn die Zeit kommt und es einen Mann gibt, der in der Lage ist, das Schwert zu halten, wird er der Verteidiger Britanniens. Ich werde für dich tun, was in meiner Macht steht, aber ich kann dir nichts versprechen.«

Medrod legte die Stirn in Falten. *Hättest du mich großgezogen, Vater, könnte ich dir vielleicht glauben. Aber wir im Norden wissen, dass den König das Blutrecht an sein Land bindet. Britannien gehört mir ...* Doch er sprach diese Gedanken nicht laut aus.

Die Straße von Mamucium nach Bremetennacum führte durch niedrige Hügel. Der König und sein Gefolge hatten die Nacht in der verlassenen Feste oberhalb des Flusses verbracht. Die Holzkasernen waren zwar vor langer Zeit in sich zusammengefallen, aber das Torhaus und Teile des Praetoriums, in dem einst der Befehlshaber der Garnison geherrscht hatte, boten nach wie vor Schutz. Trotzdem war es ein trostloses Lager, denn die Stadt außerhalb der Mauern war schon vor einer Generation verfallen.

Angst hatte die Stadt getötet, nicht die Sachsen, denn es gab keine Anzeichen von Bränden. Die Menschen, die jene stummen, unkrautüberwucherten Trümmerhaufen einst bewohnten, waren einfach fortgezogen. *Aber sie werden zurückkehren*, dachte Artor bei sich. *Die Lage neben dem Fluss ist gut. Aus diesen Ruinen wird eines Tages eine mächtige Stadt entstehen.*

Etwas bewegte sich in den Haselsträuchern entlang der Straße. Als Artor das Zischen von Pfeilen erkannte, drehte er sich bereits um, presste sich an den Hals des Hengstes und griff nach seinem Schild. Ein Pferd bäumte sich laut wiehernd auf. Hinter ihm glitt ein Mann, dem ein schwarz gefiederter Pfeil aus der Brust ragte, kraftlos von seinem Ross. Artor richtete sich auf und spähte aus dem Schutz des Schildes zum Ende der Kolonne hinab. Erleichtert seufzte er auf, als er sah, dass Medrod, der neben Goriat ritt, ebenfalls den Schild hochgerissen hatte.

Ein Pfeil prallte von seinem eigenen Schild ab, und ihm wurde klar, dass der Feind die Schüsse vorwiegend auf den vorderen Teil der Kolonne richtete. Herrenlose Männer, die *von Überfällen leben*, dachte er. Diesmal hatten sie sich die falsche Beute ausgesucht.

»Vorhut, absteigen!«, rief er. »Goriat, nimm deine Reiter und greif sie von hinten an!«

Er glitt vom Sattel. Mit einem heftigen Schlag sandte er Corvus die Straße entlang. Zu Fuß stellten Artor und seine Männer kleinere Zielscheiben dar. Obwohl er sich nicht erinnern konnte, das Schwert gezogen zu haben, hielt er die Waffe in der Hand. Sie gleißte im Sonnenlicht, während er auf die Bäume zurannte.

Zweige schlugen hin und her, kratzten über seinen Schild. Artor preschte durch sie hindurch, erspähte die Gestalt eines Mannes und stach zu. Die Klinge traf, jemand schrie gellend auf. Der König riss das Schwert frei und rannte weiter. Von vorn ertönte weiteres Geschrei. Er metzelte zwei weitere Feinde nieder, ehe er die Lichtung erreichte, auf der die Reiter die flüchtenden Männer gestellt hatten.

Mehrere Körper lagen zusammengebrochen auf dem Gras. Die etwa fünfzehn verbliebenen Gesetzlosen funkelten die Reiter an, deren Kreis sie mit gezückten Lanzen in Schach hielt. Den Schild nach wie vor hoch gehalten, richtete der König sich auf und wartete, bis sein Herzschlag sich beruhigte. Es lag mehr als ein Jahr zurück, seit er das Schwert zuletzt im Zorn gezogen hatte; die verebbende Erregung der Kampfeswut rang mit dem Schmerz überbeanspruchter Muskeln und jener Stelle, an der ihm ein Zweig über die Stirn gepeitscht war.

Das war ja ein tolles Gefühl, dachte er bitter. *Wie der erste Krug Bier am Ende eines langen, heißen Tages.* Sogleich begann er Freund und Feind zu zählen. Er erblickte Medrods rotbraunen Kopf und spürte, wie eine Anspannung, die er bislang nicht gekannt hatte, jäh nachließ. Weshalb? Es gab andere – Bediver oder Gwalchmai –, die er inniger liebte als diesen verdrießlichen Jungen, doch er war noch nie so vor Erleichterung zusammengesackt, wenn er seine Männer nach einer Schlacht lebend vorfand.

Medrods Antlitz war blass vor Aufregung, seine Augen glühten wie Kohlen. Ein blutiger Verband war um seinen Arm gewickelt. Artor schluckte, als er das sah. Er musste dem Jungen eine Rüstung beschaffen. Die anderen waren seine Freunde, dieser Junge jedoch verkörperte seine Zukunft. *Ich habe nun eine Geisel des Schicksals.*

Artor schüttelte sich und trat vor. »Gai, hol Stricke, um sie zu fesseln.«

Die Gefangenen stellten einen jämmerlichen Haufen dar; sie stanken, waren unrasiert und trugen zerschlissene Wolle und schlecht gegerbtes Leder. Einem Mann fehlte ein Ohr. Doch die Waffen, die sie niedergeworfen hatten, machten einen häufig benutzten Eindruck.

»Wir sind arme Leute, Herr«, wimmerte einer der Gefangenen. »Flüchtlinge aus den Sachsenkriegen.«

»Tatsächlich? Mir scheint, du sprichst wie ein Mann aus Glevum.«

»Mein Vater stammte aus Camulodunum«, fügte der Jammerer rasch hinzu. »Er war dort Sandalenmacher. Doch die Städte sterben, und wo soll ich nun das Handwerk ausüben, das er mir beigebracht hat? Gewiss geht Ihr nicht zu hart mit Menschen ins Gericht, die nur zu überleben versuchen!«

»Dann arbeitet!«, entgegnete Artor scharf. »Britannien ist voll von verlassenen Höfen. Lernt gefälligst, euch Essen im Schweiße eures Angesichts zu verdienen, anstatt es von aufständigen Menschen zu stehlen! Ihr beklagt euch, dass es keine Städte gibt!« Angewidert schüttelte er den Kopf. »Wenn ihr die Straßen für rechtschaffene Reisende unsicher gestaltet, wie im Namen der Herrin sollen die Städte dann überleben?«

»Sollen wir sie gleich hier und jetzt aufknüpfen, Herr?«, rief einer der Reiter. Aus dem Gesicht des Räubers sprach Angst.

Artor schüttelte den Kopf. »In Bremetennacum gibt es immer noch einen Friedensrichter. Dieses Diebsgesindel soll von jenen Menschen gerichtet werden, die es als Opfer missbraucht hat.«

An seiner Klinge prangte Blut, aber es war ihm, als verspüre er ein zufriedenes Summen des Schwertes. Behutsam wischte er es ab und schob es zurück in die Scheide. Als er aufblickte, schaute er in Medrods abwägende Augen.

Er behauptet, er würde mich nicht zu seinem Erben machen, dachte Medrod, während er beobachtete, wie der König auf der Bank Platz nahm, die von den Mönchen für ihn aufgestellt worden war. *Aber warum hat er mich auf diese Reise mitgenommen, wenn nicht um mir zu zeigen, was es heißt, ein König zu sein?*

Es würde keinesfalls einfach werden, Artors Thron zu

erlangen. Die Wunde, die der Pfeil in seinen Arm gerissen hatte, pochte dumpf, und er verschob die Schlinge, um den Arm zu stützen. Dabei erinnerte er sich an den ersten Schock des Schmerzes, gefolgt von der beunruhigenden Erkenntnis, dass der Pfeil von hinten gekommen war. Artor gegenüber erwähnte er es nicht, denn er hatte keinen Beweis. Doch die geistigen Schutzvorkehrungen, die er sich in den Jahren bei Morgause geschaffen hatte, stellten sich wie eine Leibgarde wieder ein. Erst als er jene vertraute Spannung der Vorsicht zurückkehren fühlte, wurde ihm bewusst, dass er sie während der Reise mit seinem Vater vernachlässigt hatte.

Die Feste von Bremetennacum war zwar verfallen, aber es war den Menschen der Stadt gelungen, den Graben und die Palisade zu erhalten. Vielleicht waren der üppige Boden des Tals und der Fluss mit seinem mühelosen Zugang zum Meer der Grund dafür. Das Land hier war fruchtbar, auch der Handel gedieh, doch dies machte den Ort als Ziel für Raubüberfälle nur noch attraktiver. Die auf ihren eigenen Bänken neben ihm sitzenden Friedensrichter blickten sich verdrießlich um, hin- und hergerissen zwischen Dankbarkeit dafür, dass der König die Räuber gefangen hatte, und Unbehagen, weil sie sich so überstürzt mit ihnen beschäftigen mussten.

Sie hatten die Anführer zum Tode durch den Strick verurteilt, die Übrigen zur Sklaverei, da sie der Ansicht waren, es wäre nur gerecht, denjenigen, die die Früchte der Arbeit anderer gestohlen haben, den Genuss der eigenen zu verweigern. Nachdem der letzte der Gefangenen zum Tode oder zum Dasein als Sklave abgeführt worden war, erhoben sich die Menschen der Stadt voller Vorfreude auf das Fest, das zu Ehren ihres Gastes vorbereitet worden war.

Aber Artor war noch nicht fertig mit ihnen.

»Wir haben eine Geschwulst des Übels beseitigt, und ihr könnt nun mit eurem Hab und Gut wohlbehalten nach Mamucium und Deva reisen – eine Zeit lang wenigstens. Aber was geschieht, wenn andere Räuber beschließen, sich hier niederzulassen? Ich kann nicht überall sein, und wer wird euch dann beschützen?«

»Wir sind Händler und Bauern, Herr, keine Krieger«, entgegnete einer der Friedensrichter verdrossen. Er deutete in die Richtung, in welche die Gefangenen verschwunden waren. »Wären wir Krieger, glaubt Ihr, wir hätten dann so lange unter diesem Pack gelitten?«

»Wenn ihr euch nicht selbst verteidigen könnt, dann muss ich einen Beschützer für euch ernennen«, bemerkte der König bedächtig. »Ist es das, was ihr wollt?«

»O Herr.« Ein anderer Mann blickte erwartungsvoll auf. »Und ob wir das wollen. Unsere Beschützer könnten in der alten Feste bleiben, und –«

Artors Miene verzog sich zu einem verächtlichen Lächeln, als hätte er dies schon viele Male gehört. »Und wer wird sie wieder aufbauen? Und was sollen sie essen? Ein schlecht genährter Mann kann kein Schwert schwingen.«

»Aber Ihr ... wir dachten ...« Die Friedensrichter schienen unter seinem eindringlichen Blick zu schrumpfen.

»Ich gebe euch Paulinus Clutorix, einen kampferprobten Krieger der Sachsenkriege, und drei erfahrene Männer.«

»Aber das ist nicht genug.«

»Sehr richtig«, fuhr Artor rasch fort. »Er wird weitere Männer anheuern, genug, um eine regelmäßige Patrouille einzurichten. Zudem wird er jeden kampftauglichen Mann dieses Tals im Gebrauch von Waffen unterweisen. Dann werdet ihr, wenn die Zeit kommt, eine Bande Gesetzloser zu jagen, oder wenn ihr auf dem Fluss dort drüben irische Boote schaukeln seht, eine ausreichende Streitmacht besitzen, um damit fertig zu werden.«

Die Stadtväter runzelten die Stirn. Medrod, der bei einem Volk von Kriegern aufgewachsen war, dem die Römer nie verboten hatten, Waffen zu tragen, erschien ihr Zaudern merkwürdig. Doch er sah auch, dass einige der jüngeren Männer grinsten. Am Tag zuvor hatte er miterleben können, wie sein Vater kämpfte. Nun sah er, wie sein Vater regierte.

»Außerdem hat jeder Haushalt in Gütern oder barer Münze eine Abgabe zu leisten, um die Streitmacht zu unterhalten.« Die Menschen der Stadt begannen aufzubegehren, während Artors Krieger versuchten, ihr Lächeln zu verbergen. Der König hob eine Hand. »Habt ihr etwa geglaubt, ich würde Gold schicken? Wie sonst, dachtet ihr, ernähre ich meine Männer, wenn nicht durch Abgaben und Steuern? Zumindest wisst ihr so, wofür eure Steuern aufgewendet werden. Und die Last müssen alle teilen.« Streng blickte er in die Runde. »Auch die Mönche, die jene fruchtbaren Felder besitzen ...«

Nun waren es die Kirchenmänner, die aufbegehrten. Selbstverständlich wären den Verteidigern ihre Gebete gewiss, doch ihre Güter gehörten Gott. Artors Züge verrieten keine Absicht nachzugeben. Medrod unterdrückte ein vorfreudiges Grinsen.

»Mein lieber Vater, hätten euch Gebete vor den Speeren Gesetzloser oder vor irischen Schwertern beschützt, würde ich euch vielleicht zustimmen«, entgegnete der König. »Aber ich habe schon zu viele niedergebrannte Klöster gesehen. Leistet euren Beitrag, heilige Brüder, wenn ihr von meinen Männern erwartet, euch zu Hilfe zu eilen!« Damit lehnte er sich mit funkelnden Augen zurück, ein verkniffenes Lächeln ließ seine Barthaare zittern.

Morgause hatte stets behauptet, Artor ließe sich von den Priestern beherrschen, doch nun erkannte Medrod, dass dem keineswegs so war. Das Kinn auf die Fäuste gestützt, hockte er auf der Bank und beobachtete das Geschehen. In wie vielen Dingen hatte sie sich noch geirrt? Die Priester mochten seine Geburt gottlos nennen, doch nun war er *froh*, Artors Sohn zu sein. Und wenn er sich eisern bemühte, dachte er, würde die vorsichtige Höflichkeit, mit welcher der Hochkönig ihn behandelte, sich vielleicht in wahre Zuneigung verwandeln, und er, Medrod, könnte sich als würdiger Erbe beweisen...

»Es sieht ... verteidigbar aus ...«, bemerkte Gwyhir, der an der Reihe war, neben dem König zu reiten.

Artor lachte. Die Förde von Cluta lag vor ihnen, das Wasser glich unter den hohen Wolken einem unsteten Silberstreif. Niedrige Hügel erstreckten sich entlang der Halbinsel dahinter, so unscheinbar, als wären sie aus Schatten gemeißelt. Der gewaltige Fels von Altacluta erhob sich wie eine Insel aus dem schillernden Wasser; seine steil abfallenden, von den Göttern zu einer Festung geschaffenen Felswände bedurften wenig menschlichen Zutuns, um sicher zu sein. Aus dieser Entfernung vermochte man die Steinmauern und Schieferdächer kaum vom eigentlichen Fels zu unterscheiden, und die Brücke, die den Ort mit dem Festland verband, lag nicht im Sichtfeld.

»Dun Breatann ist wahrlich die Feste der Briten. Seit meines Vaters Lebzeiten beschützt sie den Westen Albas. Aber mittlerweile ist Ridarchus ein greiser Mann, und seinen Erben kenne ich nicht.«

»Das ist doch Morcant Bulc, oder?«, bemerkte Gwyhir. »Ridarchus' Enkel. Als ich noch ein Kind war, sind sie mal nach Dun Eidyn gekommen.«

Artor nickte. Es missfiel ihm, sich über Erbangelegenheiten den Kopf zu zerbrechen, doch er betrachtete es als seine Pflicht. Ungerufen tauchte Medrods Antlitz vor seinem geistigen Auge auf. Artor hatte gehofft, im Zuge der langen Reise aus dem Süden mehr über den Jungen zu erfahren, was ihm in gewisser Weise auch gelungen war. Aber Medrods glattes Gehabe nach außen hin ließ keine allzu große Vertraulichkeit zu. Es blieb Artor ein Rätsel, dass er aus demselben Nest wie seine Brüder stammen sollte. Gwalchmai war außerstande, einen Gedanken zu verbergen, selbst wenn er es versuchte. Aggarbans missmutiges Schweigen war ebenso leicht zu durchschauen, und Gwyhirs und Goriats Augen glichen tiefen Tümpeln, in die man nur zu blicken brauchte, um in ihren Seelen zu lesen.

Medrod gab unverkennbar sein Bestes, um ihm zu gefallen. Er war aufmerksam und beging nie denselben Fehler ein zweites Mal, dennoch erinnerte er Artor an einen Mann, der sich verzweifelt bemüht, eine neue Sprache zu lernen und dabei Sätze auswendig lernt, für die er kein natürliches Gespür besitzt. Es lag keineswegs daran, dass Medrod in Alba aufgewachsen war – seine Brüder hatten sich sofort und mühelos in Artors Haushalt eingefügt. Doch ihre Taten, auch ihre Fehler, kamen von Herzen. Bei Medrod hatte man das Gefühl, dass sein Handeln stets das Ergebnis kühler Berechnung war.

Im nächsten Augenblick schüttelte Artor den Kopf und schrieb sein Misstrauen seinen Ängsten zu. Höchstwahrscheinlich war der Junge einfach schüchtern.

Der Hochkönig spähte die Kolonne entlang. Männer, die zuvor bequem im Sattel gelümmelt hatten, lenkten abtrünnige Rösser zurück in die Reihe und richteten sich zu militärischer Habachtstellung auf, wenn sie seinen Blick auf sich gerichtet spürten. Artor wandte sich wieder nach vorn und bedeutete Gwyhir, das Horn zu blasen. Der Laut hallte über die bleiglänzenden Wassermassen; wenig später vernahm er von der Feste eine Antwort, die sich durch die Entfernung leise und süß anhörte wie der Widerhall von Elfenhörnern.

In der Nacht, die auf ihre Ankunft folgte, rollte ein Sturm von der See herein. Dichte Wolken brauten sich über der Feste zusammen, überlagerten die wechselnden Gezeiten. Fünf Tage lang kauerten sie unter den Schieferdächern der Feste, der einzig festen Einrichtung in einer sich auflösenden Welt. Doch die Bierfässer von Dun Breatann waren groß und zahlreich, und während es draußen feucht vom Himmel prasselte, strömte drinnen ebenso ungezügelt das kühle Nass.

»Ich vermute, Eure Reise war nicht gänzlich friedvoll«, sagte Ridarchus und deutete auf die Verbände, die nach wie vor einige von Artors Männern verunzierten.

Im Gegensatz zu seinem Schwager Merlin, der immer noch gleich einem Baum aufragte, war Ridarchus im Lauf der Jahre geschrumpft. Fleisch und Gebein hatten sich zu einer gekrümmten, sehnigen Figur gewandelt. Nur seine Nase stach immer noch wild aus dem Antlitz hervor. Wie er dort hockte, mit dem schwarzen Mantel und den funkelnden, dunklen Augen, erinnerte er Artor an einen Raben. Und wie jener Vogel war auch Ridarchus mit den Jahren weise geworden.

»Das stimmt und macht Eure Gastfreundschaft nur umso willkommener. Aber Ihr werdet feststellen, dass die Straßen in den Süden eine Weile sicherer sein werden.«

»Ihr hättet sie bereits sicher vorfinden müssen, nachdem ihr mein Land betreten hattet«, krächzte Ridarchus. »Ich muss Euch dafür danken, dass Ihr mich von dem jungen Cuil und seiner Bande erlöst habt. Aber lasst mich Euch warnen, sein Tod hat Euch hier wenig Freunde beschert. Beim gemeinen Volk, mit dem er seine Beute zu teilen pflegte, war er durchaus beliebt.«

»Begreifen die Menschen nicht, dass es ohne sichere Straßen keinen Handel und keinen langfristigen Wohlstand geben kann?«

»Vielleicht in der Generation ihrer Kinder«, erwiderte der Fürst. »Aber Cuil verschaffte ihnen Gaben, die sie sofort in Händen halten konnten.«

»Das mag wohl sein, und es tut mir leid, dass er im Kampf getötet wurde«, meinte Artor, »denn er war der Bruder des Mannes, der die Leibgarde der Königin gefangen genommen hatte, als wir auf Feldzug in Demetia waren, und ich hätte sein Leben verschont, nachdem ich ihm die Zähne gezogen hätte.« Artor blinzelte, als der sich drehende Wind durch die Vorhänge pfiff, die den Luftzug draußen halten sollten, und Rauch seitwärts aus dem Hauptfeuer wallen ließ.

»Vielleicht werden uns nun mehr Neuigkeiten erreichen«, sagte Ridarchus. »Wir hören wenig von dem, was sich in der Welt außerhalb dieser Insel ereignet.«

Artor schüttelte den Kopf. »Das Kaiserreich des Westens wird von allen Seiten bedrängt. In Italia herrscht Theodoric, der erst kürzlich seine Tochter Amalfrida mit Thraserich vermählt hat, dem Anführer der Vandalen im Norden Afrikas. In Gallia weitet Chlodowig seine Grenzen in alle Richtungen aus. Vor drei Jahren hat er Burdigala eingenommen. Es heißt, die Römer in den Ländern der Goten kämpften für Alarich, ihren gotischen Anführer, aber die Franken waren immer noch zu stark für sie. Alarich schloss Frieden und zollte Chlodowig letztes Jahr Tribut.«

»Also wird das Reich der Wisigoten zu einem Vasallenstaat?«

Artor zuckte mit den Schultern. »In Iberien haben sie bereits den Fuß in der Tür – sie sind schon so viele Male gewandert, vielleicht überqueren sie die Pyrenäen und überlassen den Süden Galliens gänzlich den Franken.«

Die um das Feuer hockenden Männer hoben zu singen an, zuerst die Krieger der Feste, dann, nachdem sie den Kehrreim aufgeschnappt hatten, auch Artors Männer. Medrod konnte der König nicht unter ihnen ausmachen und er fragte sich, wohin der Junge verschwunden sein mochte.

»Mir scheint, dies ist von Belang für Euch«, sprach Ridarchus nach einer Weile. »Aber wir haben hier in Britannien unsere eigenen Sorgen. Wieso kümmert Euch, was jenseits des Meeres geschieht?«

»Cassivellaunus hat womöglich dasselbe gesagt, bevor Caesar kam«, entgegnete Artor trocken. »Die Franken haben sich als kriegerisches Volk entpuppt. Wenn sie nicht jetzt in die Schranken gewiesen werden, könnten sie vor den Toren Eurer Enkel heulen. Außerdem leben in Gallien Menschen unseres Blutes, über die sie gewiss herfallen werden.«

»Ich habe Gerüchte gehört, denen zufolge Ihr erwägt, selbst über das Meer zu reisen.« Ridarchus legte den Kopf schief und heftete seine hellen Augen auf den König.

»Riothamus hat ein dementsprechendes Gesuch an mich gestellt. Doch zuvor muss ich in Britannien für Sicherheit sorgen.«

»Daher diese Reise«, bemerkte Ridarchus bedächtig.

Der Hochkönig nickte. »Bis die Sachsen kamen, waren stets die wilden Stämme des Nordens die größte Gefahr gewesen, danach die Männer Erius. Nachdem ich für Euch getan habe, was in meiner Macht steht, ziehe ich weiter nach Dun Eidyn, um einen Pakt mit dem König der Pikten auszuhandeln.«

Ridarchus bedeutete einer der Dienstmägde, ihnen mehr Bier zu bringen. Er trank einen ausgiebigen Schluck, dann stellte er mit einem zufriedenen Seufzer den Becher ab.

»Ihr könnt auch für mich einen Pakt aushandeln, wenn Ihr wollt«, sagte er schließlich. »Wie Ihr wisst, leben seit vielen Jahren Menschen aus Eriu auf der Halbinsel Cendtire, den alten Gebieten der Epidii. Sie haben die Gefahr, die von ihresgleichen jenseits des Wassers ausgeht, in keiner Weise verstärkt, im Gegenteil, ich glaube, sie haben uns sogar beschützt. Bislang waren sie uns gute Nachbarn, und wir haben Seite an Seite gekämpft, wenn die Pikten zu stark wurden. Aber vielleicht haben zu viele von ihnen Dalriada verlassen, denn in Eriu kann Uirguist, ihr König, die Ui Niall nicht mehr aufhalten.

Seht Ihr die beiden Männer in den safrangelben Kitteln dort drüben neben der Tür?«

Er machte eine kurze Pause, um einen weiteren Schluck zu trinken, während Artors Augen der Richtung seines Blickes folgten.

»Sie sind kurz vor Euch hier eingetroffen. Es sind Männer aus Cendtire, Gesandte. Uirguist möchte mit seinem Hofstaat und dem Rest seines Clans von Dalriada hierher ziehen und bietet uns Freundschaft an. Inoffiziell könnte ich ihre Anwesenheit durchaus dulden, aber ohne Eure Zustimmung würde ich ein solches Bündnis nicht eingehen.«

Besonders, dachte Artor, *wenn ich in Eurer Halle sitze.* Doch er lächelte. »Ich bin einverstanden. Ich lasse ein Einladungsschreiben an Uirguist aufsetzen und werde ihn als Verbündeten willkommen heißen.«

Medrod trat aus dem Schutz der inneren Mauer und stemmte sich gegen den Wind. Es hatte vorübergehend zu regnen aufgehört, aber die Luft barg immer noch spürbar Feuchtigkeit. Mühsam bahnte er sich einen Weg über den unebenen Felsboden zur brusthohen Mauer, die sich entlang der Klippenkante erstreckte. Dann hielt er sich daran fest und sog in tiefen Atemzügen den frischen Wind ein.

Im Süden und Westen zogen sich die silbrigen Wassermassen des Cluta dahin. Unter niedrigen Wolkenbänken erspähte er gerade noch die dunkleren Umrisse des fernen Ufers. Er schaute auf, als eine Möwe über ihm kreischte, die der Wind über den Himmel wirbelte.

Frei, dachte er. *Wie würde es sich wohl anfühlen, so frei zu sein?* Trotz des dicken Stoffs seines Wollmantels spürte er allmählich die Kälte, doch nach der modrigen Wärme der Halle war sie ihm durchaus willkommen. Medrod drehte sich um. Sein Blick wanderte vom Wachturm an der höchsten Stelle des Felsens zu der großen Halle, die sich in einer Nische auf halber Höhe einer Felswand befand.

Er fragte sich, weshalb er sich so eingeengt fühlte – an Ridarchus' Gastfreundschaft gab es wahrlich nichts auszusetzen ... und dann, als die Möwe abermals kreischte, entsann er sich, wie einst über der Bodotria die Seevögel gekreist waren, und ihm wurde klar, dass es der Duft der nördlichen Feuer und der Klang nördlicher Stimmen war, die ihn verwirrt hatten. All das erinnerte ihn an Dun Eidyn.

Ich kann nicht dorthin zurück, ging es ihm durch den Kopf. Noch weniger wollte er das Land der Pikten wieder besuchen, wo ihn alles an Kea erinnern würde. Doch wohin sollte er gehen? Gewiss nicht zu seiner Mutter. Er hatte bewiesen, dass er in der Lage war, seinen eigenen

Weg zu gehen, doch damals war er mit einem Ziel gereist, nämlich einem Platz am Hof des Hochkönigs. Es gehörte nicht zu seinem Lebensplan, ein namenloser Wanderer auf den Straßen Britanniens zu werden. Medrod fragte sich, ob Gwalchmai und seine frisch gebackene Gemahlin ihn wohl aufnehmen würden.

Der Himmel verfinsterte sich. Medrod spürte, wie ein kalter Regentropfen auf seiner Hand aufschlug, gefolgt von einem Schwall weiterer, als die Wolken sich abermals öffneten. Er sog einen letzten Atemzug der kalten, salzigen Luft ein, dann brach er zurück zur inneren Mauer auf. Der Sturm setzte rasch wieder ein; hastig zog er den Mantel über den Kopf und stemmte sich gegen den Regen.

Nach der Mauer gelangte man über eine steile, in den Fels gehauene Treppenflucht zur nächsten Ebene. Medrod kämpfte gegen den Wind an und hatte den oberen Rand beinahe erreicht, als er spürte, wie sich etwas Düsteres vor ihm erhob. Unwillkürlich wich er zurück und rutschte auf dem nassen Stein aus. Wild suchte er mit den Armen nach Halt, doch es gab keinen. Er stürzte hinab, prallte auf einen Felsvorsprung, dann auf den nächsten, ehe er zum Fuß der Mauern hinunterrutschte.

Als er wieder zu sich kam, war es stockfinster. Sein ganzer Körper schmerzte, und ihm war kalt. Mit pochendem Schädel versuchte er sich zu besinnen, was geschehen war. Wenn ihn jemand gestoßen hatte, wieso hatte man dann seine Bewusstlosigkeit nicht genutzt, um ihn ins Meer zu werfen? Und wenn nicht, warum lag er dann noch hier? Doch falls niemand seinen Sturz gesehen hatte, weshalb fragte sich niemand, wohin er verschwunden war?

Wenigstens spürte er noch all seine Glieder. Behutsam versuchte er, sich zu bewegen. Alles tat ihm weh, aber nur im rechten Bein verspürte er wirklich heftigen Schmerz. Zu allem Überfluss würde es nur noch kälter werden. Irgendwie musste er sich aufrappeln.

Medrod hatte es gerade bis zu den Stufen geschafft, als er von oben Stimmen hörte. Fackeln flackerten heftig, als der Wind sie erfasste. Jemand rief seinen Namen.

»Seht nur, da unten am Fuß der Treppe!«, schrie jemand.

»Hier…« Er schob den dunklen Mantel zurück, damit man den helleren Kittel erkennen konnte. »Ich bin hier…«

Jemand eilte auf ihn zu, der die Fackel zu hoch hielt, als dass man die Züge der Gestalt hätte erkennen können. Dann kniete der Mann sich nieder, und Medrod schaute in die besorgten Augen Artors, des Königs, empor.

Der Sturm war vorüber, dennoch blieb der Hochkönig von Britannien in Dun Breatann. Der Junge, Medrod, hatte sich das Bein gebrochen und war noch nicht in der Lage zu reiten. Dass Artor wegen eines Neffen blieb, empfand man als erstaunlich, doch alsbald begannen die Menschen über noch Erstaunlicheres zu munkeln, nämlich dass der Neffe gleichzeitig sein Sohn sei. Artor wusste, dass darüber gesprochen wurde, obwohl ihm verborgen blieb, wer das Gerücht in die Welt gesetzt hatte. Es war unvermeidlich, dachte er, dass die Wahrheit letztlich ans Licht gelangte. Doch das beunruhigte ihn weniger als das Geflüster, das er gehört hatte, als er seinen Sohn aufhob.

»Er lebt noch? Wie schade – für den König und uns alle wäre es besser gewesen, der Bastard hätte sich das Genick gebrochen!«

Artor hatte die Stimme nicht erkannt, und danach zu

fragen hätte die Lage nur noch verschlimmert, doch in den dunklen Stunden der Nacht lag er wach und besann sich des kurzen, sogleich verdrängten Augenblicks, in dem er gehofft hatte, es wäre wahr.

Eine Woche später, als Hörner die Ankunft einer neuen Gruppe verkündeten und die Anführer der Sachsen eintrafen, war er immer noch zugegen. Nachdem Artor mit ihnen gesprochen hatte, begab er sich zur Terrasse, wo Medrod mit geschientem, verbundenem Bein dasaß und aufs Meer hinausblickte.

»Wer ist denn gekommen?«, wollte der Junge wissen und schaute zu ihm auf.

Artor starrte unbeirrt auf das helle Glitzern der Sonne auf dem Wasser. »Der Bruder Cynrics, der mittlerweile über die südlichen Sachsen herrscht«, antwortete er, ohne sich umzudrehen. »Bevor wir Londinium verlassen haben, ließ ich ihm eine Botschaft übermitteln, in der ich seinen Sohn als Geisel forderte, um Frieden zu gewährleisten, solange ich in Gallien weile.«

»Und, hat er sich verweigert?«

Artor schüttelte den Kopf und wandte sich seinem Sohn zu. »Sie haben mir den Knaben gebracht. Sein Name ist Ceawlin.«

»Warum wirkt Ihr dann so besorgt? Und wieso erzählt Ihr es mir?« Medrod schwang das geschiente Bein von der Bank und setzte sich auf. Sonnenlicht strahlte wie der Lichtschein von Feuer auf seinem Haar.

Artor starrte ihn an und versuchte, hinter die dunklen Züge und die fein geschwungenen Knochen zu blicken, die ihn so schmerzlich an Morgause erinnerten. *Wer bist du wirklich, Junge? Was geht hinter diesen Augen vor?*

»Er verlangt, dass ich im Gegenzug einen Mann aus meiner Verwandtschaft schicke – ›*um das Verständnis zwischen unseren Völkern zu fördern*‹ ...«

»Und Goriat will nicht gehen, weshalb Ihr erwägt, mich zu schicken?«, fragte Medrod spöttisch, und Artor spürte, wie er rot wurde.

»Wurdest du die Treppe hinuntergestoßen?« Er hielt dem eindringlichen Blick des Jungen stand und erspähte ein kurzes, sogleich unterdrücktes Aufflackern von Gefühlen.

Artor war König, seit er so alt wie dieser Knabe gewesen war, und er glaubte zu wissen, wie man Menschen einschätzte, doch Medrods Wesen bot keinerlei Ansatzpunkte, um eine Beziehung aufzubauen.

Stimmt das tatsächlich, fragte er sich plötzlich, *oder liegt es daran, dass du dich davor fürchtest, es zu versuchen?* Seit fast einem Jahr war der Junge nun bei ihm, aber wie viel Zeit hatten sie wirklich miteinander verbracht?

Nach einer Weile schlug Medrod die Augen nieder.

»Es war dunkel und hat geregnet ... Ich dachte, da wäre jemand, aber ich konnte nicht richtig sehen. Doch eins kann ich Euch verraten: Der Pfeil, der mich im Süden verwundet hat, kam von hinten.«

»Das hast du mir nie gesagt!« Mit gerunzelter Stirn trat Artor einen Schritt vor, aber Medrods Augen waren so durchsichtig wie das Meer.

»Ich hatte keinen Beweis, Herr, ebenso wenig habe ich jetzt einen ...«

Die Hände zu Fäusten geballt, stand Artor über ihm. *Was verbirgst du?*, dachte er, und dann: *Was verberge ich?* Als sein Zorn verebbte, verspürte er unsägliche Müdigkeit.

»Ich werde dich zu den Sachsen schicken. Hier kann ich keine Gewähr für deine Sicherheit geben, aber Cynric wird über dich wachen wie eine Wölfin über ihr letztes Junges.«

Er wird dich vor seinem Volk beschützen und vor meinem,

setzten seine Gedanken sich fort, *und vielleicht auch vor mir…*

»Wenn das Euer Wunsch ist, werde ich gehorchen«, erwiderte Medrod und wandte den Blick ab.

Artor musterte ihn kurz; er hatte in der Stimme des Knaben etwas vernommen, das sich beinahe wie Zufriedenheit anhörte, und er fragte sich weshalb.

III

Am Ort der Steine

A. D. 503

Im Hochsommer durch die Gefilde von Alba zu reisen, ohne jemanden zu verfolgen oder selbst verfolgt zu werden, war ein richtiges Vergnügen. Die römischen Festungen, die einst zur Verteidigung des antoninischen Walls gedient hatten, waren mittlerweile nicht mehr als aufgeworfene Erdwälle, aber die Straße, die sie miteinander verband, war immer noch passierbar. Im Norden erhoben sich in der Ferne blau schimmernd die Ausläufer der Hochländer, die näher gelegenen Hänge waren wie ein Kaiser in Purpur gehüllt. Alba präsentierte sich durch und durch violett und golden unter einem blassen Himmel, und die Luft hatte den gleichen süßen Geruch wie das torfbraune Wasser, das von den Hügeln herabfloss.

Artor holte tief Luft und richtete sich höher auf, und Sorgen, die ihm gar nicht bewusst gewesen waren, fielen von ihm ab. Sogar das Wetter blieb heiter, als wollte es ihn willkommen heißen.

»Das ist nicht von Dauer«, sagte Goriat. »Ein, vielleicht zwei Wochen, dann erleben wir so dichten Nebel und Regen, dass man meinen könnte, es wäre Winter in den südlichen Gefilden.«

»Umso mehr Grund, es jetzt zu genießen!« Artor grinste ihn an, und Corvus, der die Stimmung seines Reiters spürte, tänzelte und zog an den Zügeln. »Bis das Wetter umschlägt, werden wir wohlbehalten in Fodreu eingetroffen sein.«

Gai, der an seiner anderen Seite ritt, gab einen Laut von sich, der halb nach einem Grunzen, halb nach einem Knurren klang. »Sofern wir ihnen vertrauen können – ich behaupte weiterhin, du bist ein Narr, dich ihrer Macht auszuliefern!«

Goriat riss ob der Wortwahl die Augen auf, Artor hingegen lächelte nur. Mitunter vergaß Gai, dass der König nicht mehr der kleine Pflegebruder war, der ihm überallhin gefolgt war, als sie noch jung waren. Doch das Blut, das Gai seither in seinen Diensten vergossen hatte, berechtigte ihn zu einigen ungeschliffenen Worten, dachte Artor. Der Altersunterschied zwischen beiden betrug nur vier Jahre, doch wirkte Gai um zehn Jahre älter als der König. Sein dunkles Haar war von grauen Strähnen durchzogen, das Gesicht ledrig und zerfurcht.

»Vielleicht«, antwortete Artor milde. »Aber wenn wir ihnen wirklich nicht vertrauen können, halte ich es für besser, das jetzt herauszufinden, damit sie nicht die Grenze überschreiten, während ich in Gallien bin!«

»Na ja!«, gab Gai zurück. »Vielleicht genießt du aber auch nur das Wagnis. Ich erinnere mich noch an unsere Kindertage ...«

Goriat trat seinem Ross in die Rippen und zog mit den beiden gleich, seine Augenbrauen fragend hochgezogen.

»Wann immer es zu friedlich wurde, fiel Artor irgendein närrisches Unterfangen ein ...« Gai tauschte ein wehmütiges Lächeln mit dem König.

»War ich denn so schlimm?«, fragte Artor.

»Erinnerst du dich noch an den Esel des Müllers?« Artors Grinsen zog sich über das ganze Gesicht.

»Was hat er denn gemacht?«, erkundigte Goriat sich mit ehrfürchtiger Stimme.

»Er hat den Esel an einen Dreschflegel gebunden.«

»Es hätte durchaus klappen können«, begehrte der König auf. »Schließlich verwenden wir auch Ochsen, um Korn zu mahlen.«

»Was ist dann passiert?«, beharrte Goriat, den es offensichtlich entzückte, in diese geheime Geschichte eingeweiht zu werden.

»Der Esel fraß das Korn auf, und sowohl Artor als auch ich erhielten eine Tracht Prügel. Man war der Meinung, ich hätte ihn aufhalten müssen, doch ich wusste schon damals, wie nutzlos jeder Versuch war, Artors Meinung ändern zu wollen, wenn er diesen Blick in den Augen hat«, erwiderte Gai schicksalsergeben.

»Trotzdem habe ich etwas daraus gelernt...«, fuhr Artor nach einer Weile fort. »Tiere und Menschen müssen in jene Richtung gelenkt werden, in die ihr Wesen sie zwingt. Meiner Ansicht nach sind die Pikten bereit für den Frieden. Ich wehre mich entschieden dagegen zu glauben, ich hätte mich so sehr an das Kämpfen gewöhnt, dass ich mich danach sehne wie ein Trunkenbold nach Wein! Außerdem, nur für den Fall, dass Gai Recht haben sollte, gibt es da jemanden, den in Gefahr zu bringen mir nicht zusteht –« Er spähte die Kolonne rückwärts hinunter und suchte nach dem Schimmer von Ceawlins rotem Haar.

»Goriat, reite die Kolonne zurück und bring Cynrics Balg hierher zu mir.«

»Und das ist ein weiteres Wagnis...«, murmelte Gai, als der jüngere Mann lospreschte.

»Das Kind ist neun Jahre alt! Fürchtest du etwa, der Knabe könnte mich angreifen?«, ereiferte sich Artor.

»Er ist ein Fuchswelpe. Ich fürchte vielmehr, dass du ihn lieb gewinnst und dann verletzt bist, wenn er zu seiner wilden Verwandtschaft zurückkehrt.«

Artor presste die Kiefer aufeinander und besann sich des Vorfalls, auf den Gai anspielte. Er war dankbar, dass sein Stiefbruder Oesc nicht erwähnt hatte, den er ebenfalls zu seiner Geisel gemacht, innig geliebt und am Mons Badonicus gezwungenermaßen getötet hatte. Oescs kleiner Sohn musste inzwischen acht Jahre alt sein.

Er schüttelte die Erinnerung ab, als Goriat zurückkehrte. Das stirnrunzelnde Kind trat seinem Pony in die Flanken, um mit Goriat Schritt zu halten. Ungeachtet des sächsischen Namens besaß Ceawlin das Aussehen des Königshauses der Belgae, dem sein Großvater Ceredic entstammte.

Unser Blut vermischt sich bereits, dachte Artor. *Wie lange noch, bis wir auch im Geiste vereint sind?* Abermals rief er sich jenen anderen kleinen Jungen ins Gedächtnis, Oescs Sohn, dessen Mutter Britin und ebenfalls von königlichem Blut war.

»Genießt du die Reise?«

Kurz hoben sich die grauen Augen, dann richtete Ceawlin den Blick wieder auf die Straße.

»Mittlerweile kennst du mehr von Britannien als jeder andere Junge bei dir zu Hause.« Artor sah, wie die in Falten geworfene Stirn sich zu entspannen begann, und verbarg ein Lächeln. »Aber womöglich vermisst du die südlichen Lande. Ich habe vor, dich nach Camelot zu schicken, wo du unter der Obhut meiner Königin stehen wirst.«

»Hat sie auch einen kleinen Jungen?«

Artor zuckte zusammen, kurzzeitig überrascht darüber, welchen Schmerz die Frage ihm bereitete. Doch Ceawlin konnte unmöglich wissen, dass er ins Schwarze getroffen, geschweige denn einen äußerst wunden Punkt berührt hatte. Könnte Gwendivar den Fuchswelpen lieben, den er ihr sandte? Oder würde sie insgeheim weinen, weil ihr Gemahl außerstande gewesen war, sie mit einem Kind zu segnen?

Goriat erzählte dem Knaben von Camelot, wo die Kinder der Leute, die kochten, das Vieh hüteten und Wache hielten, lachend die Mauern entlangrannten. Außerdem brachten die Fürsten und Häuptlinge ihre Söhne mit, wenn sie auf Besuch kamen, doch sie waren allesamt Briten. Oesc hatte zumindest Cunorix und Bediver als Gefährten gehabt.

»Vielleicht holen wir Eormenric aus Cantuwara, um dir Gesellschaft zu leisten«, schlug Artor vor. »Würde dir das gefallen?«

Ceawlin nickte. »Sein Vater war der Verbündete meines Großvaters.«

Gai zog eine Augenbraue hoch. Dieser Welpe würde nicht einfach zu zähmen sein.

Eormenric war von seiner Mutter zu Artors Freund erzogen worden. Dennoch brauchte er auch Freunde unter den Sachsen, und vielleicht würde Ceawlin auf einen anderen Knaben eher hören. Sie konnten einander den Rücken gegen die Rudel der britischen Kinder stärken, und Gwendivar würde sie ebenso mühelos für sich einnehmen wie jeden anderen auch.

Kurz schloss Artor die Augen und sah vor den Lidern den Schimmer ihres bernsteinfarbenen Haars. Wenn er zu Hause war, quälte ihn das Wissen darum, wie sehr er sie enttäuscht hatte, bisweilen so schmerzlich, dass er sich wünschte, wieder fort zu sein. Wenn er hingegen von Gwendivar getrennt war, beherrschte sie seine Träume.

»Damit wäre das also geklärt«, verkündete er forsch. »Goriat, ich gebe dir eine Begleitgarde, um den Knaben in den Süden zu bringen, außerdem Briefe an die Königin.« Als er des rebellischen Blicks des jungen Mannes gewahr wurde, fügte er hinzu: »Fürchte nicht um meine Sicherheit – Gai ist misstrauisch für zwei. Und außerdem – hieß es nicht, die Pikten wollten dich einst mit einer ihrer Prinzessinnen verheiraten? Es widerstrebt mir, dich in ihre Nähe zu lassen!«

Ob der Schamesröte, die Goriats Wangen überzog, begannen alle zu lachen, und Artor wusste, dass sein Neffe nicht mehr wagen würde, aufzubegehren.

Nach zwei weiteren Tagesmärschen konnten sie im Osten, wo die Bodotria-Förde tief ins Land schnitt, einen flüchtigen Blick auf klares Wasser werfen. Hier trennten sich ihre Wege. Goriat und seine Männer reisten mit dem Knaben nach Dun Eidyn und weiter nach Süden, Artor und seine Gruppe gen Norden in Richtung der Quelle des Tava und der piktischen Clangebiete von Fodreu.

»Goriat hatte Recht! Das gute Wetter war nicht von langer Dauer«, brummte Gai. »Verflucht sei dieser teuflische Nebel – wie sollen wir denn so den Pfad erkennen?«

Artor wischte sich Regen aus den Augen und spähte voraus. Wie vorhergesagt, hatte das Wetter sich verschlechtert. Den ganzen Tag hindurch waren sie in Nieselregen gereist. Wären sie nicht bereits so weit gekommen, wäre Artor vielleicht versucht gewesen umzukehren, doch mittlerweile glaubte er sich nahe Fodreu zu befinden. Sofern sie den Ort überhaupt fanden, dachte er missmutig. Doch die Aussicht, sich zu verirren, war im Falle einer Umkehr ebenso wahrscheinlich wie wenn sie weiterzogen. Er konnte nur hoffen, dass die Pikten ihre Jagdgebiete aufmerksam im Auge behielten und sie hingeleiten würden.

Der Pfad, dem sie folgten, wand sich zwischen sanften Hügeln entlang. Gelegentlich erspähte er über ihnen die Schemen höherer Gipfel, die kurz auftauchten und sogleich wieder verschwanden. *Merlin könnte sie wieder herbeizaubern*, dachte er wehmütig. *Ich wünschte, Merlin wäre hier*.

Das schwarze Ross stolperte auf dem felsigen Boden; instinktiv zog er die Zügel straff und beruhigte das Tier mit Händen und Knien. Corvus nahm sich wieder zusammen und bewegte sich vorsichtig weiter. Artor verlagerte das Gewicht im Sattel, dessen harte Sitzfläche allmählich durch die feuchte Lederhose zu reiben begann, die seine Oberschenkel bedeckte. Der erlesene Stahl seines stets geölten und polierten Schwertes würde keinen Schaden nehmen, doch er hatte den Eindruck, das weniger wertvolle Metall seines Kettenhemds, das irgendeiner barbarischen Hilfsstreitmacht entstammte, begann bereits zu rosten.

Nach einigen weiteren Schritten nahm der Rappe abermals mit erhobenem Kopf und sich blähenden Nüstern Witterung auf.

»Alles in Ordnung, alter Knabe.« Der König beugte sich vor, um den feuchten Hals zu tätscheln, dann verharrte er, als die gedrungenen Formen von Büschen und Felsblöcken auf dem Hang vor ihnen sich zu bewegen begannen. Die verschwommenen Gestalten von Männern auf struppigen Ponys schienen aus dem Hügel hervorzutreten.

Jemand schrie eine Warnung, und Gai trat sein Pferd vorwärts, um den König zu decken. Gleichzeitig riss er, leise fluchend, das Schwert aus der Scheide.

Artor richtete sich auf und griff nach dem Heft der eigenen Klinge. Dann hielt er inne. Warum brüllten die Neuankömmlinge nicht? Und warum hatte kein Pfeilhagel eingesetzt, um die Briten zu fällen?

Hinter ihm mühten seine Männer sich fieberhaft damit ab, die Bögen zu spannen. Artor hob eine Hand. »Wartet!«

Vor Spannung bebend, beobachteten die Briten, wie die piktischen Reiter aus dem Nebel auftauchten. Sie waren von Kopf bis Fuß in schwere Wollstoffe gehüllt, gestreifte und karierte Tuche, mit Naturfarben getönt, dampfend vor Feuchtigkeit. Als sie sich näherten, bemerkte Artor, dass sie wie Schafe rochen.

Die ersten Reiter waren kleinwüchsige Männer mit zerzaustem Haar und dichtem Bart, doch sie wichen einem anderen Mann von der Größe eines Briten, unter dessen Plaid die goldene Kette eines Häuptlings funkelte. Scheinbar ohne jedes Zeichen zügelte er das Pony und musterte die Fremden unter gerunzelten Brauen.

»Wer ist der Anführer der Männer aus dem Süden?« Seine Aussprache wirkte kalt, die Worte jedoch erklangen klar und deutlich.

Die Hand nach wie vor zum Zeichen des Friedens erhoben, trabte der König hinter Gai hervor. »Das bin ich, Artor von Britannien. Wir suchen die Feste von Drest Gurthinmoch, König aller Pikten. Könnt Ihr uns dorthinführen?«

Der piktische Häuptling nickte. »Er hat uns ausgesandt, Euch zu suchen. Feuer und Essen erwarten Euch, außerdem«, dabei zuckten seine Lippen unter dem rostroten Schnurrbart, »trockene Kleider.«

In jener Nacht, während Artor am Feuer des Piktenkönigs Heidebier trank, dachte er, dass Drest Gurthinmochs Gastfreundschaft dessen Feindschaft mit Sicherheit vorzuziehen war. Für die steifen Muskeln war jede Bewegung schmerzhaft, doch ein warmes Feuer und ein voller Bauch wogen dies mehr als auf. Und vor allem war er froh darüber, trocken zu sein, wie es ihm der piktische Häuptling versprochen hatte.

Über ihm ragte der Giebel des Rieddaches, verborgen durch Rauchschleier, in unbekannte Höhen auf, doch unten neben dem Feuer war die Luft klar. In den westlichen Gebieten Britanniens hatte Artor bereits Rundhäuser gesehen, doch noch nie eines von solcher Größe. In römischen Landen bevorzugten Fürsten die eleganten, verputzten und bemalten Villen der Eroberer. Das Rundhaus, das den Mittelpunkt der Feste von König Drest bildete, war annähernd so breit wie die Basilika von Calleva. Die konzentrischen Stützpfeiler zierten Schnitzereien und Malereien von Zickzackmustern, Halbmonden, Kreisen und stilisierte Darstellungen von Bären, Lachsen, Bullen, Pferden und Vögeln, die er für die Totems der piktischen Clans hielt.

Meine Ahnen haben so gelebt, bevor die Römer kamen ..., dachte Artor. Er fühlte sich, als hätte er einen Elfenhügel betreten, auf dem die Zeit rückwärts lief und ihn in die Vergangenheit versetzte.

König Drest sprach mit ihm. Artor drehte sich zu ihm um und hielt die Hand über ein Ohr, als wäre es der Lärm und nicht die eigene Zerstreutheit gewesen, die ihm des Piktenkönigs Worte entgehen ließen.

»Es ist gut, dass meine Männer Euch gefunden haben«, erklärte Drest mit seinem kehligen Akzent. Die Sprache der Piktenfürsten war ebenso altmodisch wie ihre Hallen, ein britischer Dialekt, gemischt mit Worten einer Artor unbekannten Sprache.

»Fürwahr«, erwiderte Artor. »Das Wetter war denkbar schlecht, um sich draußen in den Sumpfgebieten aufzuhalten.«

»Nu' ja – ich hätte Euch eher vor einer anderen Gefahr gewarnt«, gab der Pikte zurück. »Es gibt Schlimmeres als das Wetter oder die wilden Tiere, die jene Hügel durchstreifen.«

Seine Stimme hatte sich zu einem verschwörerischen Flüstern gesenkt, und Artor, der eine aufschlussreiche Geschichte witterte, lehnte sich mit hochgezogenen Augenbrauen zurück.

»In Gesellschaft einer großen, gut ausgerüsteten Armee wärt Ihr dem Bluthauberich wohl eher nicht begegnet. Aber für einsame Reisende ist er mit seinen roten Augen und den klauenartigen Fingernägeln ein Furcht erregender Anblick.«

»Und mit einem blutigen Kopf?«

Drest verzog das Gesicht. »Ist wohl eher der Kopf des Reisenden, der blutig ist, nachdem ihn dieses Unwesen mit schweren Steinen erschlagen hat und das Blut in seiner Haube als Nahrung davonträgt.«

»Der Bluthauberich ist schon furchterregend«, mischte sich einer von Drests Häuptlingen ins Gespräch. »Noch gefährlicher aber ist das Verborgene Volk, das unter den Hügeln lebt.«

»Weil sie wie Menschen aussehen«, warf ein großer Mann mit hellem Haar ein. »Nur kann ihnen das Alter nichts anhaben. Sie stehlen unsere Frauen und tauschen deren kränkliche Säuglinge gegen die ihren.«

»Besitzen sie Schätze?«, fragte Artor, der sich an einige Berichte erinnerte, die er gehört hatte. Diese Geschichten waren überall bekannt, obwohl das Elfenvolk in den römischen Landen im Schwinden begriffen schien.

»Gewiss, denn sie sind schon hier, seit die ersten Mütter unseres Volkes in dieses Land kamen. Sie sind Wesen der Nacht und der Schatten. Fängt man sie bei hellem Tageslicht, werden sie schwach und hässlich. Dann kann man sie mühelos töten.«

»Und sie würden eher sterben, als zu verraten, wo ihr

Schatz verborgen ist«, sagte der Häuptling. »So wie das Weibchen, das wir vor zwei Monden gefangen haben. Es hat gebrüllt wie am Spieß, doch es sprach kein Wort, ehe es starb.«

Artor wandte den Blick ab und versuchte sich nicht auszumalen, welcher Behandlung man die Frau – oder was immer sie gewesen sein mochte – unterzogen hatte, dass sie derart schreien musste. Plötzlich schien die barbarische Pracht von Drest Gurthinmochs Feste weit weniger anziehend. Und doch musste er eingestehen, dass zahlreiche Römer, hätten sie von dem Schatz gewusst, wohl dasselbe getan hätten.

»Da bin ich ja mit knapper Not entkommen«, meinte er in unverbindlichem Tonfall. »Gesegnet sei das Schicksal, das mich zu Drest Gurthinmochs Feste geführt hat. Hätte ich gewusst, welch großzügiger Gastgeber Ihr seid, wäre ich schon eher gekommen ...«

Ohne Schwert in der Hand? Der Widerhall seiner Gedanken zeigte sich unverkennbar im zynischen Schimmern in den Augen des Piktenkönigs.

»Wenn zwischen unseren Völkern bislang weniger als Freundschaft bestand, dann nicht durch meinen Willen«, fügte Artor ruhig hinzu.

»Ebenso wenig durch meinen«, pflichtete sein Gastgeber ihm bei. »Doch darüber reden wir morgen Früh. Jetzt trinken wir erst einmal gemeinsam; wollen doch sehen, ob die Briten den Pretani am Bierfass genauso ebenbürtig sind wie auf dem Schlachtfeld!« Damit brach er in lautes Lachen aus.

Artor erwachte mit dröhnendem Schädel. Als er hinaus zur Pferdetränke wankte, sah er, dass es lange nach Sonnenaufgang war. Seine Erinnerung an den vorangegangenen Abend war verworren und gipfelte in einer Flut betrunkener Freundschaftsbezeugungen, auf der er ins Bett getragen wurde. *Ich hoffe, ich habe nicht halb Britannien verschenkt ... was mischen die nur in ihr Bier?*

Nachdem er den Kopf ins eiskalte Wasser getunkt hatte, fühlte er sich schon weniger wie ein Opfer des Bluthauberichs und war in der Lage, Drest Gurthinmoch zu begrüßen, ohne ob des Widerhalls der eigenen Worte im Schädel zusammenzuzucken. Der Piktenkönig präsentierte sich forsch, mit geröteten Wangen; an ihm war das nächtliche Gelage offensichtlich spurlos vorübergegangen.

»Kommt mit«, forderte Drest ihn auf. »Wir spazieren ein wenig und vervollständigen Eure Genesung in der süßen, frischen Luft.«

Artor verzog das Gesicht. Sein Zustand war ihm wohl stärker anzusehen, als er gedacht hatte. Dennoch war es ein guter Vorschlag, und je mehr die Bewegung seine Muskeln wieder in Schwung brachte, desto mehr fühlte er sich wieder wie ein Mensch, wenn auch noch nicht ganz wie ein König.

Die königliche Feste lag am Ufer des Tava, der hier tief und gemächlich zwischen zwei Hügelreihen verlief. Jenseits der großen Festhalle befand sich das Haus der Königin, dessen Rieddach mit Mustern in matten Rot-, Grün- und Blautönen gefärbt war. Das Palisadentor stand offen; auf der Weide grasten Pferde und Rinder. Zunächst glaubte Artor, er wäre hergebracht worden, um die Tiere zu bewundern, doch der Piktenkönig führte ihn einen Pfad zu den Bäumen entlang. Als Artor die Gruppe stattlicher Eichen erblickte, die vor ihm aufragten, begriff er, dass er zum Nemeton, dem Heiligtum des Stammes, geleitet wurde.

Die Weide war voller Geräusche gewesen – das Wiehern eines Ponys und das Stampfen von Hufen, Bienensummen, das Zwitschern von Vögeln – im Hain hingegen war es ausgesprochen still. Das Flüstern des Windes in den hohen Blättern schien die Stille darunter noch zu verstärken. Als sie den Rand der Lichtung erreichten, spürte Artor eine Veränderung, eine Art Druck, und hielt jäh inne.

Lächelnd drehte Drest Gurthinmoch sich zu ihm um. »Ah, Ihr spürt es? Das ist gut, doch da ich bei Euch bin, werden die Hüter Euch gestatten einzutreten.« Damit streckte er die Hand aus, die Artor nach flüchtigem Zögern ergriff.

Kurz ließ ihn der Übergang schwindeln; dann war er darin, umgeben von Bäumen, die ihn zu beobachten schienen wie die aufgestellten Steine des Tanzes der Riesen. Und inmitten des Kreises lag ebenfalls ein Stein.

»Der Königsstein ...«, erklärte der Pikte. »Als ich anlässlich meiner Krönung darauf stand, stieß er einen Schrei für jene aus, die ihn zu hören verstehen. Pflegt Ihr diesen Brauch in Eurem Land nicht?«

Artor betrachtete den Sandsteinblock, einen groben Quader von Sitzhöhe, auf dessen Oberfläche eine Vertiefung prangte, die einem Fußabdruck ähnelte. Artor wusste, dass im Norden jeder Stamm seinen Nabelstein hatte, der den Mittelpunkt jedweder Versammlung darstellte. Auch in Britannien gab es geheiligte Steine, doch wo die Römer herrschten, war ihre Verwendung vergessen worden.

»Nicht mehr«, flüsterte er.

»Ich komme hierher, wenn ich wie ein König denken muss.« Drest bedeutete ihm, sich neben ihn auf den umgestürzten Baumstamm zu setzen, der am Rand der Lichtung lag. »Warum wollt Ihr die Meerenge überqueren?«

Die plötzliche Frage traf Artor völlig überraschend.

Sinnlos sich zu erkundigen, woher der alte Wolf es wusste; zweifellos hatte er einen Spitzel in Artors Haushalt, wie es ja auch im Piktenland Leute gab, die dem britischen König Neuigkeiten zutrugen.

»Um gegen die Franken zu kämpfen«, antwortete er nach einer Weile.

»Weshalb? Sie greifen Eure Küsten doch nicht an.«

»Noch nicht. Aber sie sind hungrig. Eines Tages werden sie so wie die Römer das Meer überqueren. Es ist besser, sie jetzt aufzuhalten, als zu warten, bis sie sich in unseren Jagdgründen herumtreiben – oder in Euren.«

Drest wirkte nachdenklich. »Also dient dieser Krieg, in den Ihr zieht, auch unserer Verteidigung?«

»Zumindest glaube ich das.« Artor stellte fest, dass er wie die Römer dachte, die ihre Grenzen schützten, indem sie eroberten, was sich dahinter befand. Doch die Römer hatten nicht gewusst, wann es genug war. Er würde klüger und weiser sein.

Der Piktenkönig knurrte. »Dann werde ich Euch den Rücken frei halten.«

Artor richtete sich auf. Seine Haut glühte, als eine ungeahnte Spannung von ihm abfiel.

»Blut besiegelt ein Bündnis besser als heiße Luft«, meinte Drest schließlich. »Wirklich schade, dass Ihr kein Kind habt.«

Ich habe einen Sohn ... Unvermittelt tauchte Medrods Antlitz vor Artors geistigem Auge auf, doch er schwieg.

»Einer der Söhne Eurer Schwester wird Euer Erbe werden, wie es sich geziemt, aber sie hat mehrere. Es wäre gut, wenn einer von ihnen hergeschickt würde, um eine unserer königlichen Frauen zu heiraten.« Er bedachte Artor mit einem verstohlenen Blick. »Eines Tages könnte Euer Blut doch noch über die Pretani herrschen ...«

Artor fuhr sich mit der Zunge über die trockenen Lippen. »Sie sind erwachsene Männer. Ich kann nicht für sie entscheiden. Aber ich will sie fragen.«

»Oder einer Eurer Gefährten, obwohl mein Volk das als weniger bindend betrachten würde. Dennoch würde es jeden in Eurer Kriegsbande ausgebildeten Mann hoch schätzen.«

Artors Lippen zuckten ob der Schmeichelei. »Ich werde fragen.«

Die Briten waren darauf bedacht, ihre Abreise hinauszuzögern, bis die Sonne zurückkehrte, doch Artor begriff bald, dass dem Wetter so hoch im Norden nie zu trauen war. Als sie die Förde erreichten, blies ein frostiger Wind vom Meer herein und trieb dunkle Wolken vor sich her, denen Regenschwaden folgten. Er hoffte nur, dass die Pikten vertrauenswürdiger waren als der Himmel.

Jenseits der Förde sah er die Umrisse des Felsens von Dun Eidyn, der sich gegen die Wolken abzeichnete. Das Wasser präsentierte sich voller Schaumkronen. Gewiss würde niemand wagen, dieses Meer zu befahren, ehe der Wind nachgelassen hatte.

Der König zügelte das schwarze Ross am Rand des Strandes und blickte mit einer Sehnsucht über die rollenden Wogen, die ihn überraschte. Er wollte zurück in sein eigenes Land!

Gai sagte etwas von einem Wald, in dessen Schutz sie den Sturm abwarten konnten, aber Artor schüttelte den Kopf.

»Ich habe Boote ohnehin nie gemocht«, entgegnete er ungehalten. »Wir reiten drum herum nach Osten.«

Gai schüttelte trübsinnig den Kopf, dennoch wandte er sich ab und begann, die notwendigen Befehle zu erteilen. Kurz plagten den König Gewissensbisse – er wusste, dass seinem Stiefbruder das am Mons Badonicus verletzte Knie bei feuchtem Wetter Schmerzen bereitete, doch zweifellos würde es unterwegs nicht mehr schmerzen, als wenn sie in einem nassen Wald herumhockten.

Eine Zeit lang schien Artors Entscheidung sich sogar als eine gute zu erweisen. In einiger Entfernung vom Meer ließ die Stärke des Windes nach, und als die Nacht näher rückte, schwächte sich der Regen in feinen Niesel ab. Im Lager war es zwar nass, doch die Umhänge aus dicht gewobener, natürlicher Wolle, die König Drest ihnen als Reitmäntel mitgegeben hatte, hielten auch in feuchtem Zustand warm.

Am nächsten Morgen empfanden sie die Luft als wärmer, und der Regen hatte beinahe aufgehört, doch kaum waren sie eine Stunde unterwegs, da wünschten sie ihn schon zurück, denn die durchtränkte Erde gab die Feuchtigkeit in Form von Nebel ab. Die schweren, tief hängenden Schwaden lasteten schwer auf den Lungen, drangen bis ins Mark vor.

Rechter Hand schien ein Trampelpfad abzuzweigen; in der Hoffnung, über den Nebel zu gelangen und Zuflucht zu finden, lenkten sie die Pferde hügelaufwärts. Die Pikten, die sie begleitet hatten, kannten die Gegend zwar, doch nun besaß keiner von ihnen eine derart genaue Ortskenntnis von jedem Fels und jedem Baum, die sie hätte geleiten können.

Der Nebel dämpfte jedweden Laut. Mittlerweile waren sie abgestiegen, und Artor hörte deutlich, wie Corvus sich klappernd und scharrend einen Weg über Schlamm und Stein bahnte. Die Geräusche der anderen Pferde ertönten wie aus weiter Ferne, und bei Einbruch der Dunkelheit verwandelten sich die Gestalten in Schatten, die man eher spürte als sah.

Etwas befand sich vor ihnen; das schwarze Ross riss den Kopf empor und wieherte erschrocken. Artor zog ihn herab und tätschelte den verschwitzten Hals, um das Tier zu beruhigen. Es war nur ein großer Felsblock, obwohl er im Halbdunkel wie eine lauernde Bestie wirkte. Artor führte Corvus um den Fels herum und zog ihn behutsam hinter dem entschwindenden Schatten des Pferdes vor ihm her.

Zumindest glaubte er das. Er war wohl etwa so lange gegangen, wie es brauchte, ein Ei zu kochen, ehe er erkannte, dass die Gestalt, der zu folgen er vermeint hatte, ein weiterer Felsblock war. Jäh hielt er inne und lauschte. Corvus' schweres Schnauben war das einzige Geräusch.

Eine Weile verharrte der König und fluchte. Dann tastete er nach dem Riemen, an dem sein Horn befestigt war. Er setzte es an die Lippen und blies; in der schweren Luft klang der Laut dumpf. Von irgendwo weiter oberhalb ertönte eine Antwort. Artor löste die Zügel, und das Pferd setzte sich in Bewegung.

Noch drei weitere Male blies er ins Horn, und jedes Mal ertönte die Antwort schwächer, bis er gar nichts mehr hörte. Mittlerweile war die Finsternis vollkommen; zöge er weiter, ginge er das Wagnis ein, dass Corvus sich in einem verborgenen Loch die Beine brach. Das Gelände stieg an. Artor stieß sich die Zehe an einem großen Stein und machte einen Schritt zur Seite. Dahinter fand er ebeneren Boden vor.

Zitternd hielt sein Ross inne, und Artor riss an den Zügeln. Selbst in der dichten Luft bemerkte er die Veränderung in der Umgebung, die ihm verriet, dass der Stein, den er soeben passiert hatte, kein gewöhnlicher Felsblock gewesen war, doch mittlerweile war es ihm einerlei. Wenn der Ort das Pferd nervös machte, würden ihn vielleicht auch wilde Geschöpfe meiden. Weitergehen konnte er ohnehin nicht.

Blind tastend legte er dem Ross Fußfesseln an und entfernte das Zaumzeug, dann löste er die Satteldecke und legte sie neben einen hochkant aufragenden Stein auf den Boden. Halb darüber lag eine weitere Steinplatte. Artor zog die Decke darunter und war dankbar für jedweden Schutz, den der Stein bieten mochte. Schließlich wickelte er sich in den piktischen Plaid und legte sich hin.

Im Schutz der Steine war es wärmer, als er erwartet hatte. Unter der Decke spürte er etwas, das sich wie Tonscherben anfühlte und wischte sie weg. Bruchstückhafte Warnungen zerrten an seinem Erinnerungsvermögen, doch die Erschöpfung übermannte ihn bereits. Bevor er entscheiden konnte, ob er sich fürchten sollte oder nicht, war er bereits eingeschlafen.

»Artor ... Verteidiger Britanniens ... erhebe dich ...«

Blinzelnd setzte der König sich auf. Er war froh, aus dem alten Albtraum über den Mons Badonicus zu erwachen, aber während er sich verwirrt umblickte, fragte er sich, ob er sich in einem weiteren Traum befand. Zwar war es immer noch Nacht, doch in dem Kreis herrschte kein Nebel, und die Steine leuchteten. In ihrem gespenstischen Licht sah er, dass sein Unterschlupf aus einer Steinplatte bestand, die wie bei einem Tisch auf zwei anderen ruhte, doch anstelle blanker Erde, die er darunter erwartet hatte, erblickte er einen hellen Tunnel, der in den Hügel führte.

»Artor, komm zu mir ...«

Rasch sah der König sich um. Sein Pferd stand angebunden da, das Haupt im Schlaf geneigt. Der Ruf erklang aus der Tiefe. Ein entferntes Raunen seines Verstandes mahnte ihn, nicht zu antworten, aber die Stimme war süß wie seiner Mutter Schlaflieder, golden wie Gwendivars Lachen. Kein Sterblicher hätte jenem Ruf zu widerstehen vermocht.

Er kniete sich nieder und spähte in die Öffnung. Und er hatte den Eindruck, dass der Raum größer wurde, oder vielleicht schrumpfte auch er, denn was er nun erblickte, war ein Tunnel, durch den er mühelos aufrecht gehen konnte.

Das Licht leuchtete grell vor ihm auf. Als er wieder sehen konnte, fand er sich in einer runden, aus dem Fels gehauenen Kammer wieder. Von dem Durchgang, durch den er eingetreten war, fehlte jede Spur, dafür scharten sich rings um ihn Leute. Mit blankem Entsetzen erkannte er, dass ihn das Verborgene Volk in seiner Gewalt hatte.

Artor holte tief Luft und sah sich um. Die Wesen wirkten keineswegs feindselig. Männer und Frauen starrten ihn an. Sie hatten Ähnlichkeit mit einigen Menschen, die ihm bei den Pikten aufgefallen waren – stämmige Körper, graue Augen und dichtes, erdbraunes Haar –, ihre Kleider hingegen unterschieden sich von allem, was er bislang gesehen hatte. Die Krieger präsentierten sich mit nackter Brust. Um die Lenden trugen sie von goldverzierten Gürteln gehaltene Kilts aus kariertem Wolltuch. Ihre Haut war blau vor Tätowierungen, an ihren Seiten hingen blattförmige Bronzeschwerter. Andere Männer trugen an einer Schulter mit Spangen befestigte Tierhäute. Außerdem waren da Frauen in Röcken und Schultertüchern, während andere in ein einziges Kleidungsstück gehüllt waren, das an den Schultern von Broschen aus Bronze oder Gold zusammengehalten wurde.

Wer immer sie waren, sie strahlten Reichtum aus – Gold an den Handgelenken und Ohren, halbmondförmige Halsketten aus Blattgold. Während er all das staunend betrachtete, teilte sich die Menge, und ein in weiße Wolle gewandeter Mann erschien. Er ähnelte Merlin, aber er war kleiner von Gestalt. Blattgold überzog seine Brust und seine Schultern. Eine gebieterische Geste hieß Artor näher zu kommen; die Leute wichen zurück und deuteten auf sein Kettenhemd und sein Schwert.

Am hinteren Ende der Höhle thronte eine Frau auf einem Steinvorsprung. Darauf prangten eingehauene Muster; erst jetzt bemerkte Artor, dass die gesamte Höhle mit gemeißelten Spiralsymbolen überzogen war, sodass ihre Umrisse unscharf waren. Doch im Augenblick konnte er keine Aufmerksamkeit dafür erübrigen. Die gleichen Spiralmuster verflochten sich auf der elfenbeinfarbenen Haut des nackten Oberkörpers der Frau ineinander. Nein, es war nicht bloß eine Frau, dachte er, als er des goldenen Diadems gewahr wurde, das aus dem Schopf dunklen Haares hervorschimmerte – es war eine Königin. Sie erinnerte ihn an Drest Gurthinmochs Gemahlin, die von den Pikten die Große Stute genannt wurde. Ein Rock aus gefärbtem Leinen fiel in steifen Falten unterhalb ihres Bauches über die Beine; als Mantel trug sie die dichten Felle von Wildkatzen, die schmalen Köpfe prangten an ihren Schultern. In den Augenschlitzen funkelte schottischer Quarz.

»Verteidiger ...«

Unaufgefordert sank Artor auf die Knie. Ihre Augen glichen jenen der Piktenkönigin.

»Was wollt Ihr von mir?« Seine Stimme klang heiser in seinen Ohren.

»Verteidige dieses Land.«

»Das tue ich, seit ich fünfzehn Winter alt bin.«

»Verteidige dein Volk«, forderte die Königin ihn auf. »Dein gesamtes Volk – die Kinder des Erdvolkes ebenso wie die Kinder der Sonne.«

Artor legte die Hand auf das Heft seines Schwertes. »Ich

habe gelobt, Gerechtigkeit für alle walten zu lassen, die auf dieser geheiligten Insel leben.«

»Menschen brauchen nicht nur Gerechtigkeit, sondern auch Hoffnung und einen Traum.« Ihre Stimme klang gleichzeitig süß und bitter.

Artor schüttelte den Kopf. »Wie kann ich ihnen das geben, Herrin? Ich bin selbst nur ein Mensch ...«

»Du bist das Kind des Bären und der Rabe Britanniens«, fuhr sie ungerührt fort. »Bist du willens, des Landes ewiger König zu werden?«

Artor besann sich der Eide, die er anlässlich seiner Krönung geschworen hatte. Doch dies war etwas anderes, ein heller Schatten auf der Seele. Als er zögerte, sprach sie weiter.

»Es gilt, einen Preis zu bezahlen.«

»Was wollt Ihr von mir?«

»Berühre den Stein, dann wirst du begreifen.«

Eine lange Weile starrte er sie an. »Wo finde ich ihn?«, flüsterte er schließlich.

Ihre Augen bannten seinen Blick; in Artors Kopf drehte sich alles. »Er ist hier ...« Der Stein, auf dem sie saß, begann zu glühen. Als Artor die Hände danach ausstreckte, hallte ihr Ruf als Echo von allen Seiten wider. »Hier ... *hier* ... HIER!«

Das Glühen wurde immer heller, und er stürzte in ein grelles Licht.

Artor erwachte und spürte einen stechenden Schmerz oberhalb des Brustbeins. Er schlug die Augen auf und verharrte reglos. Unterhalb der Nase erspähte er das stumpfe Blinken einer Speerspitze aus Feuerstein.

Sein Blick folgte dem Schaft zu dem Mann, der ihn hielt. Einen Moment lang vermeinte er immer noch zu träumen, denn der Mann war stämmig und hatte braunes, buschiges Haar wie die Krieger, die er in der Höhle gesehen hatte. Dann erkannte er, dass die Züge des Mannes verhärmt wirkten, sein Fellumhang zerschlissen war. Und er war nicht allein.

»Wer seid Ihr?«, erkundigte sich einer der anderen Männer in kehligem Britisch. Er war ein wenig besser gekleidet als die Übrigen, aber Artor erkannte in seinen Häschern das Hügelvolk, vor dem die Pikten ihn gewarnt hatten. Doch nun wusste er, dass sie die Ureinwohner dieses Landes waren. Einer der Fremden hielt Corvus am Zaumzeug. Das schwarze Ross stampfte und warf den Kopf hoch, versuchte jedoch nicht auszureißen.

Langsam rückte der König unter dem Speer weg, setzte sich auf und wischte weitere Tonscherben weg, als er die Hände auf den Boden legte. Jemand atmete schwer und schlug ein schützendes Zeichen.

»Ich bin der Verteidiger Britanniens ...«, antwortete er, während der Widerhall seines Traumes noch durch seinen Kopf geisterte.

»Seid Ihr die ganze Nacht hier gewesen?«

Artor nickte. Der Himmel war immer noch grau, aber die Nebelschwaden verhängten nicht mehr die Hügel. Eine sanfte Brise ließ hoffen, dass es später am Tage aufklaren würde.

»Ich habe mich im Nebel verirrt.« Artor sah sich um. Erst jetzt wurde ihm deutlich, wie seltsam seine Zuflucht war. »Dieser Ort schien ... warm.«

»Du hast bei den Alten geschlafen ...« Die Lippen des Sprechers entblößten abgebrochene Zähne, als er sein Gesicht zu einem grimmigen Lächeln verzog.

Artor betrachtete die Einfriedung aus Steinen und die Megalithen, in deren Schutz er geschlafen hatte. Nun verstand er die Unruhe, mit der sie ihn beäugten.

»Ich lebe.«

Der Sprecher streckte die Hand aus und umfasste seine Schulter. »Er fühlt sich fest an«, bestätigte er.

»Mir ist ein wenig flau«, fügte Artor lächelnd hinzu. »Ich habe seit gestern Morgen nichts mehr gegessen.«

»Wir töten Fremde, die sich in unsere Jagdgründe wagen – haben dir das die Kinder der Großen Stute nicht erzählt?«, fragte der erste Mann in rauem Tonfall.

Artor zog die Knie an und legte die Arme darauf. Er wusste, es wäre tödlich, nun Angst zu zeigen. »Wenn Eure Ahnen meine Seele nicht geraubt haben, steht es euch erst recht nicht zu.«

Der Sprecher murmelte den anderen etwas zu, dann drehte er sich wieder zu Artor um. »Ich kenne Euch. Ihr seid der, den sie den Bären nennen, der Herr des Sonnenvolks jenseits des Walls.«

»Das bin ich«, bekräftigte Artor und fragte sich, ob es klug war, dies zuzugeben. Doch er fühlte sich gezwungen, an diesem Ort die Wahrheit zu sprechen.

»Kommt mit – es ist nicht gut, an einem Ort der Alten zu weilen, selbst bei Tag nicht. Wir geben Euch Essen und führen Euch zu Euren Männern. Wir beobachten sie seit Sonnenuntergang, aber sie bemerken uns nicht.« Das grimmige Lächeln flackerte wieder auf. »Aber Ihr müsst einen Preis bezahlen.«

»Es ist immer ein Preis zu bezahlen«, sagte Artor eingedenk seiner Vision der vergangenen Nacht. »Nennt ihn.«

»Redet für uns mit den Kindern der Großen Stute. Aus dem besten Land haben sie uns bereits vertrieben. Sie sollen uns in Ruhe lassen und uns nicht wie Wild jagen.«

Artor betrachtete sie, ließ den Blick über die schlechten Zähne, das sich lichtende Haar, die ob unzureichender Ernährung krummen Beine wandern. Sachsen und Römer, Briten und Pikten – sie alle verkörperten Neuankömmlinge im Vergleich zu diesen Menschen, den Ureinwohnern Britanniens. Langsam erhob er sich und legte die Hand auf das Heft des Sarmatenschwertes.

»Erkennt ihr mich als Euren König an?«

Der Sprecher musterte ihn von oben bis unten, dann grinste er. »Wir schwören es bei Stern und Stein.«

»Dann schwöre auch ich bei Stern und Stein, euch zu beschützen.«

IV

Der Obstgarten

A. D. 504

Artor schlenderte mit seiner Mutter am See entlang, wo der Apfelhain sich bis zum Ufer hinab erstreckte. Igraine benötigte mittlerweile einen Stock und hielt häufig inne, um Atem zu schöpfen. Es war unverkennbar, dass die Bewegung ihr Schmerzen bereitete, doch sie hatte sich geweigert, den Spaziergang abzubrechen, und sie beklagte sich nicht. Als sie zu dem langen Stein gelangten, der zu einem groben Sitz gehauen worden war, ließ sie sich seufzend darauf nieder.

Artor stand hinter ihr; eine Hand ruhte sanft auf ihrer knochigen Schulter.

Bäume säumten den See und zogen sich die gerundeten Hänge hinauf, dunkle Massen immergrüner Gewächse, durchsetzt von kahlen Zweigen, an denen gerade das erste Frühlingsgrün spross. An den Apfelbäumen trieben die ersten Knospen, die Zweige rahmten das funkelnde Wasser und die umschattete Hügelkette ein, die den See gleich einem Becher in ihren starken Händen hielt.

Hier traten die Gebeine der Erde klar und deutlich zutage. In den Bergen fand Artor eine immer währende Schönheit, für die das Wechselspiel von Laub und Blüten lediglich ein Beiwerk war – wie bei seiner Mutter, dachte er, deren zarter Knochenbau ungeachtet der leicht runzligen Haut seine Schönheit bewahrte.

»Es ist atemberaubend«, meinte Igraine leise. »Die Erfrischung des Geistes, die dieser Anblick verheißt, ist den beschwerlichen Weg hierher wert.«

»Fast möchte ich dasselbe sagen«, antwortete der König. Den Großteil des Winters hatte er bei Cunobelinus in Trimontium verbracht und miterlebt, wie dieser auf dem Stein am Fuße des Hügels zum König der Votadini gekrönt wurde. Im selben Augenblick, als der Fuß des Häuptlings den Stein berührte, hatte Artor die Erde jubelnd aufschreien gehört.

Von dort war er die Ostküste hinuntergereist. Nun war er froh, dass er beschlossen hatte, dem alten Römerwall nach Westen zur Insel der Maiden zu folgen. Seit ihrer letzten Begegnung war seine Mutter sichtlich hinfälliger geworden.

»Sieh –« Igraine deutete auf die östlichen Hügel. »Dort ist ein Pfad, der zum Kreis der Steine emporführt.«

»Ich habe unterwegs dort angehalten«, sprach Artor und entsann sich des Rings aus Steinen. Einige waren umgestürzt, und die größten ragten gerade brusthoch auf, als forderte die Erde nach und nach eine zerbrochene Krone zurück. »Wie viele sind es? Ich habe sie dreimal gezählt; das Ergebnis war jedes Mal ein anderes.«

»Ah, dieses Geheimnis gehört zu unseren Mysterien.«

Lachend schüttelte Artor den Kopf. »Wirken diese Steine deshalb so – *lebendig*? Die meisten Steinkreise, die ich gesehen habe, scheinen zu dösen wie ein alter Hund in der Sonne. Die auf dem Hügel hingegen knistern vor Energie.«

»Und woher weißt du das?« Igraine drehte sich um und schaute zu ihm auf.

Artors Blick ruhte auf den Hügeln. »Weil ich den Menschen begegnet bin, die sie errichtet haben. Oder ihren

Geistern. Ich wünschte, ich hätte daran gedacht, sie nach dem *Grund* zu fragen!«

»Erzähl mir davon –« Igraines Stimme veränderte sich, und Artor wusste, dass sie nun als die Herrin vom See sprach. Er ließ sich neben ihr nieder und begann, seine Erlebnisse zu schildern, die ihm in der Nacht unter den uralten Steinen widerfahren waren.

»Und nun«, schloss er seinen Bericht, »fühlt es sich an, als wüchsen mir neue Sinne. Noch ehe ich einen Stein berühre, vermag ich zu sagen, ob er auf natürliche Weise verwittert ist oder von den Alten dieses Landes geformt wurde. Wer war die Königin, die ich sah, und was hatte Ihre Frage zu bedeuten?«

»Ich vermute, sie war eine große Königin der alten Zeiten, dem Land so sehr verbunden, dass sie nach ihrem Tod nicht zu den Inseln der Seligen weiterwanderte, sondern eins wurde mit den Geistern des Landes. Manchen ...«, sprach sie zunehmend langsamer, »steht diese Wahl offen. Sie werden Teil der Anderswelt, die gleich einem Schleier über der unseren liegt. An manchen Stellen schlägt der Stoff Falten, und dort berühren die beiden Welten einander.«

»Jenes Grab war einer dieser Orte ...«, sprach Artor bedächtig. »Ebenso wie alle Orte, an denen die Alten die Steine bearbeitet haben ...«

»Alles hat seinen Ort und seine Zeit – und seinen Preis.«

Artor ertappte sich dabei, dass er den Stein umfasste, auf dem er saß. Die kalte Oberfläche erwärmte sich unter seiner Handfläche. Er spürte ein Beben, als schnurre ein gewaltiges Tier unter seiner Hand; rasch zog er seine Hand zurück.

»Was ist der Preis? Und wo befindet sich der Stein für mich? Der Königsstein der Votadini gehört nur zu jenem

Land und jenem Volk. Wo ist der Stein, der mich zum König und Kaiser ausrufen wird?«

Igraine schüttelte den Kopf. »Das ist *dein* Geheimnis.« Abermals musterte sie ihn. »Warum willst du Kaiser sein? Ist es der alte Traum vom Ruhm, der dich anzieht – das Verlangen, Maximian zu rächen?«

»So war es vielleicht ... zu Beginn«, erwiderte er. »Ich gebe zu, dass Riothamus' Angebot äußerst schmeichelhaft war. Aber während ich durch dieses Land gereist bin, habe ich darüber nachgedacht. Die Herrin verlangte von mir, alle Völker zu verteidigen, die in Britannien leben, vom Erdvolk bis zu den Sachsen. Zu seiner besten Zeit hat die Gerechtigkeit Roms dies gewährleistet, doch die Pax Romana hat versagt.«

»Willst du der Welt eine Pax Britannica auferlegen?«

»Vielleicht muss ich genau das tun, um die Sicherheit dieser Insel zu wahren ...«

Igraine seufzte. »Du hast die verfallenen Steine des zweiten Walls gesehen, den die Römer errichteten, um den ersten zu verteidigen, den Hadrianus bauen ließ. Jede Eroberung brachte ihnen nur ein neues Land ein, das geschützt werden musste. Aber letzten Endes konnten sie nicht alles halten, was sie eingenommen hatten. Von ganz Britannien anerkannt zu werden ist mehr, als jeder andere Fürst unseres Volkes je erreicht hat – glaubst du tatsächlich, du könntest auch noch Gallien als König dienen?«

»Mutter, ich weiß es nicht. Aber um der Welt Frieden und ihren Völkern Gerechtigkeit zu bescheren, bedarf es eines Traumes. Ich glaube, ich muss es versuchen ...«

Morgause befand sich im Webschuppen und beaufsichtigte die jüngeren Priesterinnen, die gerade die Ballen rohen Vlieses überprüften, als sie bemerkte, dass jemand in der Tür stand. Sie schaute auf und kniff die Augen zusammen ob des grellen Sonnenscheins. Zunächst sah sie nur die Umrisse eines Menschen im Gegenlicht; dann erkannte sie die breiten Schultern und die hohe Gestalt des Königs. Langsam richtete sie sich auf. Während der drei Tage, die Artors Besuch bereits andauerte, war es ihr gelungen, ihm aus dem Weg zu gehen, nun jedoch war es unvermeidlich, ihm gegenüberzutreten.

»Verica, ich muss gehen – stell sicher, dass jeder Ballen, in dem sich über den Winter Motten eingenistet haben, in den anderen Schuppen gebracht wird. Wenn wir das Vlies gründlich waschen, können wir vielleicht einen Teil der Wolle retten.«

Die jüngere Priesterin nickte, und Morgause bahnte sich an den Frauen vorbei einen Weg zur Tür.

»Ah«, Artor versuchte ein Lächeln. »Ich bin froh, dass du zu mir herausgekommen bist. Ich würde lieber eine sächsische Armee angreifen, als den Kreis all dieser schnatternden Mädchen zu stören.«

»Tatsächlich? Ich dachte, es gäbe nichts, das du nicht wagen würdest.« Morgause musste an sich halten, um ihrer Stimme einen beiläufigen Klang zu verleihen.

Artor schüttelte den Kopf. »Gehst du ein Stück mit mir spazieren? Wir müssen uns über Medrod unterhalten.« Gemeinsam schlenderten sie den Pfad entlang.

»Was hat er angestellt?«

»Wieso fragst du das? War er ein so schwieriges Kind?«, erkundigte Artor sich rasch.

Ganz und gar nicht. Nicht bis zuletzt ... Morgause zog das Schultertuch enger um sich, denn ein frostiger Wind scharte dichte Wolken zusammen. »Dein Tonfall ließ mich vermuten, er befände sich in Schwierigkeiten«, antwortete sie laut.

»Auf dem Weg nach Norden kam es zu ... Unfällen. Ich

habe Medrod zu den Sachsen geschickt – zu Cynric nach Venta Belgarum, der ihn um des Lebens seines eigenen Sohnes willen wie seinen Augapfel hüten wird. Wie es scheint, ist das Geheimnis um Medrods Vater bekannt geworden, und womöglich glauben so manche, sie täten mir einen Gefallen damit, ihn zu beseitigen.«

»Vielleicht stimmt das auch«, gab Morgause verbittert zurück. »Wieso solltest du ihm vertrauen, wo er doch ist, was ich aus ihm gemacht habe? Du hast sogar guten Grund, *mir* zu misstrauen.«

»Um der Herrin willen, Morgause! Mag sein, dass er nie hätte geboren werden sollen, aber hier ist er nun, und er verdient eine Chance. Ich bin nicht hergekommen, um dich anzuklagen, aber du kennst ihn besser als jeder andere. Ob es mir gefällt oder nicht, er ist mein Sohn. Ich muss ihn verstehen ...«

Morgause starrte zu dem Bruder empor, den sie so lange gehasst und betrogen hatte. Er war immer noch stark, doch in dem braunen Haar schimmerten silbrige Strähnen, und in seine Gesichtszüge hatten sich Spuren der Verantwortung und der Macht gegraben. Er wirkte so selbstsicher, so überzeugt von der eigenen Redlichkeit, dass sie ihn beinahe wieder zu hassen begann.

Soll ich ihm verraten, dass Medrod blitzgescheit, verführerisch und gefährlich ist? Wie viel bin ich bereit zuzugeben? Wie viel wage ich? Rückblickend wirkte ihr früheres Ich, das Fäden gesponnen und Ränke geschmiedet hatte, wie eine Fremde, doch der Nachhall der vergangenen Taten störte die gegenwärtigen wie die kleinen Wellen eines ins Wasser geworfenen Steins.

»Medrod ist ausgesprochen klug«, erklärte sie zögerlich. Scham mäßigte ihre Worte. »Doch der Altersunterschied zu seinen Brüdern war zu groß – Medrod war oft allein. Mit Freundschaft hat er wenig Erfahrung.« Sie setzte ab. »Ich habe ihn zu dem Glauben erzogen, er hätte ein Recht auf deinen Thron.«

»Das ist das Einzige, was ich ihm nicht geben kann«, erwiderte Artor mit sorgenvollem Blick. »Selbst wenn man ihn als meinen Sohn akzeptieren würde – was ich zu hinterlassen habe, geht an denjenigen über, der sich am besten dafür eignet. An den Mann, sofern es ihn gibt, den der Geist dieses Schwertes auserwählt. Das habe ich ihm auch gesagt. Ich weiß nicht, ob er mir geglaubt hat«, fügte er hinzu und umfasste den Griff der Waffe, die an seiner Seite hing.

»Dann musst du ihm irgendwie beibringen, sich des Schwertes würdig zu zeigen«, sprach Morgause, »denn genau das wird sein Begehr sein.«

Vielleicht, dachte sie, *weist Medrod, indem er mich von sich weist, auch das zurück, was ich ihn gelehrt habe.* Doch es fiel ihr schwer, daran zu glauben.

Artor starrte auf den See hinaus; sein Blick wirkte so trüb wie die aufgewühlte Oberfläche des Wassers.

»Um eines bitte ich dich«, sprach sie laut aus. »Nimm Gwalchmais Tochter mit, wenn du abreist. Sie ist ein wildes Geschöpf aus den Sumpfländern und von ihrem Wesen her nicht für das ruhige Leben geschaffen, das wir hier führen. Vielleicht ist Gwendivar in der Lage, sie zu zähmen.«

»Na schön. Wie lautet ihr Name?«

»Sie heißt Ninive.«

Zum Fest der Auferstehung Christi waren die Königin und ihr Hofstaat von Camelot zur Insel Avalon gereist, um in der dortigen Rundkirche der Messe beizuwohnen. Schwester Julia war hier, die mittlerweile das ewige Gelübde als Nonne abgelegt hatte, auch wenn Gwendivar den Eindruck hatte, in dem Mädchen lebe immer noch der Geist von einst. Hier hatte Königin Igraine ihr den

Pfad zu ihrem Schicksal gewiesen. Und nun war sie selbst eine Frau und Königin, aber keine Mutter.

Die Leute begannen allmählich zu tuscheln, jener seltsame Knabe, Medrod, sei Artors Sohn. Gwendivar vermeinte, man betrachte sie inzwischen mit weniger Freundlichkeit, als hielte man sie für einen unfruchtbaren Stock und nicht für eine wahre Königin. *Aber selbst das fruchtbarste Feld bringt ohne Saat keine Früchte hervor*, dachte sie verbittert. Wenn sie schuldig war, dann nicht, weil sie kein Kind zu empfangen vermochte, sondern weil sie außerstande war, die Manneskraft des Königs zu wecken.

Nachdem der Gottesdienst vorüber war, verließ Gwendivar die nach Weihrauch duftende Düsternis des heiligen Gebäudes und blinzelte in den hellen Sonnenschein. An diesem Tag vergaß die Kirche ihre Geheimnisse des Blutes und des Leids und erfreute sich an wiedergeborenem Leben; die Welt schien in jene Freude mit einzustimmen. Über dem runden Gipfel des Tor hingen die Wolken des Sturms der vergangenen Nacht weiß und flaumig an einem blauen Himmel.

Der Wind war immer noch frostig, sodass Gwendivar dankbar für den Mantel war, den sie trug, aber die Wärme der Sonne versprach alsbald freundlicheres Wetter. Sie konnte einen solchen Tag einfach nicht damit verschwenden, mit einer Herde schnatternder Weiber zusammengepfercht zu sein – doch da erblickte sie an der Pferdetränke zwei kleine Köpfe, der eine rot, der andere hell, und begann zu lächeln.

»Ceawlin! Eormenric! Kommt her und geht ein Stück mit mir!«, rief sie.

»Oh, Herrin, wartet.« Netta, die Frau, die auf die Knaben aufpasste, kam herbeigeeilt. »Diese verwünschten Bengel haben einander nassgespritzt und brauchen trockene Sachen!«

Eormenric schüttelte sich wie ein Welpe, und Ceawlin blickte trotzig drein, als Gwendivar sich bückte, um die Kleider zu betasten.

»Stimmt, sie sind ein wenig feucht, aber es wird ja zunehmend wärmer. Sie werden schon bald wieder trocknen, wenn sie in der Sonne herumtollen!« Damit wandte sie sich den beiden Jungen zu. »Wollt ihr meine Begleitgarde sein, meine Krieger? Ich möchte gerne ein wenig im Obstgarten spazieren.«

Vergnügt glucksend rannten sie voraus, dann kehrten sie um und sprangen um sie herum. Der fuchsrote Ceawlin hatte die Züge seiner belgischen Ahnen, seine Gedanken und seine Sprache hingegen waren durch und durch sächsisch. Es war Eormenric, ein schlaksiges, blondes Ebenbild seines Vaters Oesc, der die britische Sprache fließend beherrschte und mit der Lebensweise mühelos zurechtkam. Dies war das Werk Riganas, die als Prinzessin von Cantium geboren worden und nunmehr Cantuwaras Königin war. Es war klug von Artor gewesen, sie zu bitten, ihren Sohn nach Camelot zu schicken. Die Knaben hatten rasch Freundschaft geschlossen.

An den Apfelbäumen schlugen bereits die Blätter aus. Nur noch ein paar blütenübersäte Zweige zeugten von der einstigen schneeweißen Pracht. Gwendivar hatte gerade einen Ast zu sich herabgezogen, um daran zu riechen, als sie hinter sich einen Schrei hörte.

Ceawlin lag ausgestreckt im Gras, wie eine Puppe, die ein Kind achtlos beiseite geworfen hatte. Eormenric beugte sich über ihn, dann richtete er sich auf und sah Gwendivar Hilfe suchend an.

»Er ist vom Baum gefallen!«

Gwendivar kniete nieder. Sie spürte, wie ihr Herz vor Aufregung raste, während sie die Hand an den Hals des

Knaben legte, um den Puls zu ertasten, der im Gleichklang mit dem ihren pochte.

»Ist er auf den Kopf gestürzt?«, fragte sie und lehnte sich auf die Fersen zurück.

»Wohl kaum«, antwortete Eormenric. »Wird er sterben?«

»Nicht an diesem Tag«, gab sie zurück und hoffte, damit die Wahrheit zu sagen. »Aber sein Schädel wird ganz schön brummen, wenn er aufwacht.« Behutsam tastete sie seine Glieder ab.

Wimmernd regte sich Ceawlin. *»Modor …«*

Um das zu verstehen, brauchte man keine Kenntnisse der sächsischen Sprache. Gwendivar lehnte sich mit dem Rücken an den Baumstamm und zog den Jungen an die Brust. Flüchtig erinnerte sie sich daran, wie der Priester über das Bild der Mutter Christi mit ihrem toten Sohn in den Armen gesprochen hatte. Doch dieser Junge würde nicht sterben – sie würde es nicht zulassen! Sie verstärkte den Griff um Ceawlin, während Eormenric sich so selbstverständlich wie ein Welpe unter ihren anderen Arm schmiegte.

»Es wird wieder gut«, murmelte sie. »Es wird alles wieder gut …«

Der Baum an ihrem Rücken bildete eine unerschütterliche Stütze, der Duft des zertrampelten Grases war berauschend. Gwendivar verlor sich in der Stärke des Stammes, und plötzlich fühlte sie sich, als wäre sie selbst zu dem Baum geworden, als wäre sie mit der erwachenden Erde verwurzelt und bezöge durch ihr Rückgrat Kraft aus ihr. Macht strömte aus den Tiefen der Erde durch sie hindurch in das Kind in ihren Armen.

Abermals regte sich Ceawlin, und diesmal stand Erkennen in seinem Blick, als er die Augen aufschlug. Gwendivar rechnete damit, dass er sich aufrappeln und von ihr lösen würde, doch er seufzte nur und schmiegte sich noch enger an sie.

Sie verlangsamte den Atem und beschwor die veränderte Sicht herbei, die ihr die Geister der Apfelbäume zeigen würde. Die Welt um sie herum begann sich zu wandeln, aber der Wandel erfolgte zu rasch. Im Zauber des Augenblicks wagte sie sich weiter als je zuvor. Sie *war* die feste Erde und die Wärme der Sonne, der Wind, der ihr das Haar zerzauste, die biegsame Kraft des Baumes, der Körper einer Frau und das Kind in ihren Armen – alles war Teil eines einzigen Ganzen. Mit dem Frühling wurde Leben aus dem Leib der Erde wiedergeboren, so wie der christliche Gott aus seinem Grab auferstand. Und in jenem Augenblick begriff Gwendivar, dass sie keineswegs unfruchtbar war.

Zwar achtete sie nicht darauf, wie viel Zeit verstrich, aber die Sonne war gewiss noch nicht weit über den Himmel gewandert, als ihr bewusst wurde, dass jemand sprach. Eine Weile lauschte sie nur dem melodischen An- und Abschwellen der Worte, denn es war eine Sprache, die sie nicht verstand. Der Klang schien von allen Seiten um sie herum zu kommen, so als tuschelte der Wind in den Blättern.

»Komm zum heiligen Tempel der Jungfrauen
Wo der blühende Hain von Apfelbäumen
Einen Altar umringt, der Weihrauch verströmt.«

Die Worte wurden deutlicher, und sie erkannte, dass sie nun die britische Sprache hörte.

»Die Rosen werfen Schatten auf den Boden,
Und kühle Quellen murmeln durch Apfelzweige,
Wo aus bebenden Blättern tiefer Schlaf herabsinkt.«

Es musste stimmen, dachte Gwendivar, denn Ceawlin hatte die Augen geschlossen und atmete gleichmäßig. Er war in einen heilenden Schlummer versunken, und sogar Eormenric lag ruhig an ihrer Brust. Doch ihre befreite Seele kehrte in die Schranken ihres Körpers zurück. Sie hörte mit ihren sterblichen Sinnen, folglich mussten die Worte, die sie hörte, eine greifbare Quelle haben.

»Auf jener Weide, die der Pferde Fell zum Glänzen bringt,
Wo alle Frühlingsblumen wild gedeihen,
Erfüllt der Anis mit seinem Duft die Lüfte.«

Gwendivar richtete sich ein wenig auf und drehte den Kopf. Sie erblickte einen Mann, der in einem der Apfelbäume hockte. Seine Glieder wirkten knorrig und braun wie die Äste. Im ersten Augenblick wirkte der Anblick vollkommen natürlich, als wäre er dort gewachsen. Und so erschrak sie nicht, als ihr die wiederkehrenden Sinne das abstrakte Muster eines bärtigen Antlitzes und eines knochigen Leibes als die Gestalt Merlins offenbarten.

Als er ihren Blick auf sich bemerkte, glitt der Druide vom Baum herunter und ergriff den Stock, den er an dessen Stamm gelehnt hatte.

»Und dort gießt unsere Königin Aphrodite
Himmlischen Nektar in goldene Becher,
Die sie anmutig mit jäher Freude füllt.«

»Heidnische Worte ...«, sprach Gwendivar leise, »an einem solch heiligen Tag.«

»Heilige Worte, die zum ersten Mal von einer liebreizenden Dame auf den griechischen Inseln für die Göttin gesungen wurden. In jenen Tagen war es der Tod ihres

Geliebten Attis, den die Frauen im Frühling betrauerten. Die Götter sterben und werden wiedergeboren, die Göttin hingegen ist unvergänglich wie die Erde. Du weißt, dass es wahr ist – ich sehe es in deinen Augen.« Merlin kam näher, kauerte sich auf die Hacken und lehnte den Stock an seine Schulter.

»Vielleicht... aber ich bin keine Göttin, die man mit solchen Worten anruft.«

»Wirklich?« Er lachte leise. »Zumindest bist du ihr Ebenbild, wie du hier mit deinen Söhnen in den Armen sitzt.«

Erschrocken schaute Gwendivar zu ihm auf, als sie sich des Gefühls der Einheit besann, das sie erst vor wenigen Augenblicken erfahren hatte. Wie konnte der alte Mann wissen, was sie empfand? Als er zuletzt versucht hatte, mit ihr zu reden, war sie vor ihm weggerannt, doch nun konnte sie die schlafenden Knaben nicht stören.

»Auch für die Krieger deines Gemahls bist du der Göttin Ebenbild, ihre Herrin und Königin.«

»Aber nicht für meinen Gemahl«, sagte Gwendivar bitter.

»Alles verändert sich, auch er, auch du. Ist es nicht so?«

»Sogar Ihr?«, fragte sie.

Er lachte leise. Seine langen Finger strichen über den Stab, der an seinem Arm ruhte. Der Knauf war in vergilbtes Leinen gehüllt, doch nun sah sie, dass seltsame Symbole den Schaft überzogen.

»Ich war ein Lachs im Fluss und ein Hirsch auf dem Hügel, eine Eichel im Wald war ich und ein Falke im Wind. Einst war ich ein alter Mann, nun aber bin ich jung wie der Wölfling, der diesen Frühling geboren wurde...«

Es stimmte, dachte Gwendivar. Er hatte sich keineswegs wie ein greiser Mann bewegt, obwohl das Fell, das seinen Körper bedeckte, grau wie eines Wolfes Pelz war und in seinem Haar und Bart Strähnen reinen Silbers schimmerten.

»Manchmal glaube ich, alt zu werden, ohne je meine Blüte erlebt zu haben, dass ich jäh von der Jungfräulichkeit ins Greisenalter übergehe…«, gestand Gwendivar schließlich.

»Glaubst du etwa, die Fruchtbarkeit des Leibes sei die einzige Fruchtbarkeit? Ich war ein Vater für Artor, obwohl ein anderer Mann ihn gezeugt hat. Nicht was man erhält, sondern was man gibt, verschafft Erfüllung. Du musst eine Mittlerin der Macht werden.«

Ceawlin regte sich, und sie besänftigte ihn mit einer zärtlichen Berührung. »Wie?«, fragte sie, nachdem er sich wieder beruhigt hatte.

»Du hast es bereits getan, als du die Macht der Erde durch den Baum geleitet hast. Erschaffe ein Bild der Herrin des Lebens, die hinter dir steht, und du wirst zu einem Tor, durch das ihre Kraft fließen kann.«

Konnte sie wagen, ihm dies zu glauben? Sie hätte ihn gern eingehender befragt, doch Eormenric öffnete die Augen und richtete sich mit erstauntem Blick auf, als er Merlin sah. Auch Ceawlin, der durch die Bewegung gestört wurde, erwachte.

»Was macht *er* denn hier?«, flüsterte Eormenric.

»Er ist all der alten Zauberkünste mächtig«, antwortete Gwendivar. »Er wird dafür sorgen, dass es deinem Freund gut geht…«

Und Merlin erhob sich bei diesem Stichwort in einer einzigen, fließenden Bewegung, kam zu ihr, ließ die Hände über den Körper des Knaben wandern und legte sie schließlich auf dessen Stirn. Ceawlin, dessen Augen wie die eines scheuenden Pferdes rollten, murmelte etwas auf Sächsisch.

»Was hat er gesagt?«, wollte Gwendivar von Eormenric wissen.

»Er hat den alten Mann Wotan genannt und ihn gefragt, ob er gekommen ist, um ihn in seine Halle zu holen...«

Merlin rappelte sich auf die Beine. »Nein, mein Kind, ich bin bisweilen ein Seher, aber kein Gott.« Mit sich verfinsternder Miene schaute er auf den Knaben hinab. »Ich sehe ein langes Leben und zahlreiche Siege für dich vorher.«

Seine düsteren Augen trafen jene Gwendivars. Erschrocken fuhr sie zurück und fragte sich, was er tatsächlich gesehen hatte. Doch er wandte sich ohne ein weiteres Wort um, stapfte davon und verschwand binnen weniger Lidschläge zwischen den Bäumen.

Gwendivar starrte ihm nach. Auch wenn Merlin kein Gott war, dachte sie, war er doch mehr als ein Mensch.

An einem von Sonnenlicht und Schatten durchwachsenen Tag Ende Mai kehrte der Hochkönig von Britannien nach Camelot zurück. Die Stürme eines weiteren Jahres hatten das Holz verwittert, die Sonnenstrahlen eines weiteren Jahres das Rieddach zu einem blasseren Goldton gebleicht. Artor erinnerte sich noch an das halb fertige Anwesen, als es noch aus rohem Holz und kahlem Stein bestanden hatte; mittlerweile wirkten sowohl die Gebäude als auch die Befestigungsanlagen, als wären sie aus dem Hügel gewachsen.

Wie immer näherte er sich Camelot mit gemischten Gefühlen. Dies war sein Zuhause, der Mittelpunkt seiner Macht, und hier, gleich einem immer währenden Mahnmal seines größten Versagens, weilte Gwendivar. Wäre er fähig gewesen, ihr Kinder zu schenken, wäre sie dann mittlerweile fett und träge? Doch es war anders gekommen, und so blieb sie im Wesen jungfräulich, ewig jung, wunderschön und jedem Manne verwehrt.

Dann durchquerten sie das Tor, und die gesamte Bevölkerung der Feste scharte sich um Artor, vertrieb jeden Gedanken mit überschwänglicher Willkommensfreude.

Erst spät nachts waren Artor und seine Königin allein. Artor ertappte sich dabei, froh zu sein, dass der Tag ihn körperlich erschöpft hatte. Ohne die aufwühlenden Bedürfnisse des Körpers würde es einfacher sein, sich der Dinge zu besinnen, die er zu sagen hatte.

Gwendivar saß im Schlafgewand auf der Truhe am Fußende des Bettes und kämmte sich das Haar. Lange Gewohnheit hatte ihn darin bestärkt, sie nicht mit Lust zu betrachten, doch es gab Zeiten, da durchbrach ihre Schönheit seine Verteidigungsmauern.

Sie ist eine Frau, dachte er, während sein Blick auf den festen Rundungen ihrer Brüste und Hüften ruhte, *nicht mehr das unerfahrene Mädchen, das ich aus der väterlichen Halle geholt habe. Eine Frau*, dachte er weiter, *die etwas Besseres verdient als das, was ich ihr geben kann …*

Er hörte auf, hin und her zu laufen, und drehte sich zu ihr um. »Meine Königin, wir müssen uns unterhalten –«

Sie griff wieder zum Kamm. Der goldene Schwall ihrer Haare verbarg ihr Gesicht immer noch halb, doch er spürte ihre Aufmerksamkeit. Ihre Bewegungen ließen die Flammen der Lampe flackern und jagten aufgeregte Schatten über die gewebten Teppiche an den Wänden.

Artor räusperte sich. »Ich habe dir einst erzählt, dass ich einen Sohn habe, nicht aber, von wem. Ich habe ihn mit meiner Schwester gezeugt, als ich bei den Riten zum Lugus-Fest alles um mich herum vergaß und mit ihr schlief.«

Betretene Stille folgte, dann begann der Kamm, sich wieder zu bewegen.

»Wenn du es nicht gewusst hast, war es auch keine Sünde«, erwiderte Gwendivar gedehnt, dann setzte sie ab und dachte nach. »Es ist dieser Knabe Medrod, nicht wahr? Morgauses jüngster Sohn, der letzten Winter zu dir kam.«

Artor nickte. »Ich hoffte, seine Geburt geheim halten zu können, es hat sich aber herumgesprochen. Womöglich hat er selbst es jemandem verraten. Medrod kann mitunter ... recht seltsam sein.«

»Willst du ihn zu deinem Erben machen?«, erkundigte sie sich mit gerunzelter Stirn.

»Selbst wenn er ein so guter Mann wie Gwalchmai wäre, würden die Priester dem niemals zustimmen. Medrod kann nicht mein Erbe werden, aber die Menschen meinen ... seine Existenz beweise meine Fruchtbarkeit. Einige der Häuptlinge haben sich an mich gewandt und vorgeschlagen, ich sollte mir eine andere Königin nehmen.«

»Willst du dich von mir scheiden lassen?« Gwendivar legte den Kamm beiseite und drehte sich zu ihm um. Weit aufgerissene Augen starrten ihn aus einem Antlitz, aus dem jede Farbe gewichen war, an.

»Gwendivar –« Wider seinen Willen hörte er seine Stimme zittern. »Du weißt besser als jeder andere, dass die Schuld bei *mir* liegt. Aber mir ist klar geworden, dass ich dir Unrecht antue, wenn ich dich an ein kahles Bett fessle. Ich dachte, die Dinge könnten sich geändert haben – im Norden habe ich versucht, mir ein Mädchen zu nehmen, doch es war vergebens. Morgause hat zwar alles bereut, aber sie kann die Vergangenheit nicht ändern. Wenn du es wünschst, entlasse ich dich aus unserer Ehe, damit du frei bist, dir einen Mann zu suchen, der dir ein wahrer Gemahl ist.«

Gwendivar wandte sich ab und begann, den Elfenbeinkamm wieder ganz langsam durch ihr Haar zu ziehen. »Und wenn ich es täte, und mein neuer Gemahl mit mir ein Kind zeugte, und die Menschen behaupten würden, der König hätte seine Manneskraft verloren?«

»Dann zur Hölle mit ihnen, solange du nur glücklich bist!« Was dachte sie gerade? Er wünschte, er könnte ihre Augen sehen!

»Dann zur Hölle mit denen, die sagen, ich sei unfruchtbar. Ich will keinen anderen Gemahl als dich.«

Artor war nicht bewusst gewesen, dass er den Atem angehalten hatte, bis er ihn mit einem langen Seufzer ausstieß. Gwendivar legte den Kamm beiseite und begann, ihr seidiges, goldenes Haar zu flechten. Ihr Blick ruhte auf den langen Strähnen, doch er sah die glatten Kurven ihrer Wange und Stirn, und ihre Schönheit traf ihn wie ein Schwerthieb. Die Lederriemen, auf denen die Matratze lag, knarrten, als er sich setzte.

»Und ich ... will keine andere Königin ...« Ein dicker Kloß im Hals ließ ihn diese Worte nur mühsam aussprechen.

Gwendivar verknotete die Zöpfe, blies die Lampe auf ihrer Seite des Bettes aus und kroch unter die Decke.

»Du hast über meine Ehre gewacht«, sagte er schließlich. »Nun bitte ich dich, über Britannien zu wachen. Ich habe mit allen Fürsten außer Cador gesprochen. Ich reise nach Dumnonia, um mir Schiffe zu beschaffen, und meine Armee wird die Reise nach Gallien antreten. Wenn ich das Meer überquere, möchte ich, dass du herrschst. Ich denke, meine Pakte werden halten, aber für alle Fälle lasse ich dir Gwalchmai hier, um die Krieger anzuführen, und Gai für Verwaltungsangelegenheiten. Jemand muss unsere stolzen Fürsten dazu bringen, zusammenzuarbeiten. Du besitzt Macht über

Menschen, meine Königin. Du wirst die Befehlsgewalt innehaben.«

Gwendivar stützte sich auf einen Ellbogen. Das Licht der verbliebenen Lampe schien in ihren Augen zu tanzen. »Du hast mir bereits diese beiden sächsischen Burschen gegeben, um sie großzuziehen, und nun gibst du mir ein Königreich, über das ich herrschen soll?«

»Ich kenne sonst niemanden, dem ich es anvertrauen würde«, erwiderte er bedächtig, streifte sich den Hausmantel von den Schultern und warf ihn zum Fußende des Bettes.

»Dann werde ich die Mutter vieler sein«, sprach sie leise, »und über das Land wachen, bis du zurückkehrst. Aber solange du noch hier bist, kommst du erst mal ins Bett.« Sie setzte ab, und einen Lidschlag lang glaubte er, sie wollte etwas hinzufügen, doch dann löste ihr Blick sich von dem seinen, und sie legte sich zurück.

Zu Beginn des Sommers floss der Isca gemächlich an der alten Hauptstadt der Dumnonii vorbei. Auf der Weide am Ufer, auf der die Festtische aufgestellt worden waren, blies ein frischer Wind vom Wasser herauf, und obwohl Artor das Meer nicht sehen konnte, vermeinte er, es zu riechen. Er lehnte sich auf dem geschnitzten Stuhl zurück, der einst das Heim eines römischen Friedensrichters geschmückt hatte, und holte tief Luft, suchte über den schweren Düften von gebratenem Fleisch und Bier nach der frischen Brise.

Die Planung dieses Feldzugs hatte viel zu lange gedauert, aber diesen Sommer würde er Gallien gewiss sehen. Seine Armee versammelte sich in diesem Augenblick auf der Ebene oberhalb von Portus Adurni. Hinter sich hatte er alles gesichert. Nur Dumnonia fehlte noch, und allmählich fürchtete der König, Cadors Land würde ihm mehr Ärger bereiten als der vereinte Rest Britanniens.

»Erzählt mir bloß nicht, dass dieser Feldzug nichts mit euch zu tun hat!«, rief Bediver aus, der aus Gallien zurückgekehrt war, um bei den letzten Vorbereitungen zu helfen. »Wie ich gehört habe, haben die Menschen im Norden Männer und Pferde zur Verfügung gestellt, und die haben weit weniger Grund, die Macht der Franken zu fürchten. Ich bin in Armorica gewesen, meine Freunde, und ich weiß, dass in über der Hälfte des Landes Fürsten aus Dumnonia und Kernow herrschen. Es sind eure eigenen Gebiete und Verwandten, für die wir kämpfen werden! Der König erwartet, dass ihr großzügig Männer und Schiffe bereitstellt.«

Artor musterte Cador, der mit einem verbissenen Lächeln am gegenüberliegenden Ende des langen Tisches saß. Dem Nordvolk mochte es durchaus den Preis wert sein, dem wachsamen Auge des Königs eine Weile zu entkommen, wohingegen die Dumnonier alles andere als willens waren, die Unabhängigkeit aufzugeben, die sie jenseits des Meeres genossen. Doch diese Freiheit vor der königlichen Herrschaft war ein Luxus, den sie sich nicht länger leisten konnten.

Cador schüttelte den Kopf, klagte über schlechte Ernten und schwere Zeiten.

»Das Wetter war hier nicht schlechter als anderswo«, fuhr Artor ihm in die Rede. »Zudem habt Ihr nie unter den Sachsen gelitten. Sogar hier in Isca habt Ihr Menschen aus Demetia gefunden, um die Stadt wieder zu bevölkern. Ihr habt die Schiffe und Männer, sie zu steuern – Männer, die jeden Monat nach Armorica segeln. Und Ihr sollt sie zurück haben, sobald sie ein paar Überfahrten für mich gemacht haben.«

»Na schön, das erscheint mir durchaus angemessen«,

gab Cador klein bei und grinste, wobei er Zähne entblößte, die auf Grund des Alters in schlechtem Zustand waren. Er hatte sich nie richtig von der Verletzung erholt, die er im Zuge des letzten Sachsenaufstandes erlitten hatte, und seine Heere wurden mittlerweile von seinen Söhnen ins Feld geführt.

»Ich verlange nicht mehr als eine Kompanie Männer von Euch«, fuhr der König fort, »und Euren Sohn Constantin, sie anzuführen. Gemeinsam werden wir Euren Vettern in Armorica weitere Truppen abringen.«

Cador beantwortete den Vorschlag mit einer finsteren Miene, Constantin hingegen lächelte. Er war noch nicht alt genug, um am Mons Badonicus mitgekämpft zu haben, doch er war mit Geschichten über die Helden der Sachsenkriege aufgewachsen. Artor vermutete, dass er es zutiefst bedauerte, nie Gelegenheit gehabt zu haben, eigenen Ruhm zu erlangen. Vor langer Zeit hatte Cador als Anwärter auf die Krone gegolten, und Constantin, der demselben Blut wie Uther entstammte, war ein möglicher Erbe. Er sollte ruhig mitkommen und in diesem Krieg beweisen, aus welchem Holz er geschnitzt war.

»Und von der Kirche«, sprach Artor weiter, »verlange ich nur ein Zehntel des Korns.«

Der Abt von Sankt Germanus, der gleichzeitig Bischof von Dumnonia war, richtete sich jäh auf.

»Die Menschen haben die Kirche mit Zehntabgaben zu bedenken, nicht die Kirche die Menschen!«

Becher und Teller erbebten, als Artors Faust auf den Tisch niedersauste, da ihn letztlich die Geduld verließ; alle richteten sich auf und lauschten.

»Ist Euch lieber, dass Eure Brüder in Gallien stattdessen mit Blut bezahlen? Der Frankenkönig mag sich wohl als Christ bezeichnen, doch seine Krieger zollen Kirchenmännern wenig Achtung. Den ermordeten Mönchen sind zwar die Märtyrerkronen gewiss, aber davon haben die Seelen, um die sie sich kümmern, herzlich wenig!«

In der nachfolgenden Stille spürte Artor eine Bewegung unter dem Tisch. Er dachte, es wäre ein Hund, und er hatte schon mit dem Fuß ausgeholt, um zuzutreten, als er ein Kichern hörte. Mit gerunzelter Stirn schob er den Stuhl zurück, griff hinab und zog am Kittelkragen den kleinen, dunkelhaarigen Knaben heraus, der sich unter dem Tisch versteckt hatte.

»Und wessen junger Hund bist du?« Artor versuchte, seiner Stimme einen sanften Tonfall zu verleihen, als er sich den Knaben auf die Knie setzte.

Die Farbe, die aus dem Antlitz des Kindes gewichen war, kehrte wieder zurück. »Marc'h ... Constantins Sohn ...«

Lächelnd schüttelte der König den Kopf. »Ich glaube eher, du bist Cunomorus, ein großer Jagdhund, der darauf lauert, die Knochen zu stehlen! Da ist einer für dich, an dem noch Fleisch ist.« Damit ergriff er von seinem Teller ein Schweinerippchen, drückte es in die klebrige Hand des Knaben und stellte ihn auf den Boden. »Lauf los und kau daran!«

Abermals errötete das Kind ob des Gelächters der Männer und huschte davon.

»Herr, es tut mir leid.« Constantins Züge waren beinahe ebenso rot wie die seines Sohnes.

»Er ist ein prächtiger Bursche, auf den Ihr stolz sein könnt«, entgegnete Artor mit einem Anflug von Bedauern, da er die Kindheit seines eigenen Sohnes versäumt hatte. »Erfreut Euch an ihm, solange Ihr könnt.« Vielleicht würde ihm selbst ja Zeit bleiben, Medrod in Venta zu besuchen und sich von ihm zu verabschieden, während die Armee sich bei Portus Adurni versammelte.

Mit nunmehr wieder ernster Miene blickte Artor den

Tisch hinab. Die Dumnonier seufzten und machten sich darauf gefasst, mit dem Streitgespräch fortzufahren. Wenn sie im Kampf genauso wacker fochten wie am Ratstisch, dachte Artor finster, würde dieser Feldzug gewiss gut verlaufen.

Medrod schlenderte mit seinem Vater das Ufer des Icene entlang, an dem längst vergessene Römer Apfelbäume gepflanzt hatten. Da sie seit langem nicht mehr gepflegt wurden, waren sie wild wuchernd emporgewachsen; der Boden dazwischen war übersät mit Ästen, die der Sturm gepflückt hatte. Doch die Bäume hatten überlebt, und an ihren Zweigen begannen grüne Äpfel zu reifen.

Ich bin wie diese Äpfel, dachte Medrod. *Wild und unbehütet wachse ich weiter, und keine Macht kann mich davon abhalten, mein Schicksal zu erfüllen.*

Unmittelbar jenseits des Hügels lagerten dreitausend Mann in Lederzelten; die Weiden dahinter waren voll von Pferden, doch hier in dem alten Obstgarten war es, als befänden sie sich in einem Land, das verwaist dalag, seit die letzten Legionen über das Meer gesegelt waren. Für Medrod barg Britannien nach wie vor eine Fülle von Wundern. Wieso wollte der König fortgehen?

Erinnerung umwölkte Artors Augen, als er über das Sumpfland blickte.

»Als ich ein weniger jünger war als du, habe ich hier eine Schlacht gefochten…«, erzählte der König. »Der Mensch, den ich am meisten auf der Welt liebte, wurde dabei getötet, und ich nahm Oesc, der später mein Freund wurde, als Geisel.«

»Und nun bin ich eine Geisel für Ceredics Sohn«, stellte Medrod fest. »Wie die Geschichte sich doch wiederholt!«

Artor bedachte ihn mit einem flüchtigen Blick, und

Medrod begriff, dass es ihm nicht gänzlich gelungen war, die Bitterkeit aus seinem Tonfall zu verbannen. Seit ihrem letzten Treffen war er gewachsen, und er musste nicht mehr aufblicken, um seinem Vater in die Augen zu schauen.

»Behandeln sie dich nicht gut?« In der Erwiderung des Königs schwang eine Anspannung mit, die Medrod zum Lächeln brachte.

Kurz spielte er mit dem Gedanken, Artor vorzulügen, Cynric sei harsch mit ihm umgesprungen, nur um zu sehen, wie sein Vater sich verhalten würde. Doch ob Artor ihm glaubte oder nicht, die Folgen wären seinen Zielen in keiner Weise dienlich. Medrod schüttelte den Kopf, hob einen kleinen, grünen Apfel auf, der vorzeitig vom Baum gefallen war, und ließ ihn von einer Hand in die andere rollen.

»Oh, sie sind recht nett zu mir. Sie erinnern mich sogar an meine Stammesbrüder im Norden. Bestimmt passe ich hierher besser als zu den kultivierten Großgrundbesitzern Demetias. Wenn überhaupt, dann kann ich mich nur darüber beklagen. Ich habe die Feste meiner Mutter verlassen, weil ich die Welt meines Vaters kennen lernen wollte.«

»Möchtest du lieber, dass ich dich nach Londinium schicke?«, fragte Artor mit gerunzelter Stirn. »Ich schätze, ich könnte es schon einrichten, dass du dort Unterricht erhältst. Oder vielleicht in einem der Klöster ...«

»*Vater!*« Medrod versuchte erst gar nicht, den höhnischen Tonfall aus seinem Lachen zu verdrängen. »Du kannst doch unmöglich glauben, die braven Mönche würden *mich* willkommen heißen! Ich will auch gar keinen Lehrmeister! Wenn du möchtest, dass ich die Traditionen der Römer erlerne, dann nimm mich mit nach Gallien! Du hast es doch selbst gerade gesagt – in meinem

Alter hast du Schlachten gefochten. Willst du etwa, dass die Sachsen deinem Sohn die Kriegskunst beibringen?«

Er beobachtete, wie Wut im Antlitz des Königs aufstieg und wieder zurückwich – oder war es Scham? *Es ist ihm unangenehm, wenn ich ihn daran erinnere*, fiel Medrod auf, *aber er ist zu aufrichtig, um es zu leugnen.* Nach einigen Monaten in der Verbannung war ihm der Gedanke gekommen, Artor könnte ihr Verwandtschaftsverhältnis ohne weiteres bestreiten und ihn zu einem irregeleiteten Kind abstempeln. Nun erkannte er, dass es dem Wesen des Königs widersprach, so etwas zu tun – was gut zu wissen war.

»Ich wünschte, sie würden sie ihren eigenen Sprösslingen nicht beibringen!«, murmelte er zur Antwort. »Aber du musst so viel wie möglich von ihnen lernen. Zwar wächst du zusehends heran, dennoch wärst du in Gefahr, wenn du mit mir kommen würdest. In Gallien besitzen die Priester großen Einfluss. Es wird schon schwer genug werden, sie zu bewegen, *mich* anzuerkennen ...«

Und dein aus Blutschande entstandener Bastard wäre eine Last, die du dir nicht aufbürden willst! Es wäre anders gewesen, hätte sein Vater ihn geliebt. Doch wieso sollte er? Medrod wusste nur zu gut, dass seine Zeugung ein Unfall, seine Geburt Rache gewesen war. Er sollte sich glücklich schätzen, dass der König sich überhaupt verantwortlich für ihn fühlte.

Medrod kam überhaupt nicht in den Sinn, sich zu fragen, weshalb er Artors Liebe wollte. Er empfand nur den Schmerz des Begreifens und einen Zorn, den er gar nicht erst zu verstehen versuchte.

»Also nimmst du mich nicht mit?«

»Das kann ich nicht.« Hilflos breitete Artor die Hände aus, dann ließ er sie herabsinken. Er drehte sich um und schlenderte weiter. »Ich lege die Herrschaft über Britannien in die Hände meiner Königin. Wenn es hier Schwierigkeiten gibt, musst du dich an Gwendivar wenden.«

Medrod nickte, merkte, dass sein Vater ihn nicht sehen konnte und murmelte etwas, das der König als Zustimmung auffassen mochte. Seine Augen brannten, und er redete sich ein, es sei der Wind. Doch als unsagbarer Schmerz in ihm hochstieg, schleuderte er den Apfel in seiner Hand mit voller Wucht von sich. In hohem Bogen stieg er auf, dann fiel er klatschend in den Fluss. Gemeinsam beobachteten er und Artor, wie die Strömung ihn erfasste und in Richtung des Meeres davontrug.

V

Die Hochkönigin

A. D. 507–512

In Camelot herrschte ein ständiges Kommen und Gehen. Man gewöhnte sich an den Lärm, besonders jetzt, da aufgrund einer Reihe heißer Tage Anfang Juni jedes Fenster, jede Tür offen stand. Doch die Stimmen vor dem kleinen Gebäude, in dem die Königin die Bücher führte, wurden zunehmend lauter. Als Ninive hereinkam, deren helles Haar sich in der schwülen Luft wild kräuselte, legte Gwendivar die Listen der in Rindfleisch oder Korn bezahlten Steuern beiseite.

»Herrin – da ist ein Reiter mit Botschaften aus Gallien.«

Das Herz der Königin pochte wild in der Brust, aber sie hatte gelernt, keine Regung zu zeigen. Plötzlich spürte sie, wie das feine Linnen ihrer Tunika an Brust und Rücken klebte und Schweißtropfen auf der Stirn standen. Mit angespannt gefalteten Händen wartete sie, bis der Bote hereinkam, dessen Kittel noch mit Salz von der Reise über das Meer befleckt war.

»Dem König geht es gut«, begann er hastig, und ihr wurde klar, dass ihr Gesicht sie doch verraten hatte, aber das spielte jetzt keine Rolle. Sie erkannte Artors Siegel auf der Rolle aus ungegerbtem Leder, in der er seine Botschaften versandte, und streckte die Hand aus. Die flinke, eckige Handschrift, die ihr mittlerweile sehr vertraut war, verschwamm vor ihren Augen, dann verfestigte sie sich zu Worten.

»... und so haben wir wieder bei Civitas Aquilonia das Lager aufgeschlagen. Heftiger Regen hat hier gewütet, und unter den Männern kursiert Krankheit, aber wir hoffen bald auf besseres Wetter.«

Nur allzu gerne hätte sie den Sonnenschein mit ihm geteilt, den sie hier hatten. Doch wäre das Wetter auf beiden Seiten der Meerenge dasselbe, wäre das Land mittlerweile vom Austrocknen bedroht. Als Artor noch durch Britannien reiste, zählte es nicht zu seinen Gewohnheiten, ihr zu schreiben. Nun aber schien die Königin sein Bindeglied zur Heimat zu verkörpern. Artors Handschrift zu entziffern war nur eine der Fähigkeiten, die Gwendivar sich angeeignet hatte, seit der König sie zurückgelassen hatte, um in seinem Namen zu herrschen.

»Die Neuigkeiten aus dem Süden Galliens sind weiterhin schlecht, zumindest für das Königreich Tolosa. Chlodowig hat sich entschlossen, gegen die Goten zu ziehen, und ich glaube, diesmal wird Alarich nicht in der Lage sein, ihn aufzuhalten. Für uns bedeutet das Frieden, bis die Franken ihre neue Eroberung in ihr Machtgefüge eingegliedert haben. Aber in ein, zwei Jahren werden sie sich umsehen und feststellen, dass diese letzte römische Bastion ihnen immer noch trotzt.

So lange bleibt mir wohl, um zwischen den britischen Häuptlingen Armoricas Bündnisse zu schmieden, die dem Sturm widerstehen werden. Darf ich hoffen, das Kaiserreich des Westens wieder aufzurichten? Ich weiß es nicht mehr – einst sah ich ein Gallien, das es zurückzuerobern galt, doch nun sehe ich Menschen, die ihr Vertrauen in mich gesetzt haben und die ich nicht enttäuschen darf...«

An dieser Stelle wies die Handschrift eine Unterbrechung auf. Der Rest des Briefes war mit der Tinte eines anderen Farbtons geschrieben, zudem wirkte die Schrift noch kantiger.

»Tolosa ist gefallen. Die Wisigoten befinden sich in vollem Rückzug, und die Franken prahlen, sie würden sie bis hinter die Pyrenäen treiben. Wahrscheinlich haben sie Recht. Alarich muss sich bestimmt verzweifelt wünschen, eine Gebirgskette zwischen sich und seine Feinde zu bringen. In Iberia wird er eine Weile in Sicherheit sein. Aber ich sehe voraus, dass ihn eines Tages ein Frankenkönig verfolgen wird, der von einem Kaiserreich träumt. Es sei denn, wir sind in der Lage, ihren Übermut zu brechen. Schon sehen wir Flüchtlinge aus Tolosa, sowohl Römer als auch Goten. Wenn sie sich an den Kämpfen hier beteiligen wollen, sind sie uns durchaus willkommen. Einige schicke ich vielleicht zu dir nach Britannien.

Wache wohl über mein Königreich, meine Königin. Du hältst mein Herz in Händen ...«

Wie, überlegte Gwendivar, sollte sie dies auffassen? Gewiss bezog Artor sich auf das Land, doch kurz fragte sie sich, wie es wäre, nicht nur sein Pflichtgefühl, sondern auch seine Liebe für sich zu beanspruchen. Als sie Merlins Reimen lauschte, hätte sie es beinahe begriffen. Doch selbst unbekleidet behielt Artor seine geistige Rüstung an, und der Augenblick einer Möglichkeit war verstrichen. Es würde einer noch größeren Macht als der Merlins bedürfen, um ihn zurück in ihre Arme zu bringen, dachte sie traurig ...

Sie versuchte sich einzureden, dass die Abwesenheit ihres Gemahls sie zu einer wahren Königin gemacht hatte. War sie immer noch schön? Sie wusste es nicht – die Menschen hatten begriffen, dass sie Lob ob ihres Charakters höher schätzte. Gwendivar war in die Befehlsgewalt hineingewachsen, die Artor ihr überantwortet hatte, und sie hatte festgestellt, dass sie die Gabe besaß zu herrschen. Als seine Gemahlin mochte sie wohl versagt haben, nicht jedoch als Britanniens Königin.

Aber jeder Brief enthüllte mehr von dem Menschen, der sich im König verbarg, von der menschlichen Seele, die so sorgsam auf der Hut gewesen war, wenn sie allein waren. Seit Beginn des Gallien-Feldzuges war Artor erst dreimal zurück in Britannien gewesen. Dabei hatte es sich lediglich um kurze Besuche gehandelt, die er dazu nutzte, Streitigkeiten zwischen den Fürsten zu schlichten oder sie zu überreden, ihm weitere Männer zu senden. Gwendivar hatte ihn kaum zu Gesicht bekommen.

Und sie vermisste ihn, diesen Gemahl, den sie erst jetzt wahrhaft kennen lernte. Sie griff nach einem Stück Pergament und begann nach einer kurzen Weile zu schreiben.

»Sei gegrüßt, mein König und Gemahl. Das Wetter hier ist heiß und schön, und wir hoffen auf eine gute Ernte. Ich kann dir jetzt einen Teil des Vorrats der letztjährigen Ernte sowie die Steuern aus Dumnonia schicken. Gwalchmai hat seine Gattin nach Camelot gebracht. Sie ist eine kluge Frau und sehr belesen in lateinischer Dichtkunst, ganz und gar nicht die Wahl, die man sich von Gwalchmai erwartet hätte. Aber er ist glücklich mit ihr – der wilde Junge ist letztlich doch erwachsen geworden. Die Neuigkeiten aus dem Norden sind weniger gut. Morgause schreibt, dass deine Mutter kränkelt. Sobald wir mehr erfahren, lasse ich es dich wissen …«

Gwendivar hielt inne und rief sich den See ins Gedächtnis, der gleich einem Juwel im Schoß der Berge ruhte, besann sich der Stille, die man stets mit einem unheiligen Laut zu durchbrechen fürchtete. Nur einmal war sie dort gewesen, doch die Erinnerung an den Ort war noch immer lebendig. Und doch verspürte sie kein Verlangen, dorthin zurückzukehren. Sie war ein Kind des Südens, und ihr Herz war im Tal von Avalon zu Hause.

Merlin bewegte sich gleich einem Hirsch durch den Wald; kaum ein Blatt regte sich, wo er vorbeikam. Doch wenn er den Fluss erreichte, gebarte er sich wie ein Otter, tauchte mühelos durchs Wasser. Bei Nacht trieben ihn die Sinne eines Wolfes weiter. Wenn er aber feststellte, dass er doch irgendwann müde wurde, sank er zwischen den Wurzeln einer uralten Eiche nieder und verwandelte sich in einen Baum.

Während er im ersten Licht des Morgens wanderte, hielt er sich einen Moment lang für einen Vogel. Der Schmerz der Glieder, die aufgrund der nächtlichen Untätigkeit steif geworden waren, lenkte seine Aufmerksamkeit zurück auf seinen Körper. Er reckte sich und betrachtete blinzelnd einen sehnigen menschlichen Arm, überzogen mit borstigem, silbergesprenkeltem Haar. Aus gespreizten Zweigen wurden Finger, die nach dem glatten, von Runen gezeichneten Holz des Speeres griffen, den er während all seiner Verwandlungen bei sich behalten hatte.

Mit jener Berührung kehrte sein volles Bewusstsein wieder zurück, und er besann sich seiner Menschlichkeit. Einfacher wäre es gewesen, ein Vogel zu bleiben, dachte er ein wenig verbittert. Ein Vogel dachte nicht weiter als bis zum nächsten Insekt, zum nächsten Lied. Sogar die trägen Gedanken eines Baumes, der sich langsam gen Himmel streckte, wären noch besser gewesen. Ein Mensch vermochte sich an die Botschaft zu erinnern, die ihn auf diese Reise getrieben hatte; ein Mensch konnte weinen, wenn er sich eine Welt ohne Igraine vorzustellen versuchte.

Er betrachtete die bewaldeten Anhöhen über ihm und wusste, dass der Instinkt, der ihn leitete, ihn tief in die Hügel des Seenlandes geführt hatte, wo einst die Brigantes geherrscht hatten. In ein paar Stunden konnte er die Insel der Maiden erreichen. Tierische Sinne zerrten an seinem Bewusstsein – er roch wilde Zwiebel am Hang und Raupen unter einem umgestürzten Baumstamm. Essen und Wasser brauchte er, doch es war notwendig, dass er diese Reise als Mensch beendete.

Als Merlin an den See gelangte, war es beinahe Mittag. Das Wasser lag ruhig und silberfarben unter dem blauen Gewölbe des Himmels; sogar die Bäume hielten mit reglosen Blättern Wache. Menschlicher Verstand sagte ihm, dass eine solche Stille oft Stürme ankündigte, doch ein tieferer Instinkt raunte ihm zu, dass die Welt den Atem anhielt und darauf wartete, dass die Herrin vom See den ihren aushauchte. Nachdem er in das kleine, ans Ufer gezogene Boot gestiegen war, stieß er sich behutsam ab, als könnten schon die sanften Wellen seiner Überfahrt jenes zerbrechliche Gleichgewicht zerstören.

Die Priesterinnen hatten Igraines Bett im Garten unter einem Schirm aus Korbgeflecht aufgestellt. Merlin hätte sie bereits für tot gehalten, hätte er nicht gesehen, dass sich das Leinentuch bewegte, das ihr als Decke diente. Neun Priesterinnen standen rings um sie und sangen leise. Als er sich näherte, erhob sich die Frau, die am Kopfende des Bettes saß, und er erkannte, dass es sich um Morgause handelte. Das klare Licht, das durch das Schirmgeflecht brach, zeigte deutlich die Falten, die Leidenschaft und Hochmut in ihr Antlitz gegraben hatten, doch es enthüllte auch die dauerhafte Stärke ihrer Knochen. Ihm war nie aufgefallen, wie sehr sie, ungeachtet der äußerlichen Unterschiede wie der Haarfarbe und der noch tiefergreifenden geistigen Unterschiede, ihrer Mutter ähnelte.

Igraine hatte die Augen geschlossen; ihr Atem ging angestrengt und langsam. Das silbrige Haar verteilte sich strahlenförmig über das Kissen, von liebevollen Händen gekämmt. Unter der dünnen Haut konnte er den Schädel erkennen.

»Wie lange –«

»– sie schon so da liegt?«, beendete Morgause den Satz. »Vor zwei Tagen wurde sie plötzlich von Schwäche befallen.«

»Habt ihr die Macht des Kessels beschworen?«

Mit gerunzelter Stirn schüttelte Morgause den Kopf. »Sie hat es uns verboten.«

Merlin seufzte. Er hätte damit rechnen müssen, denn die Macht des Kessels sollte den Lauf der Natur erfüllen und nicht verhindern.

Morgause ergriff wieder das Wort: »Noch gestern hat sie Brühe gegessen, aber seit letzter Nacht hat sie sich nicht mehr gerührt. Sie entfernt sich von uns, und es gibt nichts, was ich dagegen tun kann.«

»Hast *du* seither geschlafen?« Als sie den Kopf schüttelte, berührte er ihre Hand. »Geh, ruh dich aus, und lass mich eine Weile über sie wachen. Ich rufe dich, sobald eine Veränderung eintritt.«

Es war ein guter Rat, obwohl Merlin nicht wusste, ob er ihn um ihretwillen oder um seinetwillen erteilt hatte. Ihr Zorn und ihr Bedürfnis nach Ruhe zerrten an seiner mühevoll erlangten Fassung.

Nachdem sie gegangen war, lehnte er den Speer gegen den Pfosten, setzte sich auf ihren Platz und ergriff Igraines Hand. Sie fühlte sich kühl und trocken an; nur wenn er sie drückte, spürte er den Puls darin. Merlin schloss die Augen, ließ den Atem langsamer werden, passte seine Lebenskraft der ihren an.

»Igraine … meine Fürstin … Igraine …« Sein Bewusstsein erweiterte sich; er spürte, wie er den Körper verließ, nach jenem Ort suchte, an dem ihr Geist weilte, den einzig ein silbriges Band an den Leib fesselte, ein Band, das mit jedem Schlag ihres Herzens dünner wurde.

»Merlin, mein alter Freund –« Er fühlte Igraine als helle Geistgestalt, die sich ihm zuwandte. *»Sag nicht, dass ich mit dir zurückkommen muss, denn das werde ich nicht!«* Der Lichtschein, der sie umgab, erbebte unter ihrem Gelächter.

»Dann lass mich mit dir kommen!«

»Dein Fleisch ist noch mit der Erde verwurzelt. Deine Zeit ist noch nicht gekommen …«

»Die Jahre verstreichen, und doch wird mein Körper immer stärker. Das Einzige, was meinen Geist in der Welt der Menschen hielt, war meine Liebe zu dir!«

»Wenn du auf Wanderschaft warst, habe ich vom See aus über dich gewacht …«, lautete ihre Antwort. *»Nun werde ich dich vom Verborgenen Reich aus lieben. So weit entfernt ist es nicht –«*

Merlin spürte, dass sie die Wahrheit sprach, denn hinter dem Flackern ihres Geistes tat sich ein helles Tor auf. Er nahm wahr, dass Morgause zurückgekehrt war, doch im Augenblick konnte ihr Kummer ihn nicht erreichen. Aus scheinbar großer Ferne verrieten ihm seine Sinne, dass Igraines Atem heftig in der Brust rasselte. Der Gesang der Priesterinnen verstummte kurz, als jemand zu weinen begann, dann setzte er wieder ein.

»Deine Kinder brauchen dich noch«, sandte er ihr ohne große Hoffnung zu.

»Meine Kinder sind erwachsen! Bestimmt wissen sie, dass ich sie liebe. Merlin, du willst mich doch nicht dazu verdammen, in einem ausgebrannten Leib weiterzuleben! Hilf mir, mein Lieber! Lass mich gehen!«

Merlin war sich dessen nicht so sicher, doch nicht wegen Morgause, sondern weil es ihm selbst ein Bedürfnis war, streckte er die Sinne und zog den Geist der jüngeren Frau in die Verbindung.

»Da bist du ja, meine Tochter – siehst du –« Igraine bewegte sich näher zum Licht. *»Das habe ich versucht dir zu erklären. Nur dieses letzte Stück ist ein wenig… schwierig, danach wird alles gut. Auch das ist Teil deiner Ausbildung. Hilf mir…«*

Merlin spürte, wie die Unruhe in Morgauses Geist nach und nach Erstaunen wich.

»Man sieht, wie das Tor sich öffnet –« Die Worte, welche die jüngere Frau flüsterte, waren ritueller Art, aber nun erklangen sie voller Überzeugung, hallten in beiden Welten wider. »Die hellen Geister derer, die man liebt, erwarten uns, bereit, uns zu Hause willkommen zu heißen…«

Und während sie sprach, wurde Merlin klar, dass es stimmte. Er sah, wie jene strahlenden Wesen sich näherten und erkannte mit einer Gewissheit, die alles irdische Begreifen überstieg, Uther, und hinter ihm ihre Eltern, Amlodius und Argante.

»Geh durch das Tor. Lass dir unsere Liebe eine Stütze für dein Selbst-Urteil sein. Über dich soll die Finsternis keine Macht haben. Leb wohl – wir entlassen dich in die wartenden Arme der Herrin…«

Irgendwo in weiter Ferne rang der versagende Körper nach Luft, seufzte und lag still. Doch es spielte kaum eine Rolle. Für einen kurzen Moment nahm Merlins Vision die Helligkeit in sich auf, und er sah Igraine deutlich, die immer jünger wurde, je weiter sie sich von ihnen entfernte, bis sie wieder die Maid mit goldenen

Locken war, die er geliebt hatte. Dann trat sie durch das Tor. Das Licht verstärkte sich, bis es jede sterbliche Wahrnehmung überstieg, und Merlin wurde zurückstoßen in den fahlen Sonnenschein eines Erdentages.

Die Oberfläche des Sees kräuselte sich, als Wind über das Wasser strich. Eine Vorhut von Wolken kroch gerade über die westlichen Hügel. Morgause fröstelte, obwohl es noch kaum kälter geworden war; die Kälte, die sie spürte, entsprang ihrer Seele. Merlin, neben ihr, bewegte sich, wie sie Männer halb benommen vom Schlachtfeld hatte taumeln sehen.

»Es war ein guter Tod«, sprach sie laut aus. »Wieso bin ich so zornig?« Hinter ihnen schwoll das Wehklagen der Priesterinnen an und ab wie der aufkeimende Wind, doch Morgauses Kehle war wie zugeschnürt, ihre Muskeln waren verspannt, ihre Augen trocken.

»Weil deine Mutter dich verlassen hat«, ertönte sein tiefes Brummen zur Antwort. »Auch ein weniger triumphierender Tod als dieser ist eine Erlösung für den Dahinscheidenden. Wir trauern um unseretwillen, weil man uns allein zurückgelassen hat.«

Morgause starrte ihn an. Den Großteil ihres Lebens hatte sie diesen Mann gehasst, den sie für den Tod ihres Vaters und den ersten Verrat ihrer Mutter verantwortlich gemacht hatte. Von all den Menschen der Welt hätte sie gerade von ihm nicht erwartet, dass er sie verstünde.

»Ich erinnere mich noch, wie meine Großmutter starb«, sagte sie. »Meine Mutter hat geweint, während ich verständnislos am Ufer spielte. Argante hat vorhergesagt, dass ich eines Tages die Herrin vom See sein würde. So viele Jahre habe ich gegen meine Mutter gekämpft, weil ich fürchtete, sie würde meine Vorbestimmung nicht anerkennen. Und nun hat mich mein Schicksal ereilt, und ich fürchte mich trotzdem.«

»Auch sie hat sich gefürchtet ...«, antwortete Merlin. »So wie du war auch sie lange vom See fort gewesen. Aber du bist in den Genuss gekommen, von deiner Mutter in die Geheimnisse eingeweiht worden zu sein. Viel von der alten Weisheit ist verloren gegangen – es liegt an dir, zu bewahren, so viel du kannst. Ich kenne deine Geheimnisse nicht ...«, brachte er mühevoll hervor, »aber du hast den Kessel. Ruf deine Göttin an – gewiss wird sie dich trösten.«

»Und Euch«, gab sie zurück.

Merlin schüttelte den Kopf. »Meine Göttin hat die Welt verlassen ...«

Voller Erstaunen blickte Morgause ihn an. Erst jetzt begriff sie, dass diesem Mann, wie ihrem Vater, Igraines Liebe verweigert worden war. Der Wind blies nun wieder heftiger und pfiff durch die Bäume. Merlin hatte sich umgewandt, um über den See zu den Anhöhen zu schauen, wo die Wolken in jenen wenigen Augenblicken zu doppelter Größe angeschwollen waren.

»Ich muss gehen«, verkündete er schließlich. »Deine Mutter ist nun Hochkönigin im Jenseits, und in dieser Welt ist Gwendivar die Tigernissa. Du aber bist die Herrin vom See, Morgause – die Verborgene Königin, die Weiße Rabin Britanniens. Wache wohl über das Land!«

Er fesselte ihren Blick, und sie sah in seinen Augen eine von Glanz gekrönte Frau.

»Ich bin die Herrin vom See ...«, sprach sie und nahm damit das Bild als ihr eigenes an. »Und wer bist du?«

Die Gewissheit in Merlins Augen erstarb und wich Trostlosigkeit. »Ich bin ein im Wind treibendes Blatt ... ein von der Brandung geglätteter Fels ... ein sonnengebleichter Knochen ... Ich weiß nicht, was ich bin; ich weiß nur, dass mein Körper in einer Welt lebt, die meinem Geist fremd ist. Dort droben«, er deutete auf die Hügel, »werde ich es vielleicht erfahren ...«

Oberhalb der Bäume betrat man das Königreich des Windes. Merlin kämpfte sich empor und taumelte, als eine neue Bö über den Hang fegte und die purpurnen Glocken des Heidekrauts eine stumme Warnung läuteten. Ein vom Windstoß erfasster Zaunkönig wurde kreischend himmelwärts gewirbelt. Wolken türmten sich über ihm auf, peitschten Regentropfen herab. Merlin stolperte, stieß den Speer in die Erde, um das Gleichgewicht zu halten, und rappelte sich wieder auf.

»Wehe! Wehe! Blas voller Zorn!«, brüllte er und ballte die Fäuste gen Himmel. Diese Naturgewalt mochte wohl grausam für den Körper sein, doch sie spiegelte die Pein seiner Seele. »Weine, Welt, lass meinen Kummer mit jedem Windstoß entweichen!«

Er machte einen Schritt nach vorn, erkannte, dass er nicht mehr höher gelangen konnte und sank auf die Knie. »Wieso«, keuchte er, »lebe ich noch?«

Die Stimmen des Windes zerrten an Haar und Bart. Merlin umklammerte den Schaft des Speeres, spürte, wie er unter seinen Händen gleich einem Baum im Wind erbebte, und plötzlich wurde ihm die Bedeutung der Worte klar.

»Du wirst diese Welt erst verlassen, wenn du es willst ...«

»Also bin ich weniger als menschlich?«

»Vielleicht bist du mehr ...«

Merlin schauderte. Die Stimme war überall um ihn herum – im Heulen des Windes, im Beben des Speerschafts, im Rasseln der Luft in seiner Kehle. Er schüttelte den Kopf.

»Wer bist du?«

Die Luft erzitterte vor Gelächter. *»Ich bin jeder Atemzug, den du tust, jeder Gedanke, den du denkst; ich bin Ekstase.«* Abermals ertönte das Gelächter. *»Du trägst meinen Speer …«*

Merlin zuckte zusammen. »Der Gott der Sachsen!«

»So kannst du mich nennen, oder Lugos, wenn dir das besser behagt, oder Merkur. Ich bin in vielen Landen gewandelt, wurde mit zahlreichen Namen bedacht. Wenn die Menschen Verstand, Willen und Worte benutzen, bin ich da. Und du trägst meinen Speer seit einem Dutzend Winter. Weshalb bist du so überrascht?«

»Wieso hast du es zugelassen? Was hast du mit mir vor?«

»O Mann der Weisheit! Begreifst du selbst jetzt noch nicht?«

Unvermittelt erstarb der Wind. Der Sturm verzog sich. Merlin starrte gen Himmel, als das Licht des Sonnenuntergangs plötzlich hinter den Wolken hervorbrach und die Welt in Gold tauchte. Mochte ihn auch seine Trauer um Igraine ewig begleiten, doch nun kreisten in seinen Gedanken Sätze, Rätsel, Einblicke, Vorstellungen und eine gewaltige Neugier. Am Speer nach Halt suchend, raffte er sich wieder auf. Dann zog er den Schaft aus der Erde und machte sich auf den Weg den Berg hinab.

Staub wirbelte in goldenen Wolken hoch, aufgewühlt von den Füßen der Erntearbeiter. Der Karren, den sie zogen, war mit Korngarben beladen und mit Sommerblumen geschmückt. Gesänge mischten sich mit dem rhythmischen Knarren der Räder, die zu der Weide unterhalb der Villa rollten, wo das Erntedankfest vorbereitet worden war. Gwendivar, die neben Gai und Gwalchmai den Ehrenplatz einnahm, zog sich den Schleier halb übers Gesicht.

Die Vorsichtsmaßnahme erwies sich als unnötig, denn als der Abend näher rückte, war eine sanfte Brise aufgekommen, die den Staub weggeweht hatte.

Sie war froh über Gais Einladung gewesen, das Fest dort zu feiern, wo Artor als Knabe gelebt hatte. Nun war es Gais Zuhause, obwohl ihn seine Tätigkeit im Dienste des Königs hier nur wenig Zeit verbringen ließ. Um seine Gesundheit stand es nicht zum Besten, und Gwendivar war teilweise in der Hoffnung hergekommen, ihm ein wenig Ruhe zu verschaffen. Hier schien es ihm besser zu gehen. Sie hatte über seine Geschichten lachen müssen und sich den großen König Britanniens als jungen Wildfang vorzustellen versucht. Gwendivar bedauerte nur, dass Artor nicht hier bei ihnen war. Fünf Jahre schon führte er in Gallien Krieg, nach ihrem Ermessen mit herzlich wenig Erfolg. Er war nicht einmal zurückgekehrt, als seine Mutter im Vorjahr gestorben war.

Der Tross bog um die letzte Kurve, und sie hörte die Gesänge deutlicher –

»Oh, wo ist er verborgen, wo geht er hin heut Nacht?
Das Korn ist nun geschnitten, die Ernte eingebracht!«

Die Arbeiter, die das letzte Korn geschnitten und gebündelt hatten, das man »den Hals« oder manchmal »den Greis« nannte, hielten die Garben hoch. Sie waren bereits triefnass vom Wasser aus dem Fluss, das Glück bringen sollte, doch bei diesem Wetter schien es sie nicht zu stören. Voller Sehnsucht erinnerte Gwendivar sich an den geheimen Teich, in dem sie als Mädchen zu baden pflegte, und wo Julia und sie entdeckt hatten, welches Vergnügen ihnen ihre Körper bereiten konnten. In all der Zeit fühlte sie sich häufig wie die Jungfrau Maria, doch während sie beobachtete, wie die Schnitter hinter den Frauen herjagten, die ihnen gefolgt waren, um die Garben zu bündeln, musste sie einen Anflug von Neid um jene Erfüllung unterdrücken, die ihr verwehrt geblieben war.

»Es freuen sich die Felder am jungen grünen Korn,
In des Frühlings erster Blüte der König wird gebor'n –
Oh, wo ist er verborgen, …«

Gwendivar traten unerwartet Tränen in die Augen. Die Männer nannten sie die Blumenbraut und versicherten, ihre Schönheit sei unverändert. Doch es widersprach dem Verlauf der Natur, dass der Frühling ewig dauerte …

Der Karren wurde vor die Tische gezogen, und die Männer, die sich davor gespannt hatten, schüttelten die Zugriemen ab. Die Frau, die jene letzte Garbe getragen hatte, überreichte sie lachenden Mädchen, die sie zur Mittelsäule des Trockenschuppens brachten, dort befestigten und mit Blumen kränzten. Das Licht der untergehenden Sonne, das durch die Bäume brach, tauchte Stiel und Korn in Gold.

»Die Sonne steigt nach oben, die Felder werden grün,
Der König ist nun bärtig und stark und blond zu
sehn –«

Gai hielt einer vorbeikommenden Dienstmagd den Becher zum Auffüllen hin, dann lehnte er sich seufzend zurück. »Es ist ein eigenartiges Gefühl, nach so vielen Jahren des Krieges, hier zu sitzen und Most zu trinken …«

»Und Artor ist nicht da, um es mit uns zu genießen«, warf Gwalchmai ein. »Es ist nicht gut, dass der König so lange aus seinem Land fort ist. Hätte er jene Armee zur Verfügung, mit der er am Mons Badonicus gewonnen hat, wäre er mittlerweile Kaiser!«

Nach wie vor singend, fassten Männer und Frauen einander an den Händen und begannen, um die Mittelsäule zu tanzen.

»Die Sonne steht am Himmel, die Felder glänzen in Gold,
Des Königs Haupt, es neigt sich, da er geworden alt –«

»Zu viele sind auf der Suche nach dem Kessel gestorben, und einige von uns werden allmählich alt …« Mit einem gequälten Lächeln betrachtete er Gwalchmai und rieb sich den linken Arm, als schmerzte er. »Abgesehen von dir natürlich.«

Verständnislos legte Gwalchmai die Stirn in Falten. Die Jahre des Krieges hatten sein Antlitz gezeichnet, das rotblonde Haar wurde lichter, doch seine Arme waren immer noch stark und kräftig.

»Es ist zu friedlich«, meinte er widersprechend, und Gwendivar lachte. »Mein Herr hat mir aufgetragen, über Euch zu wachen, aber all unsere Feinde fürchten immer noch seinen Namen.« Er seufzte, dann drehte er sich mit flehentlichen Augen zu ihr um. »Lasst mich zu ihm reisen, Herrin. Diese fränkischen Fürsten würden nicht zu lachen wagen, wäre ich bei ihm. Artor braucht mich. Hier bin ich niemandem nütze!«

»Der Schnitter schwingt die Sichel, das reife Korn zu mähn,
Der König sinkt zu Boden, zur Erde muss er gehn.«

Gwendivar schauderte, erfasst von einer längst vergessenen Angst. Seit so langer Zeit war Artor ein körperloses Wesen, das durch geschriebene Worte zu ihr sprach – sie hätte beinahe vergessen, dass er aus Fleisch und Blut bestand, das Kälte, Hunger und feindliche Schwerter verletzen konnten.

»Ninive, bring mir mein Schultertuch«, sagte sie, doch das Mädchen war nicht da. Was sie nicht überraschen sollte; das Kind machte keinen Hehl daraus, dass ihm große Versammlungen Unbehagen machten. Zweifellos streifte Ninive durch die Wälder auf dem Hügel und würde erst bei Einbruch der Dunkelheit zurückkehren. Und in Wirklichkeit war die Kälte, welche die Königin verspürte, eine innere Kälte, die weder Schultertuch noch Mantel zu lindern vermochten.

»Na schön.« Beide Männer wandten sich ihr zu. »Es ist mir ein Trost, dich hier zu haben, und deine Frau wird es mir gewiss nicht danken, dass ich dich ziehen lasse, aber ich stimme dir zu, dass Artor dich dringender braucht.«

Die Erntearbeiter rannten mit erhobenen Armen auf die letzte Garbe zu.

»So wollen wir nun feiern, vom Brot und Bier genährt,
Bis einst im nächsten Frühling der König wieder-
kehrt …

Dann löste sich der Kreis unter ausgelassenem Gelächter auf, und sie machten sich über die Fässer voll Erntebier her.

Mit einem zufriedenen Grinsen stürzte Gwalchmai sein Bier mit einem einzigen Schluck hinunter und streckte den Becher zum Auffüllen aus.

»Aber sorg dafür, dass du deiner Prahlerei gerecht wirst, mein edler Ritter«, forderte Gwendivar ihn auf. »Schlag den Franken die Rüstungen vom Leib und bring mir meinen König bald heim.«

»Oh, wo ist er verborgen, wo geht er hin heut Nacht?
Das Korn ist nun geschnitten, die Ernte eingebracht!«

Merlin wanderte im goldenen Licht des Erntemondes durch den Eichenhain oberhalb der Villa. Er musste sich ins Gedächtnis rufen, dass Caius Turpilius und Flavia seit zwanzig Jahren tot waren und das Gehöft nun Gai gehörte, denn vom Hügel aus betrachtet schien sich nichts verändert zu haben. Sogar von hier aus war der Lärm des Festes deutlich zu hören. Rings um die Dreschscheunen brannten Fackeln, um die sich in einem wilden Tanz aus Licht und Schatten die Feiernden bewegten. Dahinter schimmerten blass die Stoppelfelder, die die Wintermonate über brachliegen würden.

Merlin hatte vorgehabt, sich an den Feierlichkeiten zu beteiligen, doch die Riten der bestellten Erde zählten nicht zu seinen Mysterien. Lange Erfahrung hatte ihn gelehrt, dass seine Anwesenheit einen dunklen Schatten auf die Feier werfen konnte, gleich einem Windstoß aus der Wildnis jenseits ihrer umzäunten Felder. Die Nacht war zu schön, um zu schlafen, zudem brauchte er in jenen Tagen wenig Rast und verspürte kein Bedürfnis nach dem Schutz von Mauern.

Und so schlenderte er weiter, während ihm die geräuschvolle Finsternis sanft in den Haaren spielte und ihm die üppigen, lebendigen Düfte von Laubmulch und trocknendem Heu in die Nase stiegen. In einer solchen Nacht fiel es leicht, jenes Pflichtgefühl zu vergessen, das ihn nach Süden getrieben hatte, um Artors Königin seinen Rat anzubieten. Er gehörte in die Wildnis, nur mit seinem *daimon* als Gefährten und dem Gott der Sachsen als Führer.

In jenen Tagen war der Gott ständig bei ihm. Die helle Lichtgestalt hingegen, die er als seinen *daimon* bezeichnete, die Gefährtin seiner Kindheit, hatte er seit vielen Jahren nicht mehr gesehen. Nun, da er alt war, konnte er sich umso deutlicher an ihre klaren Augen und ihr schimmerndes Haar erinnern. Er hatte gehört, es sei das Schicksal der Alten, wieder wie Kinder zu werden.

Bei dem Gedanken musste er leise lachen, und aus der Nacht ertönte eine Antwort gleich dem Läuten von Glocken.

Merlin verharrte und sandte alle Sinne aus. Es schien unglaubhaft, dass sich jemand ohne sein Wissen auf diesem Hügel aufgehalten haben konnte. Was er letztlich fand, war eine weiß schimmernde, auf einer Eiche hockende Gestalt. Sein menschlicher Verstand hatte sich so auf den Rhythmus der Nacht eingestellt, dass er sie für eine Störung des Windes gehalten hatte.

»Es wird spät«, sprach eine glockenhelle Stimme aus den Zweigen. »Wieso durchstreift der bedeutendste Druide Britanniens diese Hügel?«

Merlin verwandelte die Sicht in die einer Eule und erblickte fein geschnittene, von hellem Haar umrandete Züge. Für einen Augenblick stockte ihm der Atem. Es war das Antlitz seines *daimon*, und doch war sie kein Teil seiner Vorstellungskraft – sogar als Kind hatte er stets den Unterschied zwischen Bildern von außen und solchen, die in seinem Inneren lebten, begriffen. Nun spürte er zudem die Wärme eines menschlichen Körpers und hörte den leisen Hauch eines Atems. Die Gestalt regte sich, und er sah das Glitzern der Stickerei auf ihrem Kleid.

»Wieso hockt eine Hofmaid in einem Baum?«

»Ihr kennt mich nicht, und doch sind wir verwandt.« Das Mädchen lachte. »Ich bin Gwalchmais Tochter, von einer Frau aus den Hügeln empfangen, und wenn ich schon nicht dort umherstreifen kann, so verleiht mir diese Eiche wenigstens das Gefühl, frei zu sein.«

»Das stimmt. Ich habe selbst eine Zeit lang auf einem Baum gelebt. Würde dir die Gesellschaft eines greisen Mannes missfallen?« Ein Strahlen schien von der schlanken Gestalt der jungen Frau auszugehen, lieblicher als das Licht des Mondes.

Gleich einem Vogel legte sie den Kopf schief. »Ich habe noch nie jemanden getroffen, der sich wie ein Teil des Waldes fühlte. Ihr kennt all seine Geheimnisse, nicht wahr? Also bleibt und unterhaltet Euch mit mir…«

Merlin wankte, als schmelze etwas in ihm, das seit Igraines Tod gefroren war. Er streckte die Hand nach der Eiche aus und löste sich behutsam vom festen Boden.

»Mit Freuden…«, sagte er leise. »Mit Freuden will ich bei dir bleiben.«

Merlins Rückkehr stellte ein Wunder dar, über das die Menschen monatelang tuschelten. Als sie sahen, wie oft er mit dem Mädchen Ninive umherwanderte, lachten sie, weil sie vermeinten, den Grund zu kennen. Gwendivar hingegen, die Gwalchmai versprochen hatte, über sein Kind zu wachen, verstand, dass zwischen dem greisen Mann und der Maid keinerlei sexuelle Anziehung bestand. Außerdem hatte sie andere, dringendere Sorgen.

Nach Gwalchmais Abreise waren keineswegs alle alten Feinde über sie hergefallen, wie manche befürchtet hatten. Die Pikten hielten sich an den mit Artor geschlossenen Pakt, und nur gelegentlich gab es Angriffe aus Eriu. Vielmehr waren es die Fürsten Britanniens, die allmählich aufsässig wurden, wie Pferde, die zu lange auf der Weide gestanden und die Herrschaft von Zügel und Zaumzeug vergessen hatten. Merlin erzählte ihr, dass es nach Uthers Tod ebenso gewesen war. Der Rat des Druiden erwies sich als unschätzbar; unter seiner Anleitung wuchs Gwendivar in ihre Rolle als Königin hinein wie ein Baum in fruchtbare Erde. Doch er war außerstande, den Fürsten die harte Faust zu zeigen. Gwendivar schrieb an Artor, doch ein weiteres Jahr verstrich ohne seine Rückkehr.

Gwalchmai war seit zwei Jahren fort, als neue Unruhe zwischen den Menschen Dumnonias und den Westsachsen Gwendivar zwang, sich abermals an Artor zu wenden. Sie hatte Constantin und Cynric aufgefordert, sich mit ihr in Durnovaria zu treffen. Der Frühling war bislang wunderschön gewesen, und die beiden hatten keine Ausrede, nicht aufzubrechen. Doch sollte es ihr nicht gelingen, sie durch ihr Verhandlungsgeschick miteinander zu versöhnen, so wussten sowohl sie als auch die beiden, dass sie keine Mittel besaß, ihren Gehorsam zu erzwingen.

Durch ihr Fenster drang der schwere, lebendige Duft des Flusses, der Durnovaria behütete, vermischt mit dem durchdringenderen Salzgeruch der See. Nur wenige Menschen lebten ständig in der Stadt – sogar der Fürst zog es vor, den Großteil der Zeit in seiner Villa in den Hügeln zu verbringen. Doch zum allwöchentlichen Markt versammelten die Menschen sich immer noch hier, und der Lärm verschiedenster Sprachen bildete ein tiefes Hintergrundrauschen für das hohe Kreischen der Möwen. Gwendivar legte das Pergament beiseite, auf dem sie geschrieben und ergriff den jüngsten Brief, den Artor ihr gesandt hatte.

»Pompejus Regalis hat mir letzten Monat einen Besuch abgestattet; er errichtet nahe Briocs Kloster im Westen der Küstenebene eine Feste und hat erkannt, dass er Verbündete braucht. Mittlerweile leben dort so viele Dumnonier, dass der Ort nach ihnen benannt ist. Sein Sohn Fracanus hat ihn begleitet. Er hat einen neuen Sport erfunden, den auszuprobieren er einige meiner Männer überredete. Statt Wettrennen mit Streitwagen zu veranstalten, stecken sie eine Rennstrecke ab und setzen die leichtesten Knaben in den Sattel. Natürlich ist es gefährlich, wenn ein Bursche abgeworfen wird, aber ohne Wagen laufen die Pferde schneller…«

Gwendivar schüttelte den Kopf. Im Gespräch war Artor nie besonders humorvoll gewesen, aber in seinen Briefen bemühte er sich, sie gleichermaßen zu unterhalten wie auch über Neuigkeiten zu unterrichten. Tatsächlich hatte sie, seit er über das Meer gereist war, mehr über seine Gedanken erfahren als in der Zeit ihres Zusammenlebens.

»Der Sommer hat uns beinahe eingeholt. Ich glaube, ich kann Regalis und Conan von Venetorum dazu bewegen, einem Bündnis zuzustimmen, und außerdem auch Gwenomarcus von Plebs Legionorum. Mit ihnen auf meiner Seite betrachte ich Armorica als gesichert. Die Söhne Chlodowigs, die mittlerweile in Tolosa für Ordnung gesorgt haben, spähen nordwärts, und jene Briten, die sich in Lugdunensis Land angeeignet haben, erbitten unsere Hilfe.«

Das bedeutete, dass Artor bald wieder kämpfen würde, vielleicht sogar schon mitten in einer Schlacht steckte. Gwendivar merkte, dass ihr Griff das Pergament zerknüllte; behutsam ließ sie es sinken. Der König hatte sein ganzes Leben mit kriegerischen Auseinandersetzungen verbracht und es war ihm kaum Leid zugefügt worden. Außerdem hatte er nun Gwalchmai bei sich. Wieso beunruhigte sie der Gedanke so sehr? Vielleicht deshalb, weil er nicht für Britannien kämpfte?

Aus der Richtung des Stadttores ertönten die Klänge von Kuhhörnern; der Geräuschpegel auf dem Marktplatz schwoll zu einem Getöse an. Cynric war endlich eingetroffen. Gwendivar schloss die Augen und massierte sich die Stirn. Dann rollte und band sie Artors Brief zusammen, erhob sich und rief ihre Zofen herbei, sie in die steifen Zeremonialgewänder der Hochkönigin zu kleiden.

In die schneeweiße Druidenkluft gehüllt und auf Wodens Speer gestützt, wartete Merlin hinter dem Thron der Hochkönigin. In den knapp drei Jahren seit seiner Ankunft hatte er sich wieder daran gewöhnt, zivilisierte Kleidung zu tragen. Auch Ninive hatte sich mit dem Gewicht von Wollkleidern und Metallnadeln abgefunden, obgleich sie lieber frei wie ein wildes Pony über die Heide gelaufen wäre. Ihretwegen war er bereit, dasselbe zu tun.

Die Menschen rätselten, welch tieferer Zweck sich hinter seiner Rückkehr verbarg, doch er hatte keinen Plan, kein Vorhaben. In seinem Herzen wusste er, dass Ninive nicht sein *daimon* in Gestalt eines Mädchenkörpers war. Dennoch war sie es, die ihn an die Welt der Menschen band. Nun betrachtete er sie, während sie bei den anderen Mädchen stand, die der Königin dienten. Einen Augenblick lang trafen sich ihre Blicke. Zugleich hörte er den Schrei eines über der Landzunge segelnden Falken und das gedämpfte Rauschen des Meeres.

Nach und nach füllte sich die lange Kammer, in der einst die Friedensrichter von Durnovaria ihre Treffen abgehalten hatten. Constantin saß an der Südseite, neben ihm der Häuptling, dessen Gebiete an jene der Sachsen grenzten. Ein halbes Dutzend Männer seiner Leibgarde tuschelte hinter ihm. Immer wieder griffen ihre Hände vergeblich an die Hüften, ehe sie sich wieder besannen, dass sie ihre Schwerter hatten draußen lassen müssen.

Eine Seitenpforte öffnete sich, und Merlin sah Gwendivar einer Ikone gleich in der Finsternis des Ganges aufscheinen. Sie war in goldene Kleider gehüllt, das schmale Antlitz von den Perlen eines byzantinischen Diadems umrahmt. Doch die Pracht, in der sie einherschritt, war nur ein sichtbares Zeichen für die Investitur der Macht, und die Menschen erhoben sich, um sie mit einer Ehrfurcht zu begrüßen, die mehr als nur förmlich war. Die Königin erklomm das Podium und nahm ihren Platz ein. Die beiden Jünglinge, die sie begleiteten, der eine rot wie ein Fuchs, der andere mit hellem Haar, nahmen an den Seiten des geschnitzten Stuhles Aufstellung. Eormenric sah sich lächelnd um, der rothaarige Ceawlin hingegen starrte mit versteinertem Gesichtsausdruck zur Tür.

Die Doppeltür am Ende der Halle schwang auf. Hoch gewachsene Männer traten ein. Das einstmals flammend rote Haar des Anführers war nun mit dem Frost des Winters bestäubt, dennoch schimmerte es hell genug, um ein erkennendes Leuchten in Ceawlins Augen zu zaubern.

»*Waes hael, drighten. Wilcume!*«, begrüßte ihn die Königin, die von ihren Geiseln ein wenig Sächsisch gelernt hatte.

Cynric blinzelte skeptisch, dann hob er anerkennend den Arm. Er und seine Männer wandten sich um und nahmen ihre Plätze entlang der Nordwand ein.

Merlin ließ seine Gedanken schweifen, nahm das An- und Abschwellen von Beschwerden und Anklagen gleich dem Grollen eines fernen Donners wahr. Hinter Cynric erspähte er zwischen den hellen und braunen Köpfen einen dunkleren. Der Sachsenanführer trat mit gestikulierenden Armen vor, und ein Lichtstrahl aus dem oberen Fenster tauchte den Kopf des Mannes hinter ihm in einen bronzenen Schimmer. Das war kein Sachse! Merlin wagte sich hinter dem Stuhl der Königin hervor, sandte andere, geheime Sinne in die Richtung des Fremden.

Als hätte der Mann mit dem bronzen schimmernden

Haar die Berührung gespürt, richtete er sich auf und wandte den Kopf, und Merlin zuckte zusammen, als er in einem Antlitz, das einem männlichen Spiegelbild Morgauses glich, die grauen Augen Artors, des Königs, erkannte. Jede andere Ähnlichkeit in Gestalt oder Gesichtszügen hätte sich durch die gemeinsame Abstammung von Igraine erklären lassen, nicht aber diese Augen, die Artor von Uther geerbt hatte, dessen einziger Sohn er war.

»Herrin, es soll geschehen, wie Ihr es verfügt habt. Eadwulf wird seine Sippe vom Westufer des Flusses abziehen. Wir geben unseren Anspruch auf das Land auf.« Cynrics Stimme schwoll an, und die Fürsten Dumnonias begannen zu grinsen. »Ich fordere Eure *Witan*, Euren Rat, auf, zu bezeugen, dass wir, die Südsachsen, Euch stets die Treue gehalten haben. In Eurer Halle ist mein Sohn zum Mann herangewachsen. Ihr habt ihm vieles beigebracht. Nun ist es an der Zeit, dass er in sein Heimatland zurückkehrt und die Traditionen des Volkes kennen lernt, über das er dereinst herrschen wird. Im Gegenzug bringe ich Euch den Sohn Eures Königs zurück!«

Als Medrod vortrat, fegte ein Gemurmel der Verwunderung, des Rätselns, des Mutmaßens durch die Halle wie ein Wind, der einen Sturm ankündigt. Diejenigen, die sich an den Pendragon erinnerten, bemerkten die Ähnlichkeit, die Medrod nicht nur als seinen Neffen, sondern als seinen Sohn auswies. Der gewobene Saum seines dunklen Kittels war durch und durch sächsisch, ebenso das Kurzschwert, das an seiner Hüfte hing. Doch die Brosche, die seinen Umhang zusammenhielt, war piktische Handarbeit, und in seinen Augen leuchtete der Stolz des Hauses Maximian. Er hielt inne, und ein halbes Hundert Blicke wanderten von seinem Antlitz zu jenem der Königin.

Gewiss, dachte Merlin, hatte Artor ihr alles erzählt – doch neun Jahre lang war Medrod bei den Sachsen versteckt gewesen wie ein Hund unter Wölfen. Es war nur zu einfach für sie alle gewesen, zu vergessen, dass er eines Tages zurückkehren würde, um wieder mit dem eigenen Pack zu jagen.

Sofern Gwendivar überrascht war, ließ sie es sich in keiner Weise anmerken. Mit leisen Worten wandte sie sich an Ceawlin, und als er sich verneigte, um ihr die Hand zu küssen, verblasste kurz die Erregung, die in seinen Augen loderte.

»Ich werde Euch nie vergessen, Herrin«, erklärte er mit heiserer Stimme. Dann hastete er an die Seite seines Vaters, als hätte sie soeben die Leine losgelassen.

»Und Eormenric –« Sie wandte sich zu dem anderen Jüngling. »Du hast ebenso viele Jahre bei uns verbracht wie dein Vater, als er jung war. Ich werde dich hier nicht festhalten, nachdem dein Gefährte gegangen ist.«

Einen Augenblick errötete der hellhaarige Bursche. »Mein Vater liebte König Artor«, sprach er mit leiser Stimme. »Meine Treue aber gelobe ich *Euch*. Solltet Ihr mich je brauchen, müsst Ihr mich nur rufen.« Damit neigte er das Haupt, wandte sich um und verließ die Halle.

Cynric und dessen Sohn waren ein wenig zurückgewichen, sodass Medrod allein dastand. Würde die Königin ihn willkommen heißen? Würde sie ihn zurückweisen? Würde sie ihn als Neffen oder als Sohn bezeichnen? Sein Gesicht war aschfahl geworden, und als er Gwendivar ansah, flackerte etwas Schmerzliches in seinen Augen auf.

Bruchstückhafte Bilder zogen an Merlins innerem Blick vorbei. Er haschte nach ihnen, und kurz erspähte er dunkle Gestalten, die im kalten Licht des Mitternachtsmondes miteinander rangen. Sein Geist suchte bei dem *daimon* um tieferes Verstehen, der ihn seit seiner Kindheit geleitet hatte, und im nächsten Augenblick stellte er fest, dass er Ninive anstarrte, die greifbar und lebendig neben der Königin stand. So lange war er vor der Macht der Vorahnung geflohen, die ihn seit seiner Kindheit heimgesucht hatte. Nun, da er sie brauchte, lag die einzige Bedeutung, die er verstand, im wunderschönen Antlitz eines jungen Mädchens.

Gwendivar beugte sich vor und streckte die Hand aus. »Komm, Medrod – ich heiße dich zu Hause willkommen...«

VI

EIN WIND AUS DEM NORDEN

A. D. 513

»Fürstin, ein Mann ist eingetroffen – aus Gallien…«

Medrods Stimme klang leise. Die Jahre bei den Sachsen hatten seine undeutliche, nördliche Aussprache weicher werden lassen. Gwendivar ließ das Stickwollknäuel fallen, das sie aufgewickelt hatte. Als es über den Boden rollte, bückte Medrod sich anmutig, hob es auf und reichte es ihr mit einer Verneigung zurück. Seit man ihn so unerwartet ins Sommerland zurückgebracht hatte, war er zu einem anerkannten Mitglied ihres Hofes geworden.

Der dürre Knabe, der vor neun Jahren so kurz in Camelot aufgetaucht war, hatte ihr nie in die Augen geblickt. Nun, da sie wusste, dass er Artors Sohn war, verstand sie weshalb. Sie war froh, dass der König es ihr selbst erzählt hatte und sie es nicht durch Gerüchte oder, schlimmer noch, von Cynric hatte erfahren müssen. Sofern Medrods Geburt ihm Kummer bereitete, ließ er es sich nicht mehr anmerken. Seine Mutter hatte ihn gut erzogen, dachte die Königin mit einem zynischen Lächeln – jedenfalls wusste er, wie man sich bei Frauen nützlich machte. Doch sein schweigsames Auftreten erschreckte sie noch immer, und sie war nach wie vor weit davon entfernt, ihn zu verstehen.

»Mit Neuigkeiten?« Es lag drei Monate zurück, seit sie

zuletzt von Artor gehört hatte, und ein feuchter Winter ging in einen frostigen Frühling über.

»Er hat Briefe dabei, ist aber kein Bote.«

Ob des hämischen Tonfalls zog Gwendivar eine Augenbraue hoch, doch etwas darauf zu erwidern wäre ein Zeichen von Schwäche gewesen, und sowohl Gefühl als auch Erfahrung legten ihr nahe, vor diesem Burschen stets stark zu erscheinen.

»Soll ich ihn hier empfangen oder ihn auf eine förmliche Audienz warten lassen?«, fragte sie und harrte neugierig seiner Antwort.

Seit Medrods Ankunft war sie in sich gegangen. Inzwischen war sie froh darüber, dass sie den ersten zornigen Gedanken, den Burschen zu Morgause zurückzuschicken, unterdrückt hatte. Schließlich hatte er nicht darum gebeten, geboren zu werden. Gewiss, dachte sie leicht verärgert, sie konnte kein Kind empfangen, solange der König in Gallien weilte, selbst wenn Artors Manneskraft im Bett erhalten bliebe. Medrod war Artors einziger Sohn; trotz seiner zwielichtigen Herkunft konnte er Artors Erbe werden.

»Nicht hier.« Medrod sah sich im gemütlichen Durcheinander des Sonnenhauses der Frauen um. »Und dennoch glaube ich, dies ist ein Mann, den Ihr an Euch zu binden wünscht. Sein Name lautet Theodoric. Er ist ein Gote aus dem Königreich Tolosa und ein Seemann. Kleidet Euch prunkvoll, aber trefft ihn im Garten.«

Bedächtig nickte Gwendivar. Ob Medrod nun das Gespür eines Königs besaß oder nicht, jedenfalls wusste er, wie man Menschen lenkte. Sie betrachtete den Winkel der Sonne.

»Das ist ein guter Rat. Bring ihn gleich nach Mittag zu mir in den Garten.«

Gwendivar wartete bereits auf der Steinbank neben dem Lavendelbusch, als Theodoric den Garten betrat. Bisweilen vergaß man, dass die Goten hundert Jahre lang Teil des Kaiserreiches gewesen waren. Gewiss, sie hatten sich nicht immer als friedlich erwiesen, dennoch hatten sie Seite an Seite mit den Römern gelebt und deren Traditionen und Gesetze erlernt. Sie waren sogar eine Art ketzerischer Christen, hatte sie gehört. Bestimmt war dieser Mann kein Barbar, so groß und von Wind und Sonne gegerbt er auch sein mochte.

»Ich bin Theodoric, Sohn des Theudebald.« Der Gote blieb vor ihr stehen und verneigte sich.

Die Königin erhob sich, um ihn zu begrüßen und streckte die Hand aus. »Admiral«, sprach sie auf Lateinisch, »seid willkommen in Britannien. Hat mein Gemahl Euch Briefe für mich mitgegeben?«

»Das hat er. Außerdem meinte er, wenn ich sie wohlbehalten überbrächte, wäre das meine beste Empfehlung bei Euch. Ich verließ König Artor am letzten Tag des Februar.« Er zog eine Briefröhre aus dem Futteral an seiner Seite und reichte sie ihr.

»Tatsächlich?«, meinte sie und rechnete nach. »Dann habt Ihr eine rasche Überfahrt geschafft. In Kürze will ich lesen, was mein Gemahl über Euch zu sagen hat, doch zunächst müsst Ihr mir von Euch erzählen und weshalb Ihr gekommen seid.«

»Fürstin, ich brauche ein Zuhause.« Röte überzog die bronzenen Wangen, dennoch hielt er ihrem Blick unbeirrt stand. »Die Franken haben mein Volk über die Berge nach Iberien getrieben. Die Goten erschaffen sich dort ein neues Königreich, aber es ist ein reines Binnenland. Ich aber bin Seemann. Ich weiß, wie man das Meer befährt, wie man darauf kämpft, wie man Schiffe baut und Häfen verteidigt.«

»Und Britannien besitzt viele Meilen lange Küstenstriche und Feinde, die das Land vom Meer aus angreifen«, beendete Gwendivar den Gedanken für ihn. »Nun verstehe ich, weshalb Artor Euch geschickt hat.«

Erleichtert, wenngleich nicht sonderlich überrascht über ihr Verständnis, atmete er auf. *Was*, fragte sie sich, *hat Artor ihm über mich erzählt?*

»Was von der gotischen Seestreitmacht übrig ist, wartet in Aquilonia – fünf Schiffe mit Besatzungen und Kapitänen, die unter meinem Befehl segeln werden. Das biete ich Euch an.«

»Unsere unmittelbarste Gefahr stellen die Iren dar, die Demetias Küsten angreifen, wann immer es ihnen beliebt. Glevum soll Euer Stützpunkt sein – ich werde Fürst Agricola, der über Demetia herrscht, mitteilen, dass er Euch mit Vorräten versorgen soll. Mit Eurem Geschick und seinen Mitteln dürfen wir vielleicht hoffen, die Iren zu vertreiben, die sich dort angesiedelt haben, und sie davon abzuhalten, es wieder zu versuchen. Ist dieses Angebot Euch genehm?«

»Und ob«, antwortete er rasch. »Ich schreibe meinen Männern unverzüglich, und meine Schiffe können jedwede Botschaften befördern, die Ihr für König Artor habt.« Er wollte sich schon abwenden, hielt jedoch inne und starrte sie an. »Aber vielleicht wollt Ihr erst den Brief des Königs lesen. Einfach so meinen Worten zu glauben – Ihr seid sehr vertrauensvoll.«

»Mag sein.« Gwendivar lächelte. »Obwohl – sollte ich meine Meinung ändern, kann ich immer noch Männer hinter Euch herschicken. Aber ich bin ganz zuversichtlich, mein König hätte sein Land nicht meiner Verantwortung unterstellt, wenn er kein Vertrauen in meine Menschenkenntnis hätte.«

Eine Weile musterte Theodoric sie. Dann verneigte

er sich abermals – nicht mit der höflichen Verbeugung, mit der er sie begrüßt hatte, sondern mit der ganzen Ehrfurcht, die er einem Kaiser entgegengebracht hätte.

»Fürstin, ich kam in der Hoffnung hierher, einen sicheren Hafen zu finden. Stattdessen habe ich zudem eine Königin gefunden ...«

Gwendivar spürte, wie ihre Wangen zu glühen anfingen, dennoch brachte sie ein anmutiges Nicken zu Stande. »Medrod?«, rief sie. Zwar hatte sie ihn nicht gesehen, doch sie vermutete, er würde sich nicht außer Hörweite aufhalten, und tatsächlich dauerte es nur einen Lidschlag, bis er erschien. »Begleite unseren neuen Admiral und sieht zu, dass er alles erhält, was er benötigt.«

Nachdem die beiden gegangen waren, setzte sie sich wieder auf die Bank, öffnete mit leicht zitternden Fingern die Lederröhre und zog die Schriftrolle heraus.

»Meine Königin, ich muss hastig schreiben, denn Theodoric möchte die Morgenflut nutzen. Er genießt einen guten Ruf unter den Goten und scheint mir ein vernünftiger Mann zu sein, aber wir brauchen hier keine Seestreitmacht. Ich überlasse ihn dir für die Verteidigung Demetias. Setze ihn in kluger Weise für Britanniens Dienste ein.

Trotz des Regens marschieren die Franken schneller, als ich erwartet hatte, und unsere Vorräte neigen sich dem Ende zu. Was immer du schicken kannst, wird uns mehr als willkommen sein. Chlodowigs Söhne streiten zwar untereinander, aber wenn sie einen Feind erkennen, vereinen sie sich dennoch recht wirkungsvoll. Bislang hat Theuderich, der älteste und erfahrenste unter ihnen, die Führung inne, obwohl er nicht der Sohn Königin Chlotilds, sondern einer Konkubine ist.

Gestern hat er uns zur Schlacht gezwungen – ein verbissenes, schlammiges Aufeinandertreffen, aus dem kein eindeutiger Sieger hervorging. Wir haben uns nicht zurückgezogen – was man unter Umständen als Sieg zählen kann. Doch er war teuer errungen. Mein Neffe Aggarban wurde im Zuge des Kampfes getötet, außerdem gab es zahlreiche Verwundete.

Riothamus ist zwar noch am Leben, aber er wird zusehends schwächer. Ich fürchte, bald wird er uns verlassen, und ich werde entscheiden müssen, ob ich Anspruch auf seine Herrschaft erhebe. Mir liegen diese Menschen am Herzen, und ich glaube, viele von ihnen bringen mir mittlerweile Liebe und Treue entgegen. Dennoch ist dies nicht mein Land. Letzten Sommer führten mich meine Reisen tief ins Innere Galliens, und ich stieß auf eine Stadt namens Aballo, was in unserer Sprache so viel wie Avalon bedeutet, der Ort der Äpfel. Ich schloss die Augen und sah das Tal und den Tor so deutlich vor mir, dass ich vor Verlangen, dort zu sein, beinahe weinte. Und auch du warst dort und standest unter den Apfelbäumen.«

An der Stelle wies die Schrift eine Unterbrechung auf, als wäre der König abgelenkt worden oder zu tief bewegt gewesen, um fortzufahren. Gwendivar spürte, wie in ihren eigenen Augen unvergossene Tränen brannten und schüttelte den Kopf. *Wie kannst du derlei Dinge schreiben*, dachte sie wütend, *und nicht zu mir nach Hause zurückkehren?* Dann wischte sie sich über die Augen und griff wieder nach der Schriftrolle.

»Du musst Medrod vom Tod seines Bruders berichten. Was ich über den Jungen selbst sagen soll, weiß ich nicht. Ich habe ihn schon während der Zeit, die er bei mir war, nicht verstanden, und ich wage nicht, mir auszumalen, was neun Jahre bei den Sachsen aus ihm gemacht haben. Ich kann nur darauf vertrauen, dass die Mächte, die Britannien beschützen, mit seiner Geburt etwas im Sinn hatten.«

Wieder folgte ein Absatz. Danach war die Schrift kleiner und genauer geführt, als hätte Artor sich um seine ganze Selbstbeherrschung bemüht.

»Dir, meine Königin, widerfährt durch sein Dasein das größte Unrecht. Behältst du ihn auf Grund deiner Güte bei dir, so bin ich dafür dankbar; erscheint es dir jedoch besser, ihn fortzuschicken, so tu es. Ich lege sein Schicksal in deine Hände.«

Ein Klecks prangte auf der Seite, als hätte er zu schreiben begonnen *»Ich wünschte ...«* und es dann durchgestrichen. Danach folgten nur die geschwungenen Buchstaben seines Namens.

»Ich wünschte!«, wiederholte Gwendivar laut, starrte auf den Bogen und fragte sich, ob die Worte Vertrauen oder Verzweiflung entsprangen. Sollte sie sich geehrt fühlen oder wütend sein? Wie dem auch sein mochte, Medrod war nun ihr Problem. Sie würde wohl einen weiteren Versuch unternehmen müssen, mit ihm zu reden.

Artor, Artor, du bist schon zu lange fort. Was muss geschehen, um dich wieder nach Hause zu bringen? Mit diesem Gedanken rollte sie das Pergament zusammen und schob es zurück in die Hülle.

Gwendivar hatte vorgehabt, sich an jenem Abend mit Medrod zu unterhalten, doch just als sie sich zum Mahl setzten, traf ein Bote ein. Er kam von König Icel und berichtete von einem Angriff auf Anglia durch Beutefahrer aus jenem Land im Norden, das die Iren Lochlann, die Römer Scandia nannten. Sie hatten sich einen Weg durch die Untiefen der Metaris-Mündung gebahnt, waren südwärts durch die Sumpfländer weiter vorgedrungen, hatten Gehöfte niedergebrannt und Vieh, Güter und Menschen geraubt. Icel bat zwar nicht ausdrücklich um Hilfe – schließlich hatte man ihm jenes Gebiet unter der Bedingung überlassen, dass er es selbst verteidigte –, dennoch war unmissverständlich, dass er Unterstützung durchaus willkommen heißen würde.

»Andernfalls hätte er schlicht von seinem Sieg berichtet«, meinte Gai. »Wir müssen eine Streitkraft schicken – genug Männer, um ihnen zu zeigen, dass wir sie nicht aufgegeben haben. Ich kann eine Truppe aus meinem Land zusammenstellen, und vielleicht werden die Dumnonier –«

»Sie schicken keine Männer, um Sachsen Beistand zu leisten, wie du sehr wohl weißt!«, fiel Gwendivar ihm ins Wort. »Und du wirst sie nicht anführen, woher sie auch stammen. Ich brauche dich hier!«

Was zwar nicht ganz der Wahrheit entsprach, aber Gai musste ebenso gut wie sie wissen, dass sein Zustand keinen Feldzug erlaubte. Er begehrte in keiner Weise gegen ihre Entscheidung auf, was sie beunruhigte. Im vergangenen Jahr war er zunehmend kurzatmiger geworden, und die ständige Röte seiner Wangen zeugte keineswegs von Gesundheit. Gai weigerte sich, mit ihr oder Merlin über seine Verfassung zu reden. Alles, was sie tun konnte, war, ihn davon abzuhalten, sich noch mehr zu verausgaben.

»Der Bote braucht ohnehin ein, zwei Tage, um sich zu erholen. Inzwischen überlege ich mir, was wir tun können.«

Die Königin zerbrach sich immer noch den Kopf über die problematischen Fragen an diesem Abend, als Medrod an die Tür des Verwaltungshauses klopfte.

Zum ersten Mal bereute sie, dass sie Gwalchmai nach Gallien hatte ziehen lassen. Oder Theodoric nach Demetia geschickt hatte – obwohl die Angeln ohnehin nicht sonderlich von einem frisch in Britannien eingetroffenen Goten beeindruckt gewesen wären, ganz gleich, wie gut seine Seestreitkraft sein mochte. Und sie wagte es nicht, einen dumnonischen Fürsten zu senden, der wohl eher die Männer aus dem Norden ermutigen würde, Icel anzugreifen, als ihn verteidigen. Sie brauchte jemanden mit makellosem britischem Hintergrund, der mit den Sachsen umzugehen verstand.

»Ich habe gehört«, sagte Medrod, als er eintrat, »mein Bruder Aggarban sei tot.«

Gwendivar legte die Steuerlisten beiseite, die zu überprüfen sie vorgegeben hatte. »Das stimmt. Er starb an den Wunden, die er im Zuge der Schlacht erlitten hatte. Er ist den Tod eines Kriegers gestorben. Es tut mir leid.«

Medrod zuckte mit den Schultern. »Er war ein paar Jahre älter als ich und verließ die Heimat, als ich erst fünf war. Ich habe ihn kaum gekannt.«

Betretene Stille trat ein.

»Setz dich doch«, forderte sie ihn schließlich auf und legte die Schriftrolle endgültig auf die Seite. »Die Nächte sind immer noch frostig. Ich bitte Flavia, uns Kamillentee zu bringen.«

»Lasst mich sie rufen.« In Medrods Lächeln lag so etwas wie Nachsicht. Er deutete auf den mit Schriftrollen und Wachstafeln übersäten Tisch. »Ihr habt heute Abend bereits genug gearbeitet.« Damit erhob er sich und ging zur Tür.

Gwendivar zeigte keine Regung. In den vergangenen sechs Jahren hatte sie gelernt, die kaum spürbare Anspannung zu erkennen, wenn jemand einen anderen unbemerkt zu beeinflussen suchte. Für einen so jungen Mann besaß Medrod darin ein ungewöhnliches Geschick, doch sie glaubte, dass sie aufgrund der fortwährenden Übung noch geschickter war als er.

»Der Gote, Theodoric, hat Briefe mitgebracht vom König«, erklärte sie, nachdem Medrod sich wieder gesetzt hatte.

»– meinem Vater«, vervollständigte er ihren Satz.

Gwendivar zog eine Augenbraue hoch. So wollte er es also haben? »Der König – dein Vater – hat mir die Entscheidung überlassen, ob ich dich bei mir behalten oder anderswohin schicken soll.« Aufmerksam beobachtete sie Medrod, dennoch war sie sich nicht sicher, ob die Anspannung, die sie über sein Gesicht huschen sah, vom Flackern des Lampenscheins oder von Unbehagen herrührte.

Doch sofern sie ihn erschüttert hatte, überspielte er es rasch; als er den Kopf hob, ruhte die Haut glatt wie eine Maske über den ausgeprägten, anmutigen Gesichtsknochen.

»Da er sowohl seine Familie als auch sein Königreich aufgegeben hat, scheint es mir angebracht, dass sein Sohn, wie Britannien, in der Obhut seiner Königin bleibt…«

»Sag lieber, er hat beides der Obhut einer Mutter überlassen…«, verbesserte sie ihn ungerührt.

»Oh, bitte nicht!« Medrods Tonfall war zynisch, doch Gwendivar sah, dass sie ihn getroffen hatte. »Ihr vergesst, dass meine Mutter Morgause ist!«

Gwendivar blinzelte. Ihr war nur allzu bewusst, wie sehr Morgause Artor geschadet hatte; nun fragte sie sich zum ersten Mal, wie sehr sie die Seele ihres Sohnes versehrt haben mochte. *Ich will die gute Mutter sein, die Medrod nie hatte*, dachte sie und unterdrückte den aufwallenden Groll darüber, dass Artor ihr nie gestattet hatte, ihm die Gemahlin zu sein, die sie ihm hätte sein sollen.

Medrod beobachtete sie immer noch, und Gwendivar bedachte ihn mit einem sanften Lächeln. »Hat dich deine Mutter denn gegen alle Frauen aufgebracht?«

Er schüttelte den Kopf. Der Schein der Lampe sandte flackerndes Licht über das leicht gewellte, rotbraune Haar. Die grauen Augen, die so sehr an jene Artors erinnerten, suchten die ihren. Doch als sie seinem Blick begegnete, stellte sie fest, dass der Ausdruck darin ganz und gar nicht jenem Artors glich.

»Und hat mein Vater Euch gegen alle Männer aufgebracht, indem er Euch so viele Jahre in einem leeren Bett zurückließ?«

Gwendivar erstarrte. Medrods Stimme erklang ausgesprochen leise, seine Augen lagen unter den langen Wimpern verborgen, sodass sie nicht zu sagen vermochte, ob darin Mitgefühl oder Spott lag.

»Das ist keine Frage, die zu stellen dir zusteht!«

»Wem dann?« Er richtete sich auf, und nun war sie es, die den Blick nicht abwenden konnte. »Wer hat mehr Recht zu fragen, was sich in König Artors Bett abspielt als Ihr oder ich? Wir haben eine einzigartige Beziehung«, bemerkte er verbittert. »Ihr wart es, Fürstin, die diese Unterhaltung begonnen habt – nun könnt Ihr Euch nicht einfach in die üblichen Höflichkeiten flüchten!«

Gwendivar bemühte sich, Fassung zu bewahren. »Es ist offensichtlich«, entgegnete sie kurz angebunden, »dass du keine andere Mutter willst.«

»Eine Mutter?« Ihn schauderte. »Dafür hättet Ihr mich aufnehmen müssen, als ich geboren wurde. Aber damals wart Ihr erst sechs Jahre alt. Ist Euch je aufgefallen, Fürstin, wie gering unser Altersunterschied ist?« Er streckte die Arme nach ihr aus.

»Was willst du, Medrod? Was soll ich nur mit dir tun?«, fragte sie verzweifelt und versuchte zu vergessen, dass sie einen kurzen Augenblick lang versucht gewesen war, seine Hand zu ergreifen.

»Stellt mich in Eure Dienste ein! Lasst mich zeigen, wozu ich imstande bin – nicht als Artors Fehltritt oder als Morgauses Werkzeug, sondern als ich selbst, als Prinz des Hauses Maximian!«, rief er aus. »Schickt mich zu den Angeln! Wen habt Ihr denn sonst, der sie versteht? Meine Geburt wird sie nicht kümmern, abgesehen davon, dass sie königlich ist. In ihren eigenen Überlieferungen gibt es Geschichten von ähnlichen Elternschaften. Mit dreißig oder sechzig gut ausgerüsteten Männern könnte ich ihnen zeigen, dass der Arm Britanniens immer noch weit reicht, auch wenn der König nicht da ist!«

Gwendivar fielen keine berechtigten Einwände ein. Doch noch während sie zustimmte, wurde ihr klar, dass sie ihn keineswegs um seinetwillen, sondern um ihretwillen forthaben wollte.

Medrod hustete, als ihm der sich drehende Wind den beißenden Gestank brennenden Rieds zutrug. Das schwarze Ross warf voller Unbehagen den Kopf hin und her, und er riss an den Zügeln. Die britische Streitkraft hatte sich bei Camulodunum mit jener Icels vereint und folgte der Spur niedergefackelter Gehöfte gen Norden. Es schien, als hätten sie den Feind nun gefunden. Jener selbe Wind wehte ihnen das eintönige Gemurmel nördlicher Stimmen zu. Er hob die Hand und sicherte sich mit einem raschen Blick die Aufmerksamkeit der Briten, die hinter ihm ritten, und der anglischen Speerkämpfer, die unter Creoda marschierten, einem kräftig gebauten jungen Mann mit hellbraunem Haar, der Icels jüngster Sohn war.

Creoda war Icels einziges Kind, das in Britannien geboren worden war. Als Artor Krieg gegen die Angeln geführt hatte, war er noch ein Knabe gewesen, der mit den Geschichten vergangenen Ruhmes seiner älteren Brüder aufwuchs. Medrod war es leicht gefallen, ihn zum Reden zu bewegen – in vielerlei Hinsicht ähnelte er den Söhnen der Häuptlinge in Cynrics Halle, die zwar die Vorzüge des Friedens genossen, sich jedoch darüber ärgerten, dass sie zu spät geboren worden waren, um Helden zu werden. Nur wenn es darum ging, Unruhestifter wie diese Nordmänner in die Schranken zu weisen, bekamen sie überhaupt Gelegenheit zu kämpfen.

Vorsichtig rückten sie weiter vor, die Briten auf der Straße, die Angeln durch das Gewirr nachwachsenden Waldes, wo die alten Römerfelder sich allmählich wieder in Wildnis verwandelten. Dann beschrieb die Straße eine Kurve, und plötzlich endeten die Bäume. Hinter der sprießenden Gerste, die hier von anglischen Siedlern auf ihrem Heimatfeld gepflanzt worden war, erblickten sie das lodernde Gehöft.

Medrod stieß einen gellenden Schrei aus, beugte sich vor und grub die Fersen in die Flanken des Rappen. Als das Pferd in einen Galopp verfiel, ließ er die geknoteten Zügel auf den Hals des Tieres sinken, rückte sich den Schild auf den Arm und zog den Speer aus der Halterung an seiner Seite. Die Aufmerksamkeit auf den Feind gerichtet, nahm er die Leichen der Bauern ohne jede Gefühlsregung wahr. Die Brandschatzer ließen ihre Beute fallen und griffen zu den Waffen, die sie beiseite gelegt hatten, doch er hatte sie völlig überrascht. Sie waren immer noch wirr über das Gelände verstreut, als die Briten über sie herfielen und mit Schwertern und Speeren auf sie einhieben.

Die Gebäude schwelten noch, als der Kampf endete. Tief holte Medrod Luft und ergötzte sich am Rauschen des Blutes in seinen Adern. Genauso war es gewesen, als er mit Cynric ausritt, um ein Geplänkel zwischen zwei verfeindeten Sachsenclans zu zerschlagen – die Spannung vor dem Zusammenstoß und das Hochgefühl danach, als wäre er von dunklem Kriegsmet berauscht.

Ein Dutzend Leichname der Nordländer lag über den Hof verstreut; Blut und Schlamm verdunkelten ihr helles

Haar. Der Rest – etwa vierzig Mann, deren Waffen auf einen Haufen geschüttet waren – stand am Brunnen beisammen und funkelte den Kreis der anglischen Speerkämpfer an, die jeden gefangen hatten, der zu fliehen versuchte. Zwei von Creodas Männern waren getötet worden, mehrere verwundet; ein Brite hatte sich das Bein gebrochen, als er vom Pferd gezerrt worden war. Medrod selbst hingegen hatte keinen Kratzer abbekommen, während drei der Gefallenen durch seine Hand gestorben waren.

Da er im übermächtigen Schatten seiner Brüder aufgewachsen war, hatte er bisweilen gefürchtet, nie ein wahrer Krieger zu werden. Doch Cynric hatte ihn gut ausgebildet. Obwohl er weder Goriats Größe noch Aggarbans imposante Muskeln besaß, hatte er gelernt, die Behändigkeit seiner hageren Gestalt bestmöglich einzusetzen.

Ein wildes Grinsen lag auf seinem Gesicht, während er die Gefangenen musterte.

»Ist einer von euch der römischen Sprache mächtig?«, fragte er.

Ein junger Mann mit so hellem Haar, dass es in der Frühlingssonne nachgerade weiß wirkte, richtete sich auf. Durch den goldenen Armreif, den er trug, hatte Medrod bereits vermutet, dass er der Anführer war.

»*Appeto Galliam* –«, erklärte er in gebrochenem Latein, wobei er ein Verb verwendete, das entweder für ›an einen Ort reisen‹ oder für ›einen Ort angreifen‹ stand, um anzudeuten, dass er in Gallien gewesen war.

»Das glaube ich gern!«, murmelte einer der Briten.

»*Mercator* –«, fuhr der Nordmann fort. *Als Händler* –

»Das wiederum glaube ich nie und nimmer!«

»*Gippus, filius Gauthagasti reguli*«, verkündete der Gefangene und klopfte sich auf die Brust. *Gipp, Sohn des Gauthgast* …

»*Medrautus Artorii filius*«, erwiderte Medrod und deutete auf die eigene Brust, wobei er dem sich erhebenden Gemurmel seiner Männer keinerlei Beachtung schenkte. »Also haben wir einen Königssohn, für den wir Lösegeld fordern können«, fügte er auf Sächsisch hinzu.

»Nur einen Zweitgeborenen«, gab Gipp in derselben Sprache zu bedenken. »Viel werdet Ihr für mich nicht bekommen.«

»Oh, etwas werde ich schon kriegen.« Genüsslich lächelte Medrod ihn an. »Wo sind die anderen?«

»Der Rest von euch, du Schwein!«, knurrte Creoda, als der Gefangene nicht antwortete.

»Die sind inzwischen voll beladen verschwunden.« Der Nordmann grinste. »Sie haben uns vor sechs Tagen verlassen, wir aber waren noch hungrig.«

»Diesmal habt ihr mehr abgebissen, als ihr kauen könnt«, sagte Creoda, doch er empfand die Neuigkeit eindeutig als Erleichterung.

Medrod nickte. »Wer sind eure besten Seeleute? Sie sollen euer Schiff mit einer Botschaft an euer Volk zurück in den Norden steuern. Der Rest von euch kommt mit uns nach Camulodunum. Creoda, stellst du eine Wachschicht zusammen?«

»Mit Freuden! Und schick eine Nachricht an meinen Vater.« Er bedachte Medrod mit einem anerkennenden Lächeln. »Du kämpfst wie einer von uns, Sohn des Bären. Wir haben heute gute Arbeit geleistet!«

Gemächlich zogen die Briten und ihre anglischen Verbündeten gen Süden, denn einige der Nordmänner waren verwundet und kamen nur langsam voran. Dafür hatte das Wetter aufgeklart, und die Straßen trockneten allmählich. Nachdem all ihre Feinde getötet, gefangen worden oder abgezogen waren, konnten sie sich ein wenig Entspannung leisten.

In dem Wissen, dass der nächste Tagesmarsch sie nach Camulodunum führen würde, ergriff Medrod am dritten Abend einen Bierschlauch und setzte sich neben seinen Gefangenen.

»Morgen erreichen wir Camulodunum«, erklärte er und bot ihm das Bier an.

»Eine römische Stadt – wer lebt dort jetzt?«, erwiderte Gipp im selben Tonfall. Sofern er um seine Zukunft fürchtete, verstand er es vortrefflich, dies zu verbergen.

»Angeln. Die Stadt war im Verfall begriffen. Icel hat einen seiner Häuptlinge dorthin geschickt, um den Ort gemäß den Bedingungen seines Paktes mit König Artor zu halten.«

Gipp zog eine Augenbraue hoch. »Ich dachte, die Angeln hätten dieses Land erobert.« Er trank einen Schluck, dann reichte er den Bierschlauch zurück.

»Wieso reite ich dann mit ihnen?«, entgegnete Medrod. »Artor hat Icels Armee vor zwanzig Jahren besiegt. Doch zu der Zeit waren alle Briten geflohen, und es gab niemanden mehr, um das Land zu bestellen. Deshalb nahm Artor die Angeln in sein Königreich auf, um es vor Beutefahrern zu beschützen.«

»Beutefahrern wie mir ...«, gab Gipp grinsend zurück. »Gelingt ihnen wohl nicht so recht, was?«

»Sie haben überwiegend die fruchtbaren Gebiete im Landesinneren besiedelt, weniger die Küstenstreifen. Ähnelt dieses Land dem euren?«

Gipp lachte. »Es gibt wohl kaum einen Ort, der unterschiedlicher ist. Halogaland besteht zur Gänze aus Bergen und kleinen Weideflecken oberhalb der schmalen Fjorde. Dieses Land – so flach –«, er deutete auf die Mischung aus Sumpfland und Wäldern rings um sie, »erscheint mir überaus seltsam. Aber es gibt keine Felsen. Auf diesem Boden könnte man alles anbauen.«

»Hast du schon viele Länder gesehen?« Medrod wischte sich über den Mund und reichte Gipp abermals den Bierschlauch.

»Oh, es gibt immer Könige, die nach guten Kämpfern suchen. Ich war in Elas Gefolge, als er die Gauten angriff, nachdem das Reich die verbannten Söhne seines Bruders aufgenommen hatte. Er tötete Heardred, den König der Gauten, aber Adgils und Admund entwischten ihm. Es heißt, mittlerweile herrscht dort Beowulf, und er ist ein Held, um den sich bereits zahlreiche Geschichten ranken. Ich glaube, dieser Tage würde es wenig Gewinn abwerfen, Ela zu folgen.«

»Also trachtest du nach Gewinn, nicht nach Ruhm?« Medrod stützte die Unterarme auf die Knie und musterte den anderen Mann nachdenklich.

Ein Lächeln erschien auf Gipps Antlitz mit den hohen Wangenknochen. »In meinem Land sagt man, Rinder und Sippenverwandte sterben, und nur der Ruhm eines Mannes lebt weiter. Aber ich habe mir im Kampf einen Namen gemacht, und mir scheint, solange ich auf dieser Welt lebe, brauche ich Rinder und Verwandtschaft. Ich hätte nichts dagegen, mich mit einem drallen Weib auf einem guten Gehöft niederzulassen. Aber in meiner Heimat gibt es wenig Land.«

»Und deshalb glaubst du, dein Vater wird kein Lösegeld für dich zahlen?«

Gipp zuckte mit den Schultern. »Ein Mann kann seinem Schicksal nicht entrinnen.«

»Nun –« Medrod erhob sich und bedeutete dem Nordmann, den Bierschlauch zu behalten. »Vielleicht finden wir eine andere Lösung für dich.«

Das strahlende, heiße Wetter des Monats Juni lächelte über dem Land, als Medrod nach Camelot zurückkehrte.

Die Festung war voller Menschen und Pferden – Gwendivar hatte die Fürsten Britanniens zu einem Rat zusammengerufen, und ihre Gefolgschaften saßen trinkend und würfelspielend in Scheunen, auf Wehrgängen und in der Halle.

Er war so lange bei den Angeln geblieben, bis Icel seine Einwilligung gegeben hatte, Gipp nördlich von Camulodunum an der Mündung des Arwe anzusiedeln, um den Ort für die Angeln zu halten, so wie sie das gesamte Anglia für Artor hielten. Doch der Nordmann war sich darüber im Klaren, wem er sein Glück zu verdanken hatte. Medrod hatte zwar noch keine Ahnung, welchen Nutzen er aus dieser geschuldeten Gefälligkeit ziehen wollte, aber es konnte nie schaden, sich der Dankbarkeit eines guten Kriegers gewiss zu sein.

Mittlerweile war Medrod sechsundzwanzig Jahre alt. In seinem Alter war sein Vater bereits zehn Jahre lang König gewesen. Er hatte diese Zeit bei Cynric verlebt, und was hatte es ihm gebracht?

Die Söhne der Sachsen sind nicht die Einzigen, die von Ruhm träumen, dachte er reumütig, während er die ergrauten Locken der Fürsten betrachtete, die in dem großen Rundhaus mit ihren Söhnen hinter ihnen zu Rate saßen. *Wo gibt es in diesem Kaiserreich, das Artor erschafft, einen Platz für mich?*

Die Königin hatte die Versammlung einberufen, um die Höhe der diesjährigen Steuern festzusetzen. Der Rat verlief alles andere als gut.

»Zehn Jahre! Nächstes Jahr sind es zehn Jahre, seit der König das Meer überquerte!«, rief Cunobelinus, dessen nördliche Aussprache mit schmerzlicher Vertrautheit in Medrods Ohren widerhallte. »Genauso lange haben die Griechen gebraucht, um Troja einzunehmen!«

»Und wird es damit zu Ende sein? Oder wird Artor,

so wie Odysseus, weitere zehn Jahre fortbleiben, ehe er nach Hause zurückkehrt?«, schloss Peredur sich an.

»Das Meer, das unsere Küsten von jenen Galliens trennt, ist weder so groß noch so tückisch wie das Mare Internum«, entgegnete die Königin scharf. »Doch selbst wenn dem so wäre – wenn Artor zurückkehrt, wird er mich so treu wie Penelope vorfinden.«

»Herrin, niemand zweifelt an Eurer Treue«, warf Eldol von Glevum beschwichtigend ein. »Wir bezweifeln lediglich, dass sie nötig ist. Der König Britanniens gehört in seine Heimat.«

»Oh, von mir aus kann er noch zehn Jahre in der Fremde umherirren und bis an die Tore Roms vordringen«, mischte Paulinus von Viroconium sich ins Gespräch, »solange er meine Steuern nicht braucht! Sollen doch die Menschen Galliens seine Armee unterstützen, wenn sie seine Anwesenheit so sehr wünschen.«

Zustimmendes Gemurmel erhob sich von zahlreichen Anwesenden.

»Die letzten Jahre ist es uns auch ohne ihn recht gut ergangen!«, rief jemand am gegenüberliegenden Ende der Halle. Medrod spähte durch die Schatten und erkannte den Fürst von Gwenet.

Cunobelinus drehte sich mit finsterem Blick zu ihm um. »Aber wie lange wird die Pax Artoria ohne den König andauern? Drest Gurthinmoch hat sich zwar bislang an seinen Pakt gehalten, doch mittlerweile wächst eine neue Generation mit den Geschichten über Britanniens Reichtum heran. Wie lange wird er imstande sein, sie im Zaum zu halten? Und falls er denkt, Artor hätte uns aufgegeben, wie lange wird er es überhaupt versuchen?«

»Der König hat uns keineswegs aufgegeben!«, rief Gwendivar aus, auf deren Wangen zwei glühend rote Flecken prangten.

Vielleicht hat er das nicht, Fürstin, dachte Medrod, *aber Euch scheint er sehr wohl aufgegeben zu haben!* In ihrem Zorn war sie wunderschön anzuschauen. Voller Verachtung rief er sich seine Mutter ins Gedächtnis, die ebenfalls allein herrschen musste, als Leudonus zu schwach dafür wurde. Aber Morgause hatte nach Macht gelechzt.

Wonach lechzt Ihr, Gwendivar, fragte er sich, während er sie musterte, *oder wisst Ihr es selbst nicht?* Letzte Nacht hatte er von Kea geträumt, jener piktischen Sklavin, die seine erste Frau gewesen war. So wie die Königin hatte auch sie wunderbar runde Formen besessen, mit in der Sonne bernsteinfarben schimmerndem Haar. Zu jener Zeit hatte er sie für wunderschön gehalten, doch im Vergleich zu Gwendivars Ausstrahlung glich ihr Licht der trüben Flamme einer Öllampe.

»Artor verlangt von uns Steuern – Gold und Korn.« Mittlerweile sprach Peredur von Eboracum. »Und für die Verteidigung Britanniens haben wir sie ihm nie verwehrt –« Sein grimmiger Blick wanderte über die Versammelten, als zählte er jene, die ihre Unterstützung manchmal *doch* verwehrt hatten, sogar während der Sachsenkriege. »Aber es widerstrebt mir zutiefst, Vorräte übers Meer zu schicken, die wir selbst brauchen werden, wenn die Pikten die Grenze überschreiten!«

Das folgende Getuschel glich dem Rauschen einer fernen Brandung. Mit vor Zorn geröteten Wangen beobachtete Gwendivar die Versammelten, erhob sich und starrte sie in Grund und Boden, bis wieder Stille einkehrte. Als sie aber sprach, erklang ihre Stimme ruhig.

»Zweifellos gibt es zahlreiche Punkte zu bedenken, und wir sitzen schon lange beisammen. Hunger ist wohl kaum ein geeigneter Ratgeber. Lasst uns zu dem Mahl schreiten, das meine Köche vorbereitet haben, und uns erneut versammeln, wenn die Sonne wieder aufgeht.«

Während Medrod den anderen aus dem Rundhaus folgte, beobachtete er weiterhin die Königin. Obwohl ihre Zofen sie begleiteten, wirkte sie einsam, und die Anspannung, die in der Halle zu zeigen ihr Stolz verboten hatte, zerfurchte ihre Stirn.

Britannien mag in der Lage sein, ohne Artor auszukommen, dachte er, *aber falls er nicht zurückkehrt, was wird dann aus der Königin?* Sein Blick folgte ihr, als sie ihre Gemächer betrat. Unvermittelt blinzelte er, als für einen Moment lang die Erinnerung an den Traum, in dem die kleine Kea in seinen Armen gelegen hatte, sein Bewusstsein ausfüllte.

»Medrod!«

Er drehte sich nach dem Schrei um und sah den Erben Viroconiums auf sich zueilen. Martinus war ein Junge mit einem offenen Gesicht und begierigen Augen, doch er mochte durchaus nützlich sein. Medrod hielt inne und zwang seinem Antlitz eine freundliche Miene auf.

»Ich habe gehört, dass du letzten Frühling gegen Wilde aus Lochlann gekämpft hast. Wie waren sie? Wie viele hast du getötet?«

Nur mit einiger Mühe gelang es Medrod, sein Lächeln beizubehalten. Martinus' Stimme war gleichermaßen durchdringend und laut; andere drehten sich nach ihnen um, überwiegend jüngere Männer, zweitgeborene Söhne und die Erben von Häuptlingen. Er erblickte Caninus von Glevum, der bereits als wackerer Kämpfer galt, außerdem die beiden Vettern aus Gwenet, Cunoglassus und Maglocun. Kaum eine Minute war verstrichen, da hatte sich bereits eine Gruppe um Medrod geschart. Was immer er zu sagen hatte, würde bestimmt interessanter sein als das politische Geschwafel der Älteren.

»Sie sind fürwahr ungestüme Krieger, aber keine Ungeheuer. Wenn ihr wollt, erzähle ich euch die Geschichte…«, begann Medrod, während er seine Zuhörerschaft in den Schatten unterhalb der Palisade führte.

»Ihr alle wisst, dass wir die Angeln vor zwanzig Jahren besiegt haben und ihnen Land im Osten gaben, das unser eigenes Volk aufgegeben hatte, allerdings unter der Bedingung, dass sie es verteidigen mussten…«

»Mein Großvater sagt, der König hätte sein eigenes Volk verraten, indem er diesen Pakt einging«, bemerkte Marc'h, ein schlaksiger Dreizehnjähriger, der Sohn Constantins. »Er hätte sie allesamt töten sollen.«

»Pah – *dein* Großvater hat den letzten Sachsenkrieg angezettelt!«, entgegnete ein anderer.

»Vielleicht«, zog Medrod das Gespräch wieder an sich. »Aber dann hätte das Land brachgelegen, und womöglich wären stattdessen eben jene Nordmänner gekommen, die ihr als Wilde bezeichnet und mit denen alles weit schwieriger gewesen wäre. Die Sachsen und die Angeln sind keine schlechten Menschen – ich habe bei ihnen gelebt, deshalb weiß ich es. Je länger sie in unserem Land weilen, desto ähnlicher werden sie uns.«

»Sie besetzen ein Viertel Britanniens«, murmelte Marc'h. »Mein Großvater sagt, eines Tages werden sie versuchen, sich auch den Rest einzuverleiben.«

Medrod schüttelte den Kopf. »Nicht wenn wir stark sind und zusammenhalten. Nicht wenn ihre Könige einen Vorteil darin sehen, unsere Verbündeten zu sein. Ich habe Schulter an Schulter mit Icels Sohn Creoda gefochten, und nun bezeichnet er mich als Freund.«

»Der Feldzug – erzähl uns davon«, drängten mehrere Stimmen, und Medrod begann mit seiner Geschichte. Dabei übertrieb er nicht – oder zumindest kaum. Schließlich konnten die Männer Demetias, die mit ihm geritten waren, allzu ausgefallene Behauptungen widerlegen. Aber bei den Sachsen hatte er gelernt, dass ein Mann es sich selbst schuldete, Anspruch auf seine Siege zu erheben.

»Und so ist mir sowohl die Dankbarkeit der Angeln als auch die der Nordmänner gewiss!« Medrod gestattete sich ein flüchtiges Lächeln. »Es gibt immer noch Ruhm zu erlangen, auch ohne Britannien zu verlassen.«

»Fürst Peredur meint, die Pikten werden bestimmt demnächst einen neuen Krieg anzetteln«, warf ein junger Wachmann aus Eboracum ein. »Er sagt, wenn der König nicht bald zurückkehrt, wird Britannien in die Zeit des Vor-Tigernus zurückfallen, in der die Fürsten gegeneinander gekämpft und das Land der Gnade seiner Feinde überlassen haben.«

»Das ist wohl wahr«, pflichtete Medrod ihm nachdenklich bei. »Wir brauchen einen starken König, für den Britannien an erster Stelle steht …«

Jäh setzte er ab, als er in einigen Gesichtern plötzliche Zweifel aufkeimen sah, während andere zustimmend nickten. Hatte er etwa beabsichtigt, einen Aufstand anzudeuten? Er wusste es selbst kaum, aber nun war die Saat gepflanzt.

»Und was, wenn König Artor überhaupt nicht zurückkehrt? Was wenn er, deine Brüder und all die erfahrenen Krieger von den Franken getötet werden?«, rief Martinus.

»Dann haben wir immer noch die Königin«, antwortete Medrod. »Will irgendjemand in Abrede stellen, dass sie während der vergangenen Jahre klug geherrscht hat?«

»Aber sie kann keine Armee anführen.«

»Das vielleicht nicht, obwohl ich mich zu besinnen glaube, dass die Königinnen unseres Volkes genau das getan haben, als die Römer dieses Land eroberten. Aber das braucht sie gar nicht. Ich stamme aus dem Norden, wo man immer noch versteht, dass die Königin den wahren Quell der Herrschaft verkörpert. Sollte der Hochkönig fallen oder versagen, ist es Gwendivars Sache, einen Fürsten zu erwählen, der dieses Land anführt.«

VII

BITTERE ERNTE

A.D. 514

Die jährlichen Abgaben an Gold und Korn waren am Ende des Sommers fällig, nachdem die Ernte eingebracht war. Seit der Abreise des Königs erschien Gwendivar der Gesamtbetrag jedes Jahr geringer. Logen die Fürsten in ihren Berichten, oder hatte Artors Abwesenheit das Land tatsächlich seiner Fruchtbarkeit beraubt?

Im Norden hielt man daran fest, dass die Ergiebigkeit der Erde von der Königin abhing. Was keine Hilfe darstellte, dachte sie, während sie an den rauchgeschwärzten Verputz der Wände starrte. Wie konnte das Land fruchtbar sein, wenn es eine unfruchtbare Königin hatte?

»Habt Ihr die Aufstellung aus Dumnonia?«, fragte Medrod von der gegenüberliegenden Seite des Raumes aus.

»Die habe ich«, antwortete sie. »Nach deren Angaben gibt es in Kernow kaum einen Kornstängel und kaum einen Fisch im Meer.« Sie beugte sich im Stuhl vor und reichte ihm die Schriftrolle.

Dadurch, dass man im Zimmer einen weiteren Tisch für ihn aufgestellt hatte, waren recht beengte Verhältnisse entstanden, doch Gwendivar störte sich nicht daran. Medrod besaß einen scharfen Verstand, zudem hatte ihn seine Mutter, was immer Gwendivar auch über sie denken mochte, gut ausgebildet. Im vergangenen Jahr hatte er sich zu einem fähigen Mitarbeiter entwickelt.

Und nun brauchte sie ihn dringender denn je zuvor. Die Königin spürte, wie ihre Augen sich mit den Tränen aufwallenden Kummers füllten. Das ganze letzte Jahr hindurch hatte Gai weiter darauf bestanden zu arbeiten, obwohl unverkennbar war, dass er Schmerzen hatte, und kurz nach dem Mittsommer hatte sein Herz schließlich versagt. Sie vermisste seine ernsthafte, zuverlässige Unterstützung, aber wenigstens übernahm Medrod einen Teil seiner Arbeit.

»Ihr könnt den Dumnoniern keinen Vorwurf daraus machen, dass sie ihre Ernte lieber für sich selbst behalten wollen, wenn sie wissen, dass alles, was sie uns geben, dazu dient, einen Krieg jenseits des Meeres zu unterstützen«, meinte er.

»Verstehen sie denn nicht, dass er notwendig ist?«, rief Gwendivar aus.

»Für einen Bauern in Kernow oder einen Schafhirten im Seenland ist Gallien sehr weit entfernt.«

»Ich bin sicher, die Gallier dachten auch, die Franken wären weit weg«, entgegnete Gwendivar barsch, »aber nun stehen sie vor ihren Toren. Man braucht keinen Merlin, um vorherzusehen, dass die Franken eines Tages mit ihren Schiffen vor den Klippen von Dubrae auftauchen werden, wenn man ihnen nicht auf gallischem Boden Einhalt gebietet.«

»Aber nicht heute«, wiederholte Medrod. »Und dieser Tag, diese Ernte zählt für die Menschen. Sie verstehen nicht, weshalb ihr König sie aufgegeben hat. Sie sind nicht imstande, seine Träume zu teilen.«

»Was kann ich nur tun?«

Verzweifelt schüttelte sie den Kopf. Die Veränderungen setzten zwar langsam, in kleinen Schritten ein, doch jeder Tag, den der König in der Ferne verbrachte, ließ das Netz von Pflichtgefühl und Treue, das Britannien zusammengehalten hatte, weiter zerfasern. »Wie kann ich es ihnen nur begreiflich machen?«

»Es ist Artors Traum!«, rief Medrod aus und erhob sich. »Soll *er* sie doch überzeugen. Es ist ungerecht, Euch diese Bürde aufzulasten!«

»Wenigstens ist *das* etwas, was ich für ihn tun *kann*«, sagte Gwendivar traurig.

»Und das ist etwas, was ich für Euch tun kann ...«, erwiderte Medrod. Gwendivar spürte eine zärtliche Berührung an der Schulter, dann fühlte sie, wie seine starken Finger sie zu massieren begannen und die Spannung vertrieben, die ihre Muskeln an der Stelle verknotete. Unwillkürlich seufzte sie und lehnte sich gegen den Druck seiner Hände. Ihr war gar nicht bewusst gewesen, wie viel Kraft sie gegen die Anforderungen des Alltags hatte aufwenden müssen.

»Besser so?«, fragte er leise.

»Wunderbar ... wo hast du das gelernt?«

Stille trat ein, während er auf jene Stellen drückte, an denen sich die Spannung am Halsansatz lösen würde.

»Auch meine Mutter war eine herrschende Königin, wenngleich sie, anders als Ihr, nach Macht dürstete. Aber nach einem Tag bei den Steuerlisten wurde auch sie steif und wund. Sie hat mir beigebracht, wie man den Schmerz wegmassiert. An den Abenden stand ich hinter ihr, so wie ich jetzt hinter Euch stehe, während ihr Harfner spielte.«

»Das hat sie dir gut beigebracht ...«

»In der Tat!« Er hörte sich verbittert an. »Sie hat mir viele Dinge beigebracht ...«

Einen Augenblick fühlte sich sein Griff beinahe schmerzlich an. Gwendivar gab einen unterdrückten Laut des Widerstands von sich, und er wurde wieder sanfter.

»Was hat Morgause getan, dass sie dich so verletzt hat?«, erkundigte Gwendivar sich schließlich.

»Manchmal glaube ich, ihre erste Sünde war, mich überhaupt auf die Welt gebracht zu haben. Aber kein Kind hasst sein Leben. Damals *war* sie für mich die Welt.« Er seufzte. »Und ich dachte, ich wäre für sie dasselbe. Ich wusste, dass sie mich meinen Brüdern vorzog. Sie behielt mich ständig bei sich, lenkte jeden meiner Schritte, meiner Gedanken, jedes meiner Worte. Ich liebte sie – ich hatte niemanden sonst, den ich lieben konnte.«

»War das denn so schlimm? Oder hat sie sich verändert?«

»Verändert? Erst, als es zu spät für mich war«, gab Medrod zurück. »Als ich begann, die Bedürfnisse eines Mannes zu verspüren, brachte sie mich zu den Pikten. Dort waren mehrere Jungen meines Alters – man hat uns eine wunderschöne Maid gezeigt und gesagt, sie sollte denjenigen zu ihrem Geliebten küren, der sich bei den Spielen am besten bewährte. Sie hatte bernsteinfarbenes Haar, so wie Ihr«, fügte er mit leiser Stimme hinzu. »Aber sie trug eines der Kleider meiner Mutter. Mittlerweile weiß ich, dass alles geschickt eingefädelt war, damals hingegen hielt ich sie für eine Prinzessin, deren Gunst ich in einem gerechten Wettstreit gegen die anderen Jungen erringen sollte.

Und vielleicht hätte ich das sogar!«, brach es aus ihm hervor. »Ich war begabt und stark. Ich habe mich wacker geschlagen! Aber nach jener Nacht, in der ich entdeckte, welches Vergnügen Männer in den Armen einer Frau finden, gestand sie mir, dass sie nur eine Sklavin und ihr gesagt worden sei, welchen Jungen sie auswählen sollte. Sie weinte in meinen Armen, meine kleine Kea, denn inzwischen hatte sie sich in mich verliebt, und auch ich dachte, dass ich sie liebte.

Ich habe meine Mutter angefleht, sie für mich zu kaufen, doch sie meinte, das Mädchen sei anderweitig vergeben. Es dauerte mehr als ein Jahr, bis ich herausfand, dass meine Mutter Kea bereits gekauft und befohlen hatte, sie zu erwürgen, noch bevor wir zu Hause in Dun Eidyn eintrafen.«

»Aber weshalb?«, rief Gwendivar aus.

»Der Grund, der mir genannt wurde, war, dass sie niemals jemand anderem den Leib darbieten durfte, der meinen ersten Samen empfangen hatte! Ich hingegen glaube, dass meine Mutter sah, wie sehr ich Kea liebte, und eine Nebenbuhlerin fürchtete ... Aber als ich endlich herausgefunden hatte, was geschehen war, kümmerte es Morgause nicht mehr, ob ich sie liebte. Sie hatte mich verlassen und die Ränke aufgegeben, in denen sie mich benutzen wollte, um zurück zu ihrer Mutter auf die Insel der Maiden zu flüchten. Ich kam nach Süden, da ich hoffte, bei meinem Vater besser aufgehoben zu sein. Doch auch er hat mich im Stich gelassen, genau wie Euch!«

»O Medrod!«, entfuhr es Gwendivar, die sich halb umdrehte. »Es tut mir so leid!«

Einen Augenblick lang hielten seine knetenden Finger inne. »Arme kleine Königin ... so wunderschön und klug. Um jeden sorgt sie sich, doch wer sorgt sich um sie?« Abermals begann er zu massieren, streichelte ihre Arme hinab, knetete die Muskeln ihrer Unterarme und Hände, insbesondere der rechten, die ob der langen Stunden mit Griffel und Feder äußerst verspannt war.

»So eine schöne, weiße Hand – sie verdient etwas Besseres als solch schwere Arbeit.« Medrod drehte die Hand um und begann, zärtlich die Konturen ihrer Innenfläche zu erforschen.

Gwendivar schauderte. Er stand ganz dicht hinter ihr, die Arme um sie geschlungen. Es fühlte sich völlig natürlich an, sich gegen ihn zu lehnen und die warme Stärke des männlichen Körpers zu genießen, der den ihren stützte.

»Sie verdient es ... geküsst zu werden.« Medrod hob ihre Hand und drückte die Lippen auf die empfindsame Mitte der Handfläche.

»Oh!« Gwendivar zog die Hand weg, immer noch zitternd ob des Energiestoßes, der durch ihren Körper schoss. »Das kitzelt«, stammelte sie und versteifte sich.

Medrod schwieg, aber seine starken Hände wanderten erneut hinauf zu den Schultern, beruhigten sie wie eine aufgeschreckte Stute, dann massierten sie ihren Hals, ihren Kopf. Da der Augenblick der Gefahr vorüber schien, entspannte Gwendivar sich wieder.

»Du hast von Ränke gesprochen. Was hatte Morgause vor? Ich weiß, dass sie deine Empfängnis nicht geplant hatte«, meinte sie schließlich.

Abermals hielten die geschickten Finger kurz inne. »Nicht meine Empfängnis, aber seit der Stunde meiner Geburt erzog sie mich dazu, ihre Marionette auf Artors Thron zu werden, weil er ihr Igraines Liebe gestohlen hatte und weil sie wusste, dass die Fürsten Britanniens sie nie und nimmer als Königin anerkennen würden. Nun da sie die Herrin vom See ist, würde sie nicht einmal mehr im Traum daran denken, ihm die Treue zu brechen.« Die letzten Worte drangen gedehnt, verbittert aus seiner Kehle.

»Und du?«, fragte Gwendivar leise.

»Ich wurde dazu erzogen, einer Königin zu dienen. Ihr seid nun meine Herrin ...« Zärtlich streichelte er ihr Haar. Halb benommen saß sie da, während seine Hände hinabwanderten, um ihre Wangen zu liebkosen, dann drehte sie den Kopf, als er sich neben sie kniete und sich vorbeugte, um ihre Lippen zu küssen.

Sein Mund fühlte sich süß und warm an. Gwendivar schauderte, spürte, wie ihr Blut aufwallte, und der Griff seiner Hand verstärkte sich, zog sie näher. Nun forderten seine Lippen ein, was sie zuvor nur erfleht hatten. Gwendivar versteifte sich, und er ließ sie los.

»Ich bin die Gemahlin deines Vaters ...«, flüsterte sie.

»Aber nicht meine Mutter«, entgegnete er mit belegter Stimme. »Das ist wenigstens keine Blutschande.«

Sie richtete sich auf und holte tief Luft, um ihr rasendes Herz zu beruhigen. »Bald kehrt Artor zurück. Ich werde ihm die Treue halten.«

»Aber was, wenn er Euch die Treue bricht? Was wenn er nie zurückkehrt?« Medrod sah sie eindringlich an.

»Er wird zurückkehren!«, rief sie verzweifelt. »Hilf mir, Medrod, ich brauche dich. Aber zwischen uns kann es nicht mehr geben.«

Medrod lehnte sich auf die Hacken zurück. Seine Miene entspannte sich und nahm den üblichen, spöttischen Ausdruck an. »Fürstin, ich werde es nicht vergessen ...«

Die Königin wandte sich wieder ihren Papieren zu, obwohl ihre Aufmerksamkeit anderswo war; sie wusste, dass auch sie nicht vergessen würde.

Als die ersten frostigen Winde des Herbstes das Laub von den Bäumen zupften und über die Stoppelfelder strichen, begaben sich die Fürsten Britanniens auf die Jagd. In den Jahren von Artors Abwesenheit hatte Gwendivar es sich zum Brauch gemacht, in der Zeit zwischen Ernte und Mittwinter durch das Königreich zu reisen, um ihrem Haushalt Bewegung zu verschaffen, Bekanntschaften mit den Häuptlingen aufzufrischen und noch ausstehende Steuern einzutreiben. Dieses Jahr war es Dumnonia, dessen Beitrag noch fehlte, und so begab es sich, dass der königliche Haushalt sich zur Herbstwende in Caellwic befand, einer alten Hügelfeste südlich von Dun Tagell, die Constantin als Jagdunterkunft diente.

Die Hirsche waren bereits in der Brunft. Ihr Röhren hallte durch die Wälder. Die Menschen hielten ob der rauen Laute inne und lauschten, und Medrod erkannte die gleiche Erregung, die in seinen Adern wallte, im Glitzern der Augen anderer Männer wieder.

»Geht ruhig«, sagte Constantin, den ein verstauchtes Knie vom Reiten abhielt. »Mir ist klar, dass niemand von euch die Geduld aufbringen wird, zu Rate zu sitzen, ehe ihr nicht eure Ertüchtigung genossen hat. Ich wünschte nur, ich könnte mitkommen!«

Früh am nächsten Morgen brachen sie auf, geführt von einem kleinen, dunkelhaarigen Burschen namens Cuby, der Medrod an das Verborgene Volk der nördlichen Hügel erinnerte. Einige der Reiter hatten Hunde mitgebracht, schlanke, graue Jagdhunde, die an den Leinen zerrten, und Spürhunde mit krausem Fell, die einer Blutspur bis Annwyn zu folgen vermochten.

»Einen Hirsch muss man jetzt erlegen, solange er noch Fleisch auf den Knochen hat.« Der kleinwüchsige Mann lachte leise. »Durch Brunft und Kampf magert er völlig ab. Um diese Jahreszeit denken die Viecher mit ihren Eiern!«

»So wie du, Ebi«, bemerkte Martinus von Viroconium zu einem seiner Freunde.

Der angesprochene junge Mann wurde rot. Er stand in dem Ruf, was Frauen betraf, einzig Gwalchmai nachzustehen, und seit dessen Hochzeit mochte er ihn durchaus übertroffen haben.

»Warum auch nicht?«, warf jemand mit leiserer Stimme ein. »Wir müssen unsere Männlichkeit doch im Bett beweisen, wenn wir sie schon nicht im Krieg beweisen dürfen!«

Schweigend lächelte Medrod, der dem Tonfall mehr Aufmerksamkeit schenkte als den Worten. Die Männer, die mit ihm aufgebrochen waren, gehörten überwiegend zu seiner Generation – Söhne von Häuptlingen oder von Männern, die mit Artor übers Meer gezogen waren. Er beobachtete, wie sie ritten und ihre Waffen handhabten, überlegte, wer von ihnen willens sein mochte, sich der Wache anzuschließen, mit der er Camelot bemannt hatte.

Sie kamen aus dem hoch gelegenen Heideland in ein bewaldetes Tal, und ihr Führer hob eine Hand, um ihnen Ruhe zu gebieten. Medrod lehnte sich zurück und presste die Knie in die Seiten seines Reittieres, als es die Böschung hinabrutschte. Irgendwo vor sich hörte er das Gurgeln eines Baches. Schnaubend riss sein Pony den Kopf hoch, und er zügelte es heftig, als ein halbes Dutzend dunkelhaariger Köpfe aus den Haselsträuchern auftauchte. Leise tuschelnd, sprachen die Männer mit Cuby, wonach der Führer sich grinsend zu den Reitern umdrehte.

»Sie sagen, auf einer Grasniederung flussabwärts ist feines Wild. Reitet vorsichtig, mit gespannten Bögen, und sie treiben es für euch heraus.«

Einer der Hunde schlug an und wurde zum Schweigen gebracht. Ungeduldig, wissend, dass sie bald lospreschen durften, zerrten die Jagdhunde an den Leinen.

»Na schön«, brummte Medrod. Er wandte sich an die anderen Reiter. »Zielt auf was ihr wollt, aber der Königshirsch gehört mir!«

Er trieb sein Pferd an die Spitze der Kolonne. Dann setzten sie sich in Bewegung, streiften durch den Herbstwald, der mit goldenen Schatten der sich verfärbenden Blätter gesprenkelt war. Die in erdfarbene Jagdmäntel aus naturbelassener Wolle gehüllten Reiter schienen mit den Ästen zu verschmelzen. Herabgefallenes Laub dämpfte die Schritte der Pferde; einzig ein leises Rascheln, das Knarren der Ledersättel und das gelegentliche Klirren von Stahl begleitete sie.

Es folgte ein gespannter Augenblick, als Martinus heftig an den Zügeln seines Rosses zerrte und es wieherte. Mit finsterer Miene fuhr Medrod ihn an, und Martinus deutete auf das schwarz-weiße Geschlängel einer Natter, die sich durch das Laub wand. Martinus war bekannt für seine Furcht vor Schlangen; hoffentlich würden sie auf keine weitere treffen. Seufzend bedeutete Medrod ihm, weiterzureiten.

Bald darauf lichtete sich der Wald. Hinter den letzten Bäumen erblickte Medrod die Flusswiese und die rotbraunen Gestalten von Wild. Er zügelte das Pferd und hob eine Hand, um die anderen zu warnen, dann ließ er die Zügel sinken. Sein Reittier bewegte sich ein paar Schritte vorwärts, hielt inne, um eine Maulvoll Gras zu rupfen, dann ging es weiter. Durch den Schleier der Blätter sah Medrod, wie eines der Wildtiere mit angelegten Ohren den Kopf hob und sich wieder dem Äsen zuwandte, da es nur die flüchtigen Bewegungen der anderen Vierbeiner bemerkte.

Langsam zog die Jagdgesellschaft durch den Wald; auf Medrods Zeichen hin glitten die Männer von den Pferden, banden sie an Bäume und spannten die Bögen. Mittlerweile sahen sie das am gegenüberliegenden Ende der Lichtung grasende Wild deutlich – sieben Rehe mit sanften Augen und den um ihre Gunst buhlenden Hirsch. Das Fell an seinen Flanken war zwar ein wenig struppig, der Kopf mit dem prächtigen Geweih jedoch stolz erhoben. Er war der alte König des Waldes, ein Zwölfender, der so manche Schlacht überlebt und zahlreiche Kitze gezeugt hatte.

Ho, alter Mann, dachte Medrod. *Du hältst Ausschau nach dem jungen Hirschen, der versuchen will, dir die Rehe streitig zu machen. Aber das Wesen, das dir nun auf den Pelz rückt, wird dir nicht nur die Frauen, sondern Land und Leben rauben! Nimm dich in Acht!*

Die Rehe grasten, der Hirsch hingegen stand mit erhobenem Haupt und streckte die bebenden Nüstern in den Wind. Er fühlte sich sichtbar unbehaglich, aber die zufälligen Bewegungen der Pferde hatten ihn getäuscht, und die Witterung, die er aufnahm, war die seiner eigenen Rasse. Medrod sah den Waldrand vor sich und zügelte sein Pferd. Vorsichtig glitt er aus dem Sattel, wobei er sich hinter den Rumpf des Pferdes duckte, um sich so der Sicht des Hirschen zu entziehen. Ebenso behutsam löste er seinen Bogen und legte einen Pfeil auf die Sehne.

Am gegenüberliegenden Ende der Lichtung huschte eine zweibeinige Gestalt vorüber. Die Rehe rissen die Köpfe empor. Wachsam, aber noch nicht erschrocken, setzten sie sich in Bewegung.

Komm her, mein König ..., dachte Medrod. *Hierher. Dein Leben gehört mir!*

Abermals die kaum wahrnehmbare Bewegung. Nun musste der Wind auch den Geruch der Gestalt erfasst haben, denn eines der Rehe sprang zur Seite. Die anderen verharrten gebannt, und der schwere Kopf des Hirschen schwang herum. Gleich würden sie die Flucht ergreifen. Medrod hob den Bogen an; seine Muskeln bebten vor Anspannung.

Zu seiner Linken nieste jemand. Das Wild preschte los. Medrod, dessen Blick auf den Hirsch geheftet war, folgte dem Lauf, als das Tier losrannte und bündelte seine Aufmerksamkeit auf den Schimmer des roten Fells. Er spürte, wie der Pfeil sich unter seinen Fingern löste, sah, wie er in die glänzende Flanke sank, dann sprang der Hirsch an ihm vorbei und brach durch die Bäume.

Medrod riss die Zügel los und schwang sich auf den Rücken des Pferdes. Ein grauer, aufgeregt bellender Schemen huschte an ihm vorbei. Hinter ihm bliesen Hörner mit harschen Tönen zur Jagd. Medrod grub die Fersen in die Flanken des Ponys und hetzte, die Lippen zu einem wilden Grinsen verzogen, hinter dem Hirsch her.

Die Minuten, die folgten, waren ein einziges Durcheinander von raschelnden Blättern und peitschenden Zweigen. Sein Schuss war gut gewesen, aber der Hirsch war stark, und als ihn der Blutverlust allmählich langsamer werden ließ, hatte er bereits das halbe Tal hinter sich gelassen.

Medrod hörte das ungestüme Gebell der Hunde und peitschte das Pony mit den Zügeln voran. Vor sich sah er eine durch die Bäume preschende Gestalt, abwechselnd rot und braun, wenn sie Sonnenlicht und Schatten querte. Fünf Hunde hatten den Hirsch vor einem Felsvorsprung gestellt. Als Medrod innehielt, hörte er hinter sich Hufgeklapper und erblickte Martinus auf einem Pferd mit schäumenden Nüstern.

»Da drüben!«, brüllte er. »Sorg dafür, dass die Hunde ihre Arbeit tun!«

Martinus nickte und trieb sein Pferd weiter, blies das Halali auf dem Horn und ermutigte die Hunde mit Schreien und Rufen. Medrod war mittlerweile abgestiegen und hatte das eigene Ross angebunden. Von der Seite bahnte er sich einen Weg zu dem Hirsch und zog das kurze Jagdschwert aus der Scheide. Er hörte, wie weitere Reiter eintrafen, doch niemand würde ihm diese Beute streitig machen. Leise umging er die umgestürzten Steine und berechnete den Angriff.

Der Hirsch, der sich im Kreise drehte, um sich gegen

die umherspringenden Hunde zu wehren, wusste nicht um die drohende Gefahr. Ein Hund blutete bereits aus einer aufgerissenen Flanke, und als Medrod näher kroch, senkte der Hirsch sein Haupt, nahm einen weiteren Hund an und wirbelte ihn durch die Luft. Medrod preschte vor, durchschnitt die Sehne am Hinterbein des Hirschen und sprang zurück, als das Tier auf drei Beinen auf ihn zuwankte.

Für den Bruchteil einer Sekunde begegnete er dem Blick der weiß geränderten Augen, der immer noch wild und verächtlich wirkte. Dann senkte das Geweih sich zu einem tödlichen Hieb.

Medrod hechtete zur Seite und zielte auf die Stelle hinter der Schulter, an der ein gezielter Stich nach oben ins Herz dringen konnte. Doch der Hirsch war schneller. Zwölf Hornklingen rasten auf ihn zu. Medrod ließ das Schwert fallen und warf sich zu Boden, rutschte unter dem Geweih hindurch, dann sprang er auf, ergriff den Hals des Tieres und riss die Beine hoch, um den austretenden Hufen auszuweichen.

Der aus dem Gleichgewicht gebrachte Hirsch stürzte. Medrod, der unter ihm zu liegen kam, wand einen Arm frei, um den Dolch zu ziehen und stach zu. In einer verzweifelten Umarmung presste sein Leib sich gegen den des Tieres, das Gesicht gegen das stinkende Fell gedrückt, bis den Hirsch ein letzter Krampf durchzuckte und er besiegt still lag.

»Herr! Fürst Medrod!«

Halb benommen hörte er die Rufe. Mühevoll setzte er sich auf, als die Männer ihn von dem toten Leib befreiten. Er rappelte sich auf die Beine und stellte erstaunt fest, dass nichts gebrochen war, obwohl die geschundenen Glieder bereits heftig zu schmerzen begannen. Der Hals des Hirschen glich einem blutigen Schlachtfeld, das

Licht der Augen war bereits erloschen. Medrod trat gegen den Leib des Tieres und hob die bis zu den Ellbogen roten Arme.

»Der alte König ist tot!«, rief er; die Stimme klang schrill ob der überstandenen Gefahr. »Der Sieg ist mein!«

In den Augen der Männer rings um ihn sah er Erleichterung, Verwunderung und eine wilde Erregung, die der seinen entsprach. Sie begannen, seinen Namen zu schreien, während Hörner den Sieg verkündeten. In jenem Augenblick verschmolzen der Wald, das tote Tier und die brüllenden Jäger zu einer Einheit. Medrod musterte sie und spürte eine plötzliche, innere Bindung, als hätte ihn der Geist des Hirschen beseelt. *Sie sind mein!*, dachte er. *Dieses Land ist mein! Ich fordere es als Eroberer!*

Bitter wie eine Erinnerung trug der Wind die Klänge der Hörner aus dem dicht bewaldeten Tal zu der kahlen, hoch gelegenen Heide, von der aus man auf das Meer hinausblickte. Merlin hielt inne, um zu lauschen, den Thymianzweig vergessen in seiner Hand haltend.

»Medrod hat seine Beute erlegt«, sagte Ninive. »Heute Abend werden wir Wild auf dem Tisch haben.«

»Ich wünschte, das wäre alles, was Medrod mitbringt.« Die Worte kamen, ohne dass Merlin darüber nachgedacht hätte.

»Was soll das heißen?«, wollte das Mädchen wissen, dessen helles Haar in der Brise wallte.

Merlin hob die Schultern; er wusste weder, was er fürchtete, noch, woher das Wissen stammte.

Ninive kniff die Augen zusammen und deutete auf die Pflanze in seiner Hand. »Ihr habt gesagt, Ihr würdet mich unterrichten. Die Überlieferungen der Kräuter und des Heilens könnte ich auch auf der Insel der Maiden lernen.

Ihr aber seid der Seher Britanniens – bringt mir bei, wie man *weiß* …«

Hilflos breitete er die Arme aus und ließ den Thymian zu Boden fallen. Wie Ninive so dastand, das Gesicht gen Himmel erhoben, schien sie aus Licht gemacht, ihre schmalen Gesichtszüge eins mit dem Antlitz des *daimon*, der in seiner Seele lebte.

»Wie kann ich dir etwas beibringen? Du *bist* das Wissen.«

»Wenn Ihr mich betrachtet, was seht Ihr dann? Und was sehe ich, wenn ich Euch betrachte?« Sie bedachte ihn mit einem langen, geheimnisvollen Blick. »Vielleicht könnt Ihr mir zeigen, was Ihr nicht zu sagen vermögt«, bemerkte sie leise. Dann nahm ihre Stimme einen schärferen Tonfall an. »Sprich, o Mann der Weisheit. Im Namen deines *daimon* beschwöre ich dich. Wie ergeht es dem Hochkönig in Gallien?«

Merlin spürte die erste Woge der Benommenheit und umfasste den Schaft des Speeres mit beiden Händen, trieb die Spitze in die Erde, als wollte er sie darin verwurzeln. Visionen kamen und gingen in Wellen; also schloss er die Augen, fühlte, wie der Eschenschaft in seinen Händen sich in den Stamm eines großen Baumes verwandelte, der mächtig genug war, um als Pfeiler für Welten zu dienen. Von dieser Stärke gestützt, gab Merlin den Versuch auf, sich an sein gewöhnliches Bewusstsein zu klammern und ließ seinen Geist emporsteigen.

In den ersten Augenblicken weitete sich sein Bewusstsein, getragen auf den Schwingen des Windes. Unter ihm rauschten die grauen Wogen des Meeres. Dann wurde seine Sicht schärfer; er sah gerodete Wälder und breite, zu Schlamm getrampelte Felder, wo Armeen hindurchgezogen waren. In der verschwommenen Ferne, in der er seinen Körper zurückgelassen hatte, rief eine Stimme seinen Namen. Er wusste, dass er ihr antwortete, nicht jedoch was.

Da war der Rauch eines niedergebrannten Dorfes; der Lärm einer Schlacht hallte durch die Luft. Immer mehr bündelte sich sein Bewusstsein; er sah das Banner des Pendragon und Männer in zerschundenen römischen Rüstungen, die gegen große, hellhaarige Krieger mit spitzen Helmen fochten, auf deren Schilden vergoldete Adlerfiguren funkelten.

Er sah Artor über dem Leichnam Gwyhirs thronen und mit mächtigen Hieben Franken fällen, bis Gwalchmai sich einen Weg durch das Gewirr kämpfte, um ihm beizustehen. Hörner ertönten, und ein Reitereikeil mit Bediver an der Spitze stürmte auf das Gemetzel zu. Die Franken fielen zurück und rannten zu den Pferden, die sie am Rand des Feldes zurückgelassen hatten. Bediver verfolgte sie. Die langen, römischen Lanzen stachen zu, weiteres Blut ergoss sich auf den Boden.

Plötzlich veränderte sich die Szene. Es war Sonnenuntergang, und innerhalb eines Fackelkreises sah Merlin auf einem Scheiterhaufen den in einen purpurnen Mantel gehüllten Leichnam eines greisen Mannes. Artor ergriff von einem der Soldaten eine Fackel und warf sie zwischen die Scheite, dann trat er zurück. Das flackernde Licht unterstrich die Furchen in seinem Antlitz, als das Feuer das ölgetränkte Holz erfasste und hoch aufloderte.

Männer scharten sich um ihn. Einer hielt einen Mantel gleich jenem, in den der Leichnam gehüllt gewesen war. Artor schüttelte den Kopf, dennoch legten sie ihm das Purpur über die Schultern. Andere strömten mit Schilden an den Armen herbei und knieten nieder. Jubelnd hoben sie den nach wie vor protestierenden König auf den Schilden empor. Merlin sah, wie Münder sich im

Einklang öffneten, hörte tief in der Seele den Widerhall des Gebrülls – »*Imperator! Imperator!*«

In einem Wirbel aus Purpur und Flammenrot kehrte sein Bewusstsein zurück, und er schlug die Augen auf, keuchte im roten Licht des sich dem Ende zuneigenden Tages.

»Der König«, krächzte er und hustete, während er versuchte, Ordnung in den Strudel verblassender Bilder zu bringen. »Was habe ich gesagt?«

»Riothamus ist tot«, antwortete Ninive mit zittriger Stimme, »und man hat Artor zum Kaiser ausgerufen ...«

Die Insel Avalon war in den verträumten Frieden des Herbstes gehüllt. Gwendivar saß neben der Quelle des Blutes und beobachtete, wie goldene Blätter langsam über den Teich trieben.

»Er wird nie zurückkehren, Julia«, sagte sie traurig. »Ich spüre es in meinem Herzen. Wenn man Artor zum Kaiser gemacht hat, ist sein Wunsch in Erfüllung gegangen. Weshalb sollte er zu mir, nach Britannien zurückkehren?«

»Sofern man der Vision des Hexers Glauben schenken darf«, merkte die andere Frau etwas grimmig an. Die Jahre hatten Julia ein wenig verändert, abgesehen von dem weißen Schleier einer geweihten Nonne, der ihr kurz geschorenes Haar bedeckte. »Mir kommt es vor, als hörten wir täglich eine neue Geschichte. Manch einer behauptet, nicht Riothamus, sondern Artor sei gestorben.«

Gwendivar schüttelte den Kopf. »Er ist nicht tot. Das wüsste ich ...«

»Weil du seine Frau bist?« Julia zog eine Augenbraue hoch. »Er war dir nie ein wahrhaftiger Gemahl.«

»Weil ich Artors Königin bin«, berichtigte Gwendivar

sie. »Und weil das Land selbst wehklagen würde, hätte er diese Welt verlassen.«

Ungläubig schnaubte Julia. »Ob sich das Land nach zehn Jahren überhaupt noch an ihn erinnert? Du, meine Liebe, bist die Quelle der Herrschaft. Was wirst du nun tun?« Nach dem Tod von Mutter Madured hatten die Nonnen Julia dazu auserkoren, sie anzuführen, weshalb sie nun Autorität ausstrahlte.

»Theodoric hat ein Schiff nach Aquilonia geschickt, um Näheres in Erfahrung zu bringen. Ich werde dann eine Entscheidung fällen, wenn wir Gewissheit haben.«

»Falls dir so viel Zeit bleibt!« Kopfschüttelnd erhob sich Julia. »Artor ist schon zu lange fort, und Britannien summt wie ein Bienenschwarm. Wenn er nicht persönlich mit dem Boten zurückkehrt, muss er vielleicht feststellen, dass Britannien sich jemand anderem verschrieben hat! Aber was auch immer geschieht, meine Königin, vergiss nie, dass hier in Avalon stets Platz für dich ist.«

Gwendivar versuchte zu lächeln. Einst hatte sie diese Insel als Gefängnis empfunden, nun jedoch wusste sie die Macht zu schätzen, die unter dem Frieden dieses Ortes schlummerte. Selbst die geistigen Übungen der Nonnen ermöglichten es ihnen gerade eben, die Kräfte zu ertragen, die in den kalten Wassern der Quelle pulsierten. Gwendivar beugte sich über das Wasser und erblickte ihr Antlitz als verschwommenes Muster zwischen Blättern, die im Strudel der Strömung trieben. Sie schöpfte Wasser aus dem Teich; das Bild löste sich auf und formte sich von neuem in den glitzernden Tropfen, die von ihren Händen fielen.

Beide Frauen wandten sich um und blickten auf, als auf den Steinen das Geräusch von Schritten erklang. Es war eine der Novizinnen, die angesichts der Königin Britanniens noch aufgeregt war.

»Herrin, Fürst Medrod möchte mit Euch sprechen …«

»Hierher darf er nicht«, setzte Julia an, aber Gwendivar erhob sich bereits.

»Sag ihm, er soll in den Obstgarten kommen«, trug sie der jungen Frau auf und zog sich den Schleier wieder übers Haar.

Die Äpfel waren geerntet worden, die Blätter fielen von den Bäumen. Nur ein paar verschrumpelte Früchte, zu klein, als dass es sich lohnen würde, sie zu pflücken, hingen noch an den obersten Ästen. Doch obwohl die Bäume nun kahl dastanden, waren sie nicht unfruchtbar, denn im nächsten Jahr würden sie wieder blühen und gedeihen.

Ganz im Gegensatz zu mir …, dachte die Königin verbittert. Sie schritt zwischen den Bäumen auf und ab und drehte sich mit gerunzelter Stirn um, als Medrod das Tor schloss und auf sie zukam. Schlank und drahtig wie er war und mit dem im Sonnenlicht leuchtenden rotbraunen Haar erinnerte er sie wenigstens nicht an Artor.

»Die Pferde stehen bereit. Wenn wir Camelot vor Einbruch der Dunkelheit erreichen wollen, müssen wir jetzt aufbrechen.«

»Wieso sollte ich zurückgehen? Wenn Artor nicht zurückkehrt, bin ich nicht länger Königin.« Gwendivar spürte, wie das Königreich rings um sie zerbröckelte; oder vielleicht war sie es selbst, die verdorrte und zerbröselte. Medrod hielt sie an den Schultern fest, als sie sich abzuwenden begann.

»Gwendivar!« Sein Griff verstärkte sich. »Ihr seid der Quell der Herrschaft! Britannien braucht Euch – ich brauche Euch! Meine Herrin, meine Geliebte, begreift Ihr denn nicht?«

Kopfschüttelnd wich sie zurück. Ohne sie loszulassen, folgte ihr Medrod, bis sie mit dem Rücken an einen Baum stieß.

»Gwendivar … Gwendivar …« Er zog ihr den Schleier vom Kopf und berührte zärtlich ihr Haar. »Du bist der Ursprung und der Mittelpunkt, die Quelle und der geheiligte Hain.«

Kaum atmend verharrte sie, während seine Hand von ihrem Haar zur Wange hinabwanderte. Dies war nicht die verhohlene Verführung, die er zuvor versucht hatte. So zärtlich er sich geben mochte, sein Griff strahlte eine Autorität aus, die sie nicht verleugnen konnte. Gwendivar drehte den Kopf weg, doch er zwang ihn zurück, und dann küsste er sie, leidenschaftlich und innig, und sie spürte, wie die Kraft ihre Glieder zu verlassen begann.

»Artor ist fort …«, murmelte er in ihr Haar. »Er hat uns aufgegeben, und ohne König werden die Fürsten dieses arme Land wie Wölfe in Stücke reißen. Ich weiß, dass ich sie anführen kann, aber allein du kannst meiner Herrschaft zu Rechtmäßigkeit verhelfen!«

Seine Hand glitt über ihren Hals, schob ihr die Tunika von der Schulter und umfasste ihre Brust; Gwendivar erbebte, als lange unterdrückte Gefühle in ihr aufwallten.

»Gwendivar … Gwendivar … Heirate mich, und ich werde dich lieben, wie er es niemals könnte. Ich weiß, wie man einer Königin dient!« Er bückte sich vor ihr, ließ die Hände über ihre Seiten gleiten, bis er vor ihr kniete und sie an sich drückte, den Kopf gegen ihre aneinander gepressten Schenkel gelehnt.

»Ich bin die Gemahlin deines Vaters …«, flüsterte sie, während sie sich bemühte, aufrecht stehen zu bleiben. Brächte er sie auf den Rücken ins Gras, hätte sie keine Macht mehr aufzuhalten, wonach ihm der Sinn stand.

Und wieso wehre ich mich?, fragte sie sich. Wann war

Artor ihr je mit solcher Leidenschaft, solchem Drängen begegnet?

»Er hat der Ehe abgeschworen; außerdem bist du nicht mit mir verwandt«, sprach er mit belegter Stimme. »Komm, Gwendivar, verleih mir das Recht zu herrschen…«

»Nicht hier…«, flüsterte sie. »Dies ist heiliger Boden…«

Medrod lehnte sich leicht zurück und blickte mit verschleierten Augen zu ihr empor. »Aber du wirst mit mir schlafen, Liebste, nicht wahr? Du wirst mich heiraten?«

Gwendivar schauderte; ihr Leib schmerzte vor Verlangen. Es war zu spät, dachte sie. Nun hatte sie keine Wahl mehr – sie hatte bereits zu sehr nachgegeben. Ohne eigenes Zutun drangen die Worte über ihre Lippen. »Wenn du König bist… werde ich es tun…«

Die Königin saß auf ihrem Platz in der runden Ratshalle; mit ihren goldenen Gewändern stellte sie den Inbegriff der Herrschaft dar. Medrod hatte sich auf der anderen Seite neben dem leeren Stuhl des Königs niedergelassen.

Bald, dachte er, *ist das* mein *Stuhl!* Sobald die Männer, die er zu seinem Mittwinterfest eingeladen hatte, zustimmten… Der Schein des knisternden Feuers in der Mitte des Kreises flackerte in vor Neugier gespannten Gesichtern, schimmerte auf weichen, pelzgesäumten Mänteln und funkelte auf Gold. Die Pfeiler des Gebäudes waren mit immergrünen Gewächsen geschmückt, mit Holunder, Efeu und Mistelzweigen.

Er wusste, dass es ein Wagnis bedeutete, sie zusammenzurufen. Möglicherweise wäre es sicherer gewesen, sich einfach zum König zu erklären. Hätte Artor das Schwert zurückgelassen, hätte er sein Anrecht beweisen können, indem er es aus dem Stein zog. Seine Mutter hatte ihm den Dreh erklärt, zudem entstammte er dem richtigen Blut – sogar in zweifacher Weise, dachte er mit einem zynischen Grinsen.

Aber er konnte sich Basileus von Byzanz oder Herr der Gesegneten Inseln nennen, es wäre bedeutungslos, wenn ihm niemand folgte. Er musste von den Fürsten Britanniens anerkannt werden, oder zumindest von so vielen, dass es die Übrigen beeindruckte. Camelot war mit Kriegern bemannt, die er ausgewählt hatte. Aelle, Cynric und Icel hatte er bereits Botschaften gesandt, und er wusste, dass sie ihm weitere Krieger senden würden, wenn er danach verlangte. Aber um über Britannien zu herrschen, brauchte er die Unterstützung dieser Männer.

Er ließ den Blick durch die Kammer schweifen, zählte diejenigen, deren er sich sicher war und diejenigen, die er für schwach genug hielt, sich umstimmen zu lassen. Von einigen, wie Theodoric von Demetia und Eldol von Glevum, wusste er, dass sie keinen Erben anerkennen würden, bevor sie Artor im Grab sahen. Die Einladungen an sie hatten ihr Ziel allesamt – bedauerlicherweise – nie erreicht. Von den älteren Männern war nur Cador von Dumnonia – der nie als Artors Freund gegolten hatte – mit seinem Sohn Constantin an der Seite anwesend.

Aber Martinus von Viroconium, der erst kürzlich den Thron seines Vaters bestiegen hatte, würde hinter ihm stehen, ebenso Caninus von Glevum, gleichgültig was dessen Vater sagen mochte. Maglocun und Cunoglassus von Gwenet waren zwar jung, entstammten jedoch edlem Blut. Während die Söhne mit Träumen von Ruhm zu verführen waren, mochten die Väter sich durch niedrigere Steuern und eine entgegenkommendere Regierung überzeugen lassen.

Lauernd wie der Falke, der über dem Feld kreist, wartete Medrod, bis alle ihre Plätze eingenommen hatten und die Stille unbehaglich wurde, ehe er sich mit einer fließenden Bewegung erhob, die jedermanns Aufmerksamkeit weckte. Wohlweislich hatte er einen langen Kittel aus byzantinischem Brokat von so dunklem Scharlachrot angelegt, dass es beinahe purpurn wirkte. Sein schwarzer Umhang war mit Wolfspelz gesäumt. Um seinen Hals funkelte ein Reif aus gewundenem Gold.

»Fürsten Britanniens, ich heiße Euch willkommen. Es war die Königin, die Euch zum Rat gerufen hat, wie es ihr Recht ist. Ich spreche in ihrem Namen.« Er verbeugte sich vor Gwendivar, die das Haupt neigte. Ihre Gesichtszüge hinter dem Schleier waren ausdruckslos wie die einer römischen Statue.

»Und wieso hat sie – oder habt Ihr – uns hierher gerufen?«, rief Cador zur Antwort aus.

»Um über die Zukunft dieser seit zehn langen Jahren ihres Königs beraubten Insel zu beraten.« Er wartete, bis das Gemurmel sich legte.

»Habt Ihr Kunde von Artors Tod?«, fragte Paulinus von Viroconium.

»Wir haben lediglich Gerüchte gehört. Es gab eine große Schlacht gegen die Franken, bei der viele getötet wurden. Meine Gewährsmänner sahen einen Scheiterhaufen, und man sagte ihnen, die Briten würden ihren König verbrennen.«

Diesmal brach heftigeres Getuschel los. Vielen der Anwesenden hatte Artors Herrschaft widerstrebt, doch er war auch innig geliebt worden. Gwendivar blickte bei seinen Worten jäh auf, denn sie glaubte an die verworrene Geschichte von Merlins Prophezeiung, nämlich dass es Riothamus gewesen sei, der starb.

»Vielleicht ist er nicht tot«, fuhr er schulterzuckend fort, »obwohl ich nicht verstehe, weshalb Artor, sofern er noch lebt, keine Botschaft gesandt hat. Vielleicht hat man ihn zum Kaiser erkoren, und Britannien kümmert ihn nicht mehr.« Medrod breitete die Arme aus. »Meine Fürsten – spielt es eigentlich eine Rolle? Er ist nicht hier! Handelt so ein Herrscher, der sich um sein Volk sorgt?«, rief er aus.

»Die Zeit der Stürme hat eingesetzt, die denkbar schlecht ist zum Segeln«, gab jemand zu bedenken, aber der Rest der Männer pflichtete Medrod lautstark bei.

»Handelt so ein Verteidiger des Landes? Ein König?«, sprach Medrod weiter, wodurch er immer mehr zustimmende Rufe weckte.

Er entfernte sich von seinem Sitz und begann, im Kreis auf und ab zu schreiten. »Letztes Jahr griffen Männer aus dem Norden die Küste Anglias an. Ich führte eine Truppe britischer Krieger an und ritt mit Icels Sohn Creoda aus, um sie zu besiegen. Wir trennten uns als Freunde, aber glaubt ihr, es sei den Angeln entgangen, dass Britannien keinen König hat, der das Land verteidigt? Sie haben mich allein deshalb anerkannt, weil ich König Artors ... Verwandter bin.«

Medrod sah Blicke, die sich kurz auf ihn richteten und sich rasch wieder abwandten. Sie hatten sich an ihn gewöhnt – es war Zeit, sie daran zu erinnern, wer er tatsächlich war.

»Fast neun Jahre habe ich bei den Sachsen verbracht und ihre Sprache gelernt. Nach einer Weile vergaßen sie, in meiner Gegenwart auf ihre Worte zu achten. Im Augenblick verhalten sie sich ruhig, aber sie haben ihre Träume, den Rest dieser Insel zu erobern, keineswegs aufgegeben. Ein Jahrzehnt lang hat die Angst vor Artors Namen sie davon abgehalten. Aber mittlerweile wächst eine neue Generation von Kriegern heran, die keine Ehrfurcht vor britischen Waffen gelernt hat. Ob durch Angst oder durch Freundschaft, man muss ihnen jetzt Fesseln anlegen, und das kann einzig durch einen König geschehen.«

Das Feuer flackerte, als ein Windstoß von draußen, gleich einem Widerhall seiner Worte, den Druck in der Halle veränderte.

»Und erhebt Ihr Anspruch auf den Thron?«, rief einer der dumnonischen Fürsten.

Medrod holte tief Luft. Hierfür war er geboren worden; er war von seiner Mutter dazu ausgebildet worden, ihr als Waffe gegen den König zu dienen. Nun, da Morgause ihre Rache aufgegeben hatte, würde es seine Rache an ihr sein, Artors Platz einzunehmen. Und er wollte es, mehr als er je zuvor etwas gewollt hatte, abgesehen vielleicht von der Liebe seiner Mutter – oder Kea – oder Gwendivar.

»Das tue ich. Ich besitze das Recht dazu, gleichgültig ob ihr mich als Sohn oder als Neffen betrachtet, und ich besitze den Willen dafür.« Seine Stimme schallte durch die Halle. »Artor hat eure Söhne und eure Reichtümer in einem sinnlosen Krieg in der Fremde vergeudet. Ich werde beides sicher in Britannien behalten. Er hat den Fürsten dieses Landes kurze Leinen angelegt, aber die Sachsenkriege sind längst vorüber, und wir können es uns erlauben, mit weniger zentraler Befehlsgewalt zu herrschen. Dennoch muss es einen Mann mit der Macht und dem Ansehen geben, der sich ihrer annimmt. All das will ich als euer König tun!«

»Was sagt Frau Gwendivar dazu?«, wollte Constantin wissen.

Medrod wandte sich der Königin zu und streckte die Hand aus. Sie erhob sich, allerdings noch blasser als zuvor, sofern dies möglich war.

»Artor hat uns aufgegeben«, verkündete sie mit leiser Stimme. »Lasst Medrod die Herrschaft übernehmen …«

Medrod verneigte sich vor ihr, dann richtete er sich auf, wobei er sich absichtlich so hinstellte, dass der Schein des Feuers ihn in goldenes Licht tauchen würde.

»Medrod!«, rief Martinus, und zuerst stimmte Cunoglassus, dann ein Dutzend anderer in den Ruf mit ein. Sie brüllten seinen Namen, bis die Dachsparren erbebten, und als der Beifall schließlich verebbte, setzte Medrod sich auf den großen geschnitzten Stuhl des Königs.

VIII

Beltene-Feuer

A. D. 515

Artor watete durch die eisigen Wellen, stemmte die Beine gegen die Strömung, bis die Flut sich hinter ihm zurückzog. Noch ein paar Schritte, dann spürte er festen Boden unter den Füßen. Er sank auf die Knie, grub die Finger tief in die Furchenmuster aus Kiesel und Sand. *Britannien!* So lange Zeit, während die Winterstürme über der Meerenge wüteten, hatte er geglaubt, niemals hier anzukommen. Doch diese heilige Erde war seine wahre Heimat – sie sprach zu ihm, wie es die Erde Galliens nie könnte. Er bückte sich und küsste die Steine.

Der Boden erbebte unter den Füßen der Männer und Pferde, die sich rings um ihn an Land mühten. Als er sich wieder aufrichtete, lichteten sich die Nebelschwaden, und er erblickte den fahlen Schimmer der Kreideklippen, die den Hafen säumten. Zwei Monate lang hatten sie ihn heimgesucht, erstmals in dem Traum, der ihn nach Hause führte. Sogar jetzt wühlten die Bilder ihn auf – Medrod auf dem Thron des Königs, Medrod mit den Armen um Gwendivar. Zunächst hatte er die Vision für ein missratenes Produkt seiner eigenen Ängste gehalten. Doch der Traum war durchdrungen von Merlins Macht, und nachdem Artor seine Männer nach der letzten, siegreichen Schlacht ins Winterlager geführt hatte, begann er daran zu glauben, noch bevor Theodorics von Stürmen übel zugerichtete Galeere die Neuigkeiten überbrachte.

Medrod hatte sich zum König erklärt. Er besetzte Camelot und Londinium, und Dumnonia stand ihm zur Seite. Mit den Sachsen war er eigene Pakte eingegangen, der Rest der Insel stand kurz vor dem Bürgerkrieg. Und Gwendivar hatte gelobt, seine Königin zu werden.

Das war die Klinge, die Artors Herz durchbohrte. Bevor sie ihn verraten hatte, war ihm nicht bewusst gewesen, wie viel von seiner Seele er seiner Königin geschenkt hatte. Er hob den Kopf und versuchte, durch den Nebel zu spähen. Halb hatte er damit gerechnet, Merlin würde an der Küste auf ihn warten. Wenn der Druide genug wusste, um ihn zu warnen, weshalb hatte er Medrods Verrat dann keinen Riegel vorgeschoben?

»Herr! Seid Ihr gestürzt?« Neben ihm bückte sich Goriat herab.

Artor schüttelte den Kopf, doch die Feuchtigkeit der Reise hatte seine Glieder steif werden lassen, und so gestattete er dem hoch gewachsenen Goriat, ihm aufzuhelfen. Von dem Jüngling, der einst in den Küchen Camelots gedient hatte, war wenig übrig geblieben, dachte Artor verbittert, abgesehen von der Unschuld in Goriats Augen. Er erinnerte sehr an Gwalchmai – beide waren muskulös, hellhaarig und größer als andere Männer, wenngleich Gwalchmais sandfarbenes Haar mittlerweile von silbrigen Strähnen durchzogen war. Aggarban und Gwyhir ruhten in Galliens Erde. Seit die beiden überlebenden Brüder die Kunde aus Britannien erfahren hatten, zählten sie Medrod nicht mehr zu ihrer Sippe.

»Nun, wenigstens lauert uns hier kein Feind auf.« Goriat spähte an den Überresten der alten Feste von Dubrae vorbei in Richtung des Hügellandes.

Artor nickte. Zweifellos hatte Merlin ihm deshalb im

Traum diese Klippen gezeigt. In der Jahreszeit der Stürme wagte er keine längere Überfahrt, und Dumnonia sowie die Länder, über welche die Südsachsen herrschten, waren ihm verschlossen. Einzig in Cantium durfte er hoffen, unangegriffen an Land zu gehen, sofern Rigana und Eormenric ihm die Treue hielten.

Er sah sich um, hob schützend die Hand an die Augen, als die fahle Februarsonne durch den Nebel brach. Umrisse von Booten verdunkelten die Küste. Der Strand war ein Durcheinander aus Pferden und Männern. Es waren die Krieger Britanniens, die er mit sich führte – die anderen waren mit Bediver in Gallien zurückgeblieben. Für ihr eigenes Land kämpften Männer immer am besten. Das Schlimme an der Lage hier war, dass man für beide Seiten dasselbe behaupten konnte.

»Lasst die Ausrüstung abladen und stellt den Gepäcktross zusammen. Ich will mich so bald wie möglich mit den Truppenführern treffen. Morgen früh marschieren wir gen Cantuwaraburh.«

Einen Tag später saß Artor in Hengests Halle. Die Pfeiler wirkten dunkler, und bestickte Teppiche zierten die Wände, abgesehen davon war sie jedoch immer noch so, wie er sie seit Oescs Hochzeit mit Rigana vor etwa zwanzig Jahren in Erinnerung hatte. Das war im Jahr vor der Schlacht am Mons Badonicus gewesen, bei der Oesc getötet wurde. Riganas Zerbrechlichkeit hatte sich zu drahtiger Stärke gewandelt, die Jahre ließen ihre Gesichtszüge schärfer wirken; äußerlich hatte sie sich wenig verändert. Artor glaubte kaum, dass sie reifer geworden war, wenngleich sie sich besser im Griff zu haben schien. Eormenric hingegen war zu einem Mann herangewachsen, und Artor zuckte zusammen, als er in Eormenrics Antlitz Oescs Augen erkannte.

Wo immer Oesc nun sein mag, er hat mehr Grund, auf seinen Sohn stolz zu sein als ich auf meinen, dachte er verbittert.

»O ja, Medrod hat Boten geschickt«, erklärte Rigana, als hätte sie seine Gedanken gelesen. »Und Geschenke. Wir haben sie lächelnd angenommen. Warum auch nicht?«, fuhr sie fort. »Es machte keinen Sinn, ihm zu trotzen, bevor wir Eure Pläne kannten.« Sie löste einen weichen Lederbeutel von ihrem Gürtel und warf ihn vor Artor, wo er mit dem melodischen Klimpern von Gold auf dem Boden landete.

»Was denn, dachtet Ihr, ich hielte Euch Oescs Tod immer noch vor?«, fügte Rigana spitz hinzu. »Es waren Cador und Ceredic, die ihn zwischen sich aufgerieben haben. Und die Westsachsen und die Dumnonier sind Medrods Verbündete.« Sie wandte sich an ihren Sohn, dessen Miene sich bei der Erwähnung von Ceredics Namen verändert hatte. »Ich weiß, du fürchtest dich davor, deinem Freund Ceawlin im Kampf zu begegnen, aber so ist der Lauf der Welt. Als er es für notwendig hielt, mich zu rächen, marschierte dein Vater gegen Artor, den er liebte …«

Der König beobachtete, wie seine Finger krampfhaft das Trinkhorn festhielten, dass die Knöchel weiß hervortraten, und zwang sich, den Griff zu lockern. »Wenn Ihr mir die Männer Eures Heeres zur Verfügung stellt, auf dass sie mir unter einem guten Befehlshaber folgen, bin ich Euch dankbar«, sagte er barsch. »Du aber, Junge, solltest zu Hause bleiben, um Cantuwara zu beschützen. Dieser Zwist hat bereits Bruder gegen Bruder und Vater gegen Sohn aufgebracht. Ich werde dich nicht auffordern, gegen deinen Freund zu kämpfen.«

Riganas Züge entspannten sich. »Wie ich sehe, seid Ihr immer noch zu Gnade fähig. Erinnert Euch daran, wenn Ihr den Sieg erringt.«

»Glaubt Ihr denn, dass ich gewinnen werde?«

»Wenn die Menschen sehen, dass Ihr zu ihnen zurückgekehrt seid, werden sie sich Euch zuwenden«, antwortete sie, »abgesehen von jenen, die sich so weit haben treiben lassen, dass sie keine Vergebung mehr für möglich halten.«

»Ihr sprecht von Medrod und ... der Königin?« Seltsam, aber er war außerstande, ihren Namen auszusprechen.

»Betrachtet es so: Gwendivar unterstützt seine Pläne, aber sie hat ihn nicht geheiratet. Lasst ihr eine Tür offen, um zu Euch zurückzukehren ...«

Artor starrte sie an und dachte über die Dinge nach, die sie nicht aussprach. Rigana war die Herrin Cantiums; sie wusste, dass die Königin die Macht besaß, die Herrschaft über das Land jenem Mann zu übertragen, der ihr redlich diente. Vielleicht hatte Gwendivar sich Medrod noch nicht hingegeben, aber Artor selbst war nutzlos für sie gewesen. Nun wurde ihm klar, dass dies ein Grund gewesen war, weshalb er ihr ferngeblieben war.

»Sie muss mich hassen«, flüsterte er und ihm wurde klar, dass er nicht in der Lage sein würde, seiner Königin zu vergeben, bevor er sich nicht selbst vergeben konnte. Und bis dahin hatte er keine andere Wahl, als mit dem blutigen Handwerk des Krieges fortzufahren.

Die Streitmacht des Königs marschierte raschen Schrittes durch den kalten Frühlingsregen, wobei sie der alten Römerstraße westwärts Richtung Londinium folgten. Bei Durobrivae wurde ihr Lager in der Stunde vor Sonnenaufgang von großen, hellhaarigen Männern angegriffen, deren schlanke Schiffe die Mündung des Tamesis durchquert hatten. Bis sie endlich in die Flucht geschlagen wurden, waren mehrere Wagenladungen Vorräte verbrannt und einige Männer getötet worden. Der einzige

Gefangene, den sie nahmen, erzählte ihnen, er sei ein Nordmann aus der Siedlung, die Gipp an der Küste der Lande der Angeln errichtet hatte, und dann riss er sich unter Lachen den Verband vom Leib, mit dem sie die Blutung gestillt hatten, und starb.

Die Kunst, mit Barbaren Freundschaft zu schließen, dachte Artor voller Ingrimm, war eine Gabe, die sein Sohn geerbt zu haben schien. Doch er schwieg und befahl seiner Armee weiterzuziehen.

Bevor sie Londinium erreichten, folgten noch mehrere kleinere Zwischenfälle, die Stadt jedoch war ihnen nicht verschlossen. Es war auch nicht nötig. Medrod hatte sie bereits all ihrer Vorräte beraubt. Schon in Artors Jugend war die Stadt im Verfall begriffen gewesen. Mittlerweile war noch weniger davon übrig geblieben. Dennoch boten ihnen die instand gebliebenen Dächer eine gute Zuflucht, während die Kundschafter des Königs festzustellen versuchten, in welche Richtung der Feind gezogen war. Dort fand er auch Bedivers Sohn bei dem Votadini-Mädchen, das nahezu zwanzig Jahre lang seine Konkubine gewesen war. Den jungen Mann an der Seite zu haben war ein kleiner Trost dafür, dass er Bediver mit dem Rest der Truppen in Gallien hatte lassen müssen.

Und so wurde es Mitte März, ehe sich die Kunde verbreitete, dass die Streitkräfte der Aufständischen sich auf der großen Ebene im Westen, nahe Ambrosiacum, sammelten.

Medrod stand vor dem Grabhügel der Fürsten und beobachtete, wie die Armee seines Vaters sich jenseits der Ebene formierte. So wie seine eigenen Streitkräfte waren auch sie bewaffnet, hatten jedoch keine Helme aufgesetzt. Artor hatte einer Unterredung zugestimmt. Medrod fragte sich, ob es möglich war, dass dem Gespräch

Erfolg beschieden sein konnte. Ein frostiger Wind ließ die verdorrten Stauden des Grases vom letzten Jahr rascheln und beugte die Stängel frischen Grüns. Die uralten Steine des Tanzes der Riesen nahmen die Kraft der Brise kaum war, und Medrod zog seinen Umhang aus Wolfsfell enger, den er über dem Kettenhemd trug.

Er hatte sich recht wacker geschlagen, dachte er und schaute über die Schulter zu seinen Männern. Der Süden und ein Großteil des Westens hatten sich für ihn ausgesprochen, und die wenigen, die Widerstand geleistet hatten, wie Eldol von Glevum, waren eines Besseren belehrt worden. Doch abgesehen von einigen kleineren Zusammenstößen waren die Aufständischen noch nicht auf Artors Armee getroffen, und der Ruf des alten Königs zählte für eine ganze Legion. Es war Constantin, der darauf bestanden hatte, einen Verhandlungsversuch zu machen.

Medrod fragte sich, ob ihn alte Treuegelübde verwirrten oder ob es schlicht und einfach Angst war. Artors Männer mochten kampferprobte Krieger sein, dachte Medrod, während er sie mit Unbehagen beobachtete, aber sie waren auch *alt*; sie mochten wohl erfahren sein, aber die gallischen Feldzüge hatten ihre Kraft verbraucht. Er redete sich ein, es gäbe keinen Grund zur Furcht.

Der Wind flaute ab, und Medrod, von dem seltsamen Gefühl erfasst, dass die Geister im Grabhügel ihn beobachteten, blickte erneut über die Schulter. Er lächelte hämisch. Sie mussten äußerst verwirrt sein. Ein Krieg von Briten gegen Briten war nichts Außergewöhnliches, aber hinter Artor marschierten Jüten aus Cantuwara, während in Medrods Tross von Cynric und Cymen angeführte Sachsen und Angeln unter Creoda ritten.

Das rege Treiben vor ihm kam nach und nach zum Erliegen. Von Artors Armee erklang schrill ein Horn, das nach einer kurzen Weile von Medrods Seite erwidert wurde. Constantin von Dumnonia, dessen sich lichtendes Haar in der Brise wehte, trat vor. Der Sprecher von Artors Seite war Gwalchmai, der sich mit grimmiger Miene, gerunzelter Stirn und aufgrund einer in den Gallienkriegen erlittenen Wunde leicht hinkend näherte. Ungläubiges Tuscheln erhob sich unter den Dumnoniern, als sie ihn herankommen sahen. Wenn der König Gwalchmai schickte, dann nicht um zu verhandeln, sondern um Bedingungen zu überbringen.

Die Daumen in den Gürtel gesteckt, hielt Gwalchmai inne und musterte den Feind. Medrod zuckte angesichts der Kälte in den blauen Augen seines Bruders zusammen.

»So, jetzt stehen wir hier beisammen. Ginge es nach mir, wäre die Antwort auf die Großtuerei deines kleinen Prinzen eine gehörige Tracht Prügel, aber ich bin verpflichtet, dich anzuhören, also leg los…«

»Mein Herr Medrod…«, Constantin hüstelte, um das Zittern seiner Stimme zu übertünchen, »fordert, dass der Hochkönig ihm den Norden überlässt und ihn als Erben Britanniens anerkennt.«

»Kühne Worte für einen Aufrührer!«, knurrte Gwalchmai. »Mein Herr, der König, fordert, dass Medrod ihm zuerst seine Fürstin und Königin zurückgibt. Danach findet er vielleicht die Gnade, euch gehen zu lassen, nachdem ihr euch ergeben habt!«

»Uns ergeben?«, Constantin versuchte zu lachen. »Wo doch unsere Armee der euren zahlenmäßig überlegen ist?«

»Wir haben die Franken besiegt, die jede andere Armee zerschlagen haben, die sich ihnen in den Weg stellte. Glaubst du tatsächlich, eure Streitkräfte könnten uns auch nur einen Hauch von Unannehmlichkeiten bereiten?«

»Es ist eine schlimme Sache, wenn Bruder gegen Bruder kämpft…«, warf Constantin frömmlerisch ein. »Außerdem liegt es nicht an uns, über Frau Gwendivar zu verfügen – es steht ihr frei zu gehen, wohin sie will.«

Die Königin war der Obhut eines Haushalts heiliger Frauen anvertraut worden, die sich in Ambrosiacum angesiedelt hatten, und nicht einmal Medrod wusste, was sie tun würde. Manchmal mischten sich in die von schmerzlichem Sehnen erfüllte Zärtlichkeit, mit der er ihr den Hof machte, Vorstellungen, in denen jener geschmeidige, weiße Körper als Opfer seiner Begierde mit gespreizten Beinen unter ihm lag. Doch er war zu sehr der Sohn seiner Mutter, um zu wagen, sie zu zwingen. Außerdem hatte er ihr Verlangen nach ihm gespürt – gewiss würde sie sich für ihn entscheiden!

»Versprecht dem Prinzen ein Gebiet, über das er herrschen darf, und seinen Platz als Erbe, dann lösen wir uns auf«, fuhr Constantin fort.

Überlasst mir den Norden, dachte Medrod, *dann muss Artor sich hier mit Cynric und Cymen auseinander setzen…* Ihm wäre es eine Freude, in seine Heimat zurückzukehren. Hätte er den Wall erst hinter sich gelassen, wäre er bei Menschen, die Britanniens Herrscher nie wahrhaft anerkannt hatten. Und hinter ihnen lauerten die Pikten, noch mächtigere Verbündete als die sächsischen Stämme.

Artor nickte, und Gwalchmai wandte sich seufzend zu Constantin um. »So soll es sein.«

Aber nicht lange, dachte Medrod. Artor war seinem Blick zwar nicht begegnet, aber im fahlen Licht konnte er die Furchen im Antlitz des älteren Mannes und die silbrigen Strähnen in dessen Haar ausmachen. Er erinnerte sich daran, wie der Hirsch unter seiner Klinge sein

Leben ausgehaucht hatte. *Du bist alt, Vater – und bald kommt meine Zeit.*

»Wir werden gemeinsam trinken, um den Pakt zu besiegeln«, erwiderte der Dumnonier, »und unsere Herren sollen auf das heilige Kreuz schwören, ihn einzuhalten.« Der junge Maglocun holte ein silberbeschlagenes Horn voll Bier hervor, und Vater Kebi, ein Kruzifix in der Hand, wurde über die Wiese vorwärts gedrängt; er beäugte die Krieger rings um sich wie ein Hammel ein Rudel Wölfe.

Auf beiden Seiten bewegten die Männer sich vorwärts, um besser sehen zu können. Just in jenem Augenblick ertönte ein gellender Schrei, und Stahl blitzte in der Sonne auf. Alle Köpfe drehten sich. Medrod sah, wie Martinus' Gesicht sich vor Abscheu verzerrte und wie etwas Schwarzweißes durch das Gras huschte. Die blanke Klinge in dessen Hand, nunmehr blutbefleckt, hob sich.

Doch von Gwalchmais in weitem Bogen geschwungenem Schwert gleißte bereits ein grelleres Licht. »Verrat!«, brüllte er, dann ließ er sein Schwert auf Martinus Schulter niedersausen und schlug ihn nieder.

Einen Augenblick starrte Medrod ihn noch fassungslos an. Die Szene war wie ein zertrümmertes Mosaik zerborsten – Hörner schmetterten, Männer rannten überall umher. Dann zog Cunoglassus ihn zurück und drückte ihm Helm und Schild in die Hände. Medrod fingerte an den Riemen, sah Cymen mit seiner Hausgarde einen Schildwall bilden und rannte in dessen Schutz.

In den folgenden Jahren vermochten nur wenige die wahre Geschichte jenes tödlichen, verworrenen Gefechts vor dem uralten Steinkreis zu erzählen. Es war eine planlose Schlacht, die in Finsternis und ohne eindeutigen Sieger endete. Die Menschen wussten nur, dass an jenem Tag mehr Blut die Ebene färbte, als je den heidnischen Altarstein getränkt hatte. Nachdem die Schlacht vorüber war, marschierten die Überreste von Medrods Armee gen Norden. Von jener Zeit an drang zu den Briten im Süden die Kunde über den Krieg nur in Form von bruchstückhaften Gerüchten, die sich wie ein Mosaik zu einem Trugbild der Wahrheit zusammenfügten.

Für Artor hingegen, der das Schlachtfeld mit einer Fackel in der Hand absuchte, war es nur allzu wirklich. Obwohl die meisten der Gefallenen aus den Reihen seiner Feinde stammten, waren auch die Verluste unter jenen Männern schwer, die er aus Gallien mit zurückgebracht hatte. Er streifte zwischen den aufgetürmten Leichnamen umher, erkannte hier einen Mann, der ihm in Gallien das Leben gerettet hatte, da einen Burschen, der stets in der Lage gewesen war, seine Kameraden zum Lachen zu bringen.

Und gegen Mitternacht, als das Fleisch auf den Knochen schont kalt wurde, fand er Gwalchmai.

Zunächst blickte der König zu einem unförmigen Ring aufgehäufter Leichen, als hätte ein garstiger Kobold versucht, mit den Leibern der Gefallenen eine Hügelfeste zu errichten. Schon früher hatte er solche Bollwerke gesehen, wo ein tapferer Soldat die Stellung gehalten hatte, nie jedoch ein solch hohes. Er starrte immer noch darauf, als Goriat zu ihm kam.

»Hast du deinen Bruder gefunden?«, fragte Artor; Goriat schüttelte den Kopf. »Nun, vielleicht sollten wir dort nach ihm suchen«, sagte Artor und deutete auf den Haufen der Erschlagenen.

Wortlos reichte Goriat dem König seine Fackel und begann die Leichen beiseite zu schleifen. Sie waren in mehreren Lagen gefallen – Icels Angeln über Männern aus Dumnonia, darunter Krieger aus Cynrics Bande, allesamt von den Hieben der Schwerter hingerafft. Nachdem Goriat einen schmalen Pfad gelichtet hatte, folgte Artor ihm in die Mitte. Da lag Gwalchmai im eigenen Blut, das mächtige Schwert immer noch fest umklammert. Kein einzelner Krieger war in der Lage gewesen, ihn zu töten – es war der Blutverlust aus zu vielen Wunden gewesen, der ihn letztlich überwältigt hatte.

»Früher habe ich immer davon geträumt, ihn zu übertreffen«, sagte Goriat. »Aber kein Krieger wird Annwyn je mit einer so edlen Begleitung betreten wie diese Männer.«

Artor nickte zustimmend, dann erstarrte er, als Gwalchmai sich regte. Im nächsten Augenblick kniete er neben ihm, tastete unter dem von Blut steifen Bart nach dem Puls.

»Gwalchmai, mein Freund, hörst du mich?« Er bettete den Kopf auf seinen Schoß, streichelte die Stirn. »Goriat, hol einen Karren, bring Decken und Wasser, lauf!«

Gwalchmais Fleisch fühlte sich kalt an, doch seine Brust hob und senkte sich nach wie vor.

»Artor …«

Er vermochte das Flüstern kaum zu hören. »Still, mein Freund, ich bin ja da.«

»Meine Schuld … es war eine Natter … ich sah sie … als mein Schwert fiel … Ich habe dafür bezahlt.«

»Gwalchmai, du musst leben«, rief Artor verzweifelt. »Ich liebe dich und Bediver mehr als alles andere auf der Welt. Wie soll ich ohne dich leben?«

Vielleicht war es eine Tücke des Fackellichts, aber er vermeinte auf Gwalchmais Lippen ein Lächeln zu sehen. »Der König … wird niemals sterben …«

Als Goriat und die anderen eintrafen, saß Artor immer noch mit Gwalchmais Kopf im Schoß da, aber auf den

Wangen des Königs sahen sie die Spuren von Tränen glitzern, und sie wussten, dass der Held Britanniens von ihnen gegangen war.

»Herr, was sollen wir jetzt tun?«

»Setzt Gwalchmai im Grabhügel der Fürsten bei und hebt ein Grab für den Rest unserer Männer aus, die hier gefallen sind«, befahl Artor. Aus seinen Augen flossen nach wie vor Tränen, seine Stimme jedoch erklang kalt wie Stein. »Wo ist der Feind?«

»Die Dumnonier huschen westwärts wie Ratten zu ihren Löchern, aber Medrod hat sich nach Norden gewandt«, antwortete Goriat. »Es heißt, er hätte die Königin und Frau Ninive mitgenommen.«

»Dann ziehen auch wir gen Norden. Ob er nach Alba oder nach Ultima Thule flieht, es gibt keinen Ort auf dieser Welt, an den ich ihm nicht folgen werde.«

Den ganzen Tag über hallte der Lärm von Krummaxt und Hammer durch die Luft, als Medrods Soldaten die Palisade von Dun Bara, der Hügelfeste, neu errichteten. Von Wachen begleitet, schritt Gwendivar mit Ninive an ihrer Seite entlang des alten Erdwalls auf und ab. Von der überstürzten Reise in den Norden zerschunden und mit Blutergüssen übersät, hatte sie nur darum gebetet, der Marsch möge enden, doch während ihr Körper sich erholte, wurde ihr allmählich klar, wie gering der Unterschied zwischen Siegespreis und Geisel war.

Jenseits des halb errichteten Walls sah sie einen langen Streifen Hügel- und Heideland, dahinter das helle Glitzern von Wasser. Es handle sich um die Mündung des Tava, hatte man ihr erklärt. Auf der gegenüberliegenden Seite befanden sich die dunklen Gebirgszüge von Fodreu. Selbst die Gebiete der Votadini, dachte Gwendivar, während sie ihren Umhang befestigte, wären ihr unwirtlich erschienen, doch Medrod hatte sie weit tiefer in das Land der Pretani verschleppt, jener bemalten Menschen, die seit jeher als Feinde Britanniens galten. Wind und Wasser schmeckten hier anders, auch die Erde wirkte fremd. Hier war sie keine Königin mehr.

Ninive hingegen war mit jedem Schritt nordwärts mehr aufgeblüht. »Meine Mutter war eine Frau königlichen Blutes des Verborgenen Volkes, der Urbewohner dieses Landes«, erklärte sie lachend, mit im Wind wehendem Haar. »Bis ich elf Jahre alt war, bin ich wild wie ein Heidepony umhergerannt. Dann kam Gwalchmai zum Jagen in diese Gegend geritten, wie auch damals, als er meine Mutter traf und mich zeugte. Zu jener Zeit war sie bereits tot, und er brachte mich zu Igraine auf die Insel der Maiden. Aber nur hier, in diesem Land habe ich mich je wirklich frei gefühlt!«

Gwendivar schüttelte den Kopf und verstand nur, dass es richtig gewesen war, sich für Ninive zu entscheiden, nachdem Medrod sie aufgefordert hatte, eine der Frauen als Begleiterin auszuwählen. War Merlin ihnen gefolgt? Einige von Medrods Männern behaupteten, jenseits des flackernden Scheins ihrer Feuer einen Wilden Mann gesehen zu haben, doch sofern es sich um den Druiden handelte, hatte er bislang keinen Versuch unternommen, mit ihr zu reden.

Und wieso sollte er auch?, dachte sie verbittert. *Ich habe ihm keinen Grund zu der Annahme gegeben, ich müsste gerettet werden. Er wartet auf Ninive, nicht auf mich ...*

Schaudernd drehte Gwendivar sich zu der mit einem groben Rieddach versehenen Hütte um, die man für die Frauen gebaut hatte, während an Medrods Halle gearbeitet wurde. Die Hütte war finster und bot wenig Annehmlichkeiten, aber zumindest brannte darin ein Feuer.

In jener Nacht kehrte Medrod zurück. Er kam mit einer Bande lautstark lachender Piktenkrieger, außerdem einer Herde schwarzer Rinder und einem Tross beladener Pferde. Bald waren Feuer entfacht, und zwei der Kühe wurden geschlachtet. Die großen Fleischteile brieten über den Kohlen, während der Rest in derben, aus den Häuten gefertigten Beuteln kochte.

Für Gwendivar brachte er eine mit Stroh gefüllte Matratze und warme Wolldecken mit, zudem einen Mantel aus karierter Wolle in erdgrünen Farbtönen, von dem er behauptete, er sei ein Geschenk der Königin der Pikten.

»Ich bin dankbar«, sprach sie mit tonloser Stimme, nachdem Bleitisbluth, jener schöntuerische Pikte, der sich mittlerweile zu Medrods Schatten entwickelt hatte, sie allein gelassen hatte. »Insbesondere da ich sicher bin, dass sie ihr Land keinesfalls mit einer anderen Königin teilen möchte. Wie lange willst du mich hier behalten, Medrod? Dies ist nicht mein Land.«

»Ist es das wirklich nicht?« Weiße Zähne blitzten auf, als er grinste, und sie erkannte, dass er bereits ordentlich Heidebier getrunken hatte. »Pretani ist lediglich ein anderes Worte für Brite, und obwohl sich dieses Land nie dem Joch Roms unterworfen hat, gehören Alba und der Süden zur selben Insel!«

»Aber das sind Pikten!«, widersprach sie mit leiser Stimme. »Sie sind immer unsere Feinde gewesen!«

»Die Feinde der verweichlichten Stämme des Südens«, entgegnete er, »und die Feinde Roms, nicht aber meine.«

Gwendivar musste einsehen, dass dies stimmte. Mittlerweile kleideten Medrod ein Kilt und ein ockerfarben und scharlachrot karierter Umhang. Von seiner südlichen Kluft hatte er nur den goldenen Halsreif behalten. Auf seiner nackten Brust prangten die wellenförmigen Spiralen piktischer Tätowierungen, piktisches Gold zierte seine Stirn.

»Ich habe die Riten über mich ergehen lassen, durch die aus einem Mann ein Krieger wird. Beim Beltene-Fest werden wir ein offizielles Bündnis geloben, und für dich werde ich ein Hochzeitsfest bereiten, wie unser Volk es zu tun pflegte, bevor der erste christliche Priester den Fuß in dieses Land setzte.«

Als Medrods Hände sich auf ihre Schultern legten, wich sie zurück, doch hinter ihr war der Türpfosten, und sie konnte nirgendwohin ausweichen. Gwendivar erbebte, als sein Mund den ihren forderte; sogar jetzt spürte sie jenes verräterische Aufwallen des Blutes, während seine Hände über ihren Körper wanderten.

»Schlaf mit mir, Gwendivar…«, forderte er sie mit belegter Stimme auf, wobei seine Berührungen immer zudringlicher wurden. »Offenbare mir deinen Leib, weiße Fürstin, und lass mich dich besitzen. Dann bin ich wahrhaft König!«

»Nachdem wir verheiratet sind«, keuchte sie. »Ich bin nutzlos für dich, wenn die Menschen mich als Dirne betrachten.«

Eine Weile hielt er sie noch fest, bis sie sich fragte, ob der Widerstreit zwischen Lust und Vernunft ihn zerreißen würde – oder sie. Dann ließ er mit einem Fluch von ihr ab.

»Wie *weise*, Gwendivar…«, zischte er zornig. »Du verweigerst dich mir mit so vernünftigen Worten. Aber in einem halben Monat will ich dich haben, wenn es sein muss mit gespreizten Beinen auf dem Festtisch, damit alle sehen, dass du mein bist!« Damit stieß er sie weg und stapfte durch die vor der Tür hängenden Kuhfelle davon.

Das Feuer loderte auf, als sie hinter ihm zurückschwang, und Gwendivar, deren Atem schluchzend, in abgehackten Stößen ging, sank auf die Knie.

»Hilf mir, Ninive!«, flüsterte sie, als die jüngere Frau sie in die Arme nahm. »Was kann ich nur tun?«

»Ihr wollt ihn doch auch, nicht wahr...«, murmelte Ninive und half ihr, sich neben das Feuer zu setzen.

»Ihn?« Die Königin schauderte. »Nicht jetzt, nicht mehr. Aber ich sehne mich nach der Kraft eines Mannes, mich zu erfüllen – Medrod hat das Feuer entfacht, verflucht soll er dafür sein, und nun brenne ich! Das verstehst du nicht, oder?« Sie hob den Kopf und schaute zu Ninive auf. »Hast du nie gespürt, wie dein Fleisch ob der Berührung eines Mannes zu leben beginnt?«

Die andere Frau schüttelte den Kopf; ihre großen Augen wirkten dunkel und still wie Teiche in einem Wald.

»Nicht einmal bei Merlin?«, fragte Gwendivar schließlich.

»Es ist keine körperliche Liebe, die der Druide von mir will...« Ihre Lippen umspielte ein geheimnisvolles Lächeln.

Die Königin starrte sie an, doch im Augenblick besaß sie keine Kraft, um Verständnis für die Frau ihr gegenüber aufzubringen. »Wie dem auch sei«, sagte sie schließlich seufzend. »Aber wäre Merlin hier, würde ich ihn anflehen, mich fortzubringen...«

»Ist das tatsächlich Euer Wille?«, fragte Ninive leise.

»O Liebes, ich weiß seit Monaten, dass Medrod kein wahrer König ist, aber wohin sollte ich mich wenden? Artor mag geschworen haben, mich zurückzuholen, aber er wird mich nicht mehr wollen. Dennoch will ich ihn nicht weiter schwächen, indem ich mich mit einem Mann vermähle, der Britannien zerstören würde! Eher würde ich in der Wildnis sterben oder den Rest meiner Tage als Einsiedlerin fristen, als Medrods Königin zu werden!«

»Esst etwas, Herrin, und ruht Euch aus, solange Ihr könnt«, forderte Ninive sie auf, deren Blick sich nach innen gekehrt hatte. »Und in den dunklen Stunden, wenn die Männer betrunken sind oder schlafen, dann sehen wir weiter…«

In der Überzeugung, dass sie ohnehin keinen Schlaf finden würde, gehorchte Gwendivar, doch die Erschöpfung überwältigte sie, und als Ninives Flüstern sie schließlich weckte, erwachte sie aus einem Traum von der Insel der Äpfel und der geheiligten Quelle.

Das Feuer im Kamin war erloschen, die Türklappe beiseite geschoben. Nebelschwaden drangen durch die Öffnung, und als Gwendivar, in einen piktischen Mantel gehüllt, hinaus ins Freie trat, sah sie nur die schnarchende Gestalt des kleinen Doli, jenes piktischen Knechtes, den Medrod als ihre Wache aufgestellt hatte. Hinter ihm erhob sich die Masse des halb errichteten Walls. Dann, so plötzlich, als hätte sie sich aus dem Nebel gelöst, war da eine andere Gestalt – groß, in einen Mantel gewandet, auf einen Speer gestützt.

Er gab den beiden Zeichen, und Ninive ergriff den Arm der Königin, zog sie hinter sich her, vorbei an schlafend ausgestreckten Männern und dösenden Pferden, durch das offene Tor der Feste und den Hügel hinab in den wartenden Nebel.

Für Gwendivar war es, als durchschritten sie die Nebel der jenseitigen Welt. Doch am nächsten Morgen verrieten ihr die schmerzenden Beine, dass sie viele Meilen zurückgelegt hatten. Sie suchten in einer nicht allzu tiefen Höhle Zuflucht, deren Eingang hinter Schlehdornbüschen verborgen lag, die gerade zu blühen begannen. Gwendivar blieb kaum Zeit, sich nach der Matratze der Piktenkönigin zu sehnen, ehe sie in Ninives Armen einschlief.

Auch in der nächsten Nacht zogen sie weiter, wenngleich die wunden Füße und schmerzenden Muskeln der Königin sie weder schnell noch weit vorankommen ließen. Sofern Medrod Pikten auf die Suche nach ihr geschickt hatte, nahm sie keine Anzeichen davon wahr; außerdem vertraute sie auf Merlins Kenntnis der Wälder. Am dritten Tage brachte er ihnen Pferde – kräftige Heideponys, die unwirtliche Gebiete zu durchqueren vermochten, ohne Schaden zu nehmen, und die noch weiterlaufen konnten, wenn die Ausdauer eines Kriegspferdes längst erschöpft war.

Sie zogen südostwärts durch die Hügel, wobei Merlin gleich einem Schatten abwechselnd vor und neben ihnen einherschritt. Mittlerweile waren sein Haar und sein Bart vollkommen weiß, dennoch trieb er sie voran. Jeden Morgen lagen eine Hand voll Frühlingskräuter und ein kleines Tier bereit – ein Hase, ein Waldhuhn oder ein Igel –, das sie über ihrem kleinen Feuer braten konnten. Während Gwendivar am ganzen Körper wund und erschöpft war, blühte Ninive förmlich auf, krempelte ihre Röcke hoch und öffnete das Haar, bis sie keine königliche Dame mehr war, sondern ein junges Geschöpf des Waldes, das mühelos mit Merlin Schritt hielt.

Am fünften Tage ihrer Reise wurden sie langsamer und begannen, auch tagsüber zu reisen. Mittlerweile hatten sie die Grenze zu den Ländern der Votadini überschritten, wohin ihnen die Pikten nicht mehr folgen würden. In jener Nacht erkundigte Merlin sich, wohin Gwendivar wollte.

»Artor ist unterwegs nach Norden, wenngleich er nur langsam vorankommt, weil er versucht, die Zerstörung zu lindern, die Medrod angerichtet hat. Es gibt kaum eine Familie, die dieser Aufstand nicht getrennt hat – tausende Funken, die er austreten muss, ehe er das wahre Feuer bekämpfen kann.«

»Ich kann ihm nicht unter die Augen treten!« Gwendivar wich zurück, versuchte, in den dunklen Augen unter Merlins buschigen Brauen zu lesen. Mittlerweile wanderte er in der Fellkluft eines Wilden Mannes; der mit Runen beschnitzte Speer war die einzige Spur von Zivilisation an ihm. Gwendivar hatte den Eindruck, er stützte sich von Zeit zu Zeit schwerer als gewöhnlich auf den Stock, zudem war ihr, als hätte die Geschwindigkeit, die er während der vergangenen Tage vorgelegt hatte, nachgelassen, doch sie wagte nicht, ihn zu fragen, wie es ihm wohl gehe.

»Könnte ich wählen, würde ich in den Süden, in meine Heimat zurückkehren. Vielleicht könnte ich bei den heiligen Frauen auf der Insel Avalon Zuflucht suchen.«

»Begreift Ihr denn nicht?« Er schüttelte den Kopf. »Ihr könnt immer wählen – Ihr seid die Königin.«

Gwendivar starrte ihn an; heiße Tränen rannen ihr über die Wangen, und ihre Kehle schmerzte so sehr, dass sie kein Wort hervorbrachte.

»Aber noch ist die Zeit der Entscheidung nicht gekommen«, fuhr er fort, als hätte er es nicht bemerkt. »Wir ziehen weiter gen Süden zum Wall, und vielleicht überlegt Ihr es Euch unterwegs noch anders.«

Gegen Beltene wurden die Tage länger, und das Land begann aufzublühen. Mittlerweile tauchten an sonnigen Flecken cremefarbene Primeln auf, und unter den kräftig ausschlagenden Bäumen sprossen die ersten Glockenblumen. Die Moore waren mit weißem Heidekraut und knospenden Blaubeeren gesprenkelt. Genau so, dachte Gwendivar, hatte das Land sich gezeigt, als sie zu ihrer Hochzeit geritten war, und sie fragte sich, ob ihre Tränen jemals versiegen würden.

Ihr Weg führte sie entlang des Ufers des Bodotria nach

Osten, danach wandten sie sich Richtung Süden und folgten der alten Römerstraße. Die Reise wurde unbeschwerlicher, und Gwendivar vergaß, die Tage zu zählen.

Und dann, eines Abends, als die Sonne gerade hinter den Hügeln versank, hörte sie das leise Schlagen von Trommeln. Sie versetzte das Pony in einen Trab und schloss zu Merlin auf.

»Was ist das? Herrscht hier Krieg?«

Mit einem eigenartigen Lächeln auf den Lippen schüttelte er den Kopf. »Es ist der Vorabend des Beltene ...«

»Kennt Ihr ein geschütztes Fleckchen, wo wir während der dunklen Stunden sicher sind?«

»Mein Kind, weshalb fürchtest du dich so? Hast du alles vergessen, was du je gekannt hast?« Er pflückte eine frühe Schlehdornblüte vom Strauch und legte sie ihr in die Hand. »Hab keine Angst. Dort, wohin ich dich führe, werden wir willkommen sein.«

Sie ritten weiter in die lange Frühlingsdämmerung. Jenseits des Tales sah sie die Umrisse dreier Gipfel vor dem Himmel. Aus der Ferne ertönte leise das Trommeln bald aus der einen Richtung, bald aus einer anderen. Ninive hatte für sich selbst und Merlin Kränze aus Primeln und duftenden Kräutern geflochten. Sie streckte Gwendivar einen weiteren entgegen, und die Königin hatte ihn sich bereits auf die Stirn gesetzt, als sie bemerkte, dass es sich um eine Schlehdornkrone handelte.

Kurz verspürte Gwendivar den Drang, sie von sich zu schleudern, als sie sich des Kranzes besann, der ihren Brautschleier zusammengehalten hatte. Doch die Luft war von einem üppigen, grünen Duft erfüllt, und sie war nicht mehr das Kind, das sie als Artors Braut gewesen war. *Sollen sie doch tun, was sie wollen ...*, dachte sie voll bitterem Schwermut. *Es spielt keine Rolle, was aus mir wird.*

Inzwischen war es beinahe dunkel geworden, aber Merlin führte sie unermüdlich weiter auf einem Pfad, der sich über die Heide wand. Der westliche Horizont schimmerte noch, doch über ihnen leuchteten bereits die Sterne am Firmament. Sie hatten den hohen, nordöstlichen Gipfel umritten, an dem noch die Überreste von Erdwällen aufragten, und näherten sich der Schlucht zwischen den beiden anderen Hügeln.

Das Trommeln erklang nun wesentlich lauter. Ein prickelndes Gefühl der Furcht entmutigte Gwendivar.

»Ninive – was ist das? Wohin reiten wir?«

Kurz hielt die jüngere Frau inne. »O Herrin, das sind die Trommeln meines Volkes! Ich wusste gar nicht, dass noch Menschen meines Volkes in diesen Gefilden leben!« Damit rannte sie den Pfad entlang voraus.

Merlin jedoch ergriff Gwendivars Zügel und führte das Pferd um den Hügel herum den Hang empor, wobei er ein, zwei Mal innehielt, um Atem zu schöpfen. In der Schlucht zwischen dem mittleren und dem südlichen Gipfel erhob sich ein Felsbuckel, auf dem von einem Leuchtfeuer Funken emporstoben, um mit den Sternen zu tanzen. Dunkle Gestalten tollten darum, einzig mit Kränzen bekleidet, so wie Ninive, die ihren Kittel von sich geworfen hatte und losgerannt war, um sich zu ihnen zu gesellen. Die Tänzer scharten sich um sie und redeten in einer hastigen, kehligen Sprache auf sie ein, die Gwendivar nicht kannte, doch als Merlin sie in den Kreis des Feuerscheins führte, verstummten sie.

Sie starrte in Augen so dunkel wie jene Ninives; bruchstückhafte Erinnerungen an schreckliche Geschichten über das Hügelvolk wirbelten durch ihr Gedächtnis. Nach einer langen Weile erkannte sie, dass die Menschen ebenso verängstigt waren wie sie. Da ergriff Merlin das Wort; tief wie ein Widerhall der Trommeln ertönte seine Stimme, und die Furcht verwandelte sich in Staunen. Frauen pflückten Heidekraut und bedeckten es mit Fellen, um Sitzgelegenheiten zu schaffen, und nachdem Gwendivar vom Pony gestiegen war, geleiteten die Frauen sie dorthin.

Als das Trommeln wieder einsetzte, bot ihr ein kleines Mädchen schüchtern eine Holzschale mit einer dunklen Flüssigkeit an, die wie mit Feuer vermischter Honig schmeckte.

»Was habt Ihr zu ihnen gesagt«, wollte sie von Merlin wissen, »dass sie mich auf diese Weise willkommen heißen?«

Er lächelte auf sie herab; sein Haar schimmerte hell wie ein verschneiter Gipfel in der Sonne. »Ich habe ihnen die Wahrheit gesagt – ich sagte, ich hätte ihnen ihre Königin gebracht.«

Eigentlich hätte sie zornig werden müssen, doch der Met hatte ein Feuer in ihrem Bauch entfacht, und das Trommeln pulsierte durch ihr Blut. Gwendivar schaute zu ihm auf und lachte. Wenn das Verzehren dieses Essens sie an das Verborgene Reich band, konnte sie Artor vielleicht vergessen.

Der Tanz wurde fortgesetzt. Gwendivar speiste gebratenes Fleisch und getrocknete Beeren, vermischt mit anderen Dingen, die zu erkennen sie gar nicht erst versuchte. Sobald ihre Schale leer war, wurde Met nachgeschenkt, auf dessen Oberfläche sich der Schein des Feuers wie flüssiges Gold widerspiegelte. Ihr wurde warm, also legte sie Kleid und Tunika ab, bis sie so nackt wie die Tänzer war. Männer und Frauen sprangen gemeinsam über das Feuer und schlenderten leise lachend in die Finsternis davon. Das Stöhnen ihrer Leidenschaft ertönte flüsternd im Takt der Trommeln.

Am Himmel tanzten die Sterne und wanderten in Mustern über den Himmel, die bereits uralt waren, als die

Welt geboren wurde. Gwendivar glaubte, es müsste bald Mitternacht sein, als die Musik sich zu verändern begann.

Immer noch hüpften Gestalten rings um das Feuer, aber sie waren nicht mehr dieselben. Sie hatten Tierhäute angelegt, oder vielleicht *waren* sie Tiere, die sich den Frühlingstrieben hingaben und sich paarten. Blinzelnd spähte sie durch den wirbelnden Rauch, vermochte es jedoch nicht zu sagen. Merlin würde es wissen, dachte sie, doch auch er war verschwunden oder hatte sich verwandelt. Das Trommeln klang tiefer, als hätte die Erde selbst sich in eine einzige, bebende Haut verwandelt. Der Takt pochte in ihrem Bauch, zwang sie, sich wankend auf die Beine zu rappeln. Aus ungeahnter Tiefe entrang sich ihrer Kehle ein wortloser Schrei.

Rings um sie gaben die Menschen sich der Verzückung der Nacht hin, frönten der Leidenschaft, die zu genießen ihr nie freigestanden hatte – ihr, deren Erfüllung sie alle erneuert hätte! Gwendivar trat einen Schritt vor und streckte die Arme gen Himmel.

»Komm!«, rief sie der Nacht, dem Feuer, der Erde unter ihren Füßen zu. »O mein Geliebter, im Namen der Herrin, komm zu mir!«

Und in jenem Augenblick zwischen zwei Atemstößen löste Er sich aus dem Wald, den Flammen, den Schatten. Behaart wie ein Tier, aufrecht wie ein Mensch, die Stirn vom Geweih des Königs des Waldes geziert, näherte Er sich. Mit aufgerichtetem Glied kam Er zu ihr, trug sie mit starken Armen fort. Befriedigend und erfüllend diente Er ihr, drückte sie auf die feuchte Erde, und die Leidenschaft, die bislang in ihr geschlummert hatte, sprudelte in Erwiderung in ihr auf, strömte aus ihr und in das Land.

Im Morgengrauen erwachte Gwendivar durch das Gezwitscher zahlreicher Vögel. Warme Wolle umhüllte sie, doch das Gras an ihrem Gesicht war kalt und taunass. Sie streckte sich, fühlte noch benommen einen angenehmen Schmerz und öffnete die Augen. Der Mantel der Piktenkönigin bedeckte sie, ihr Kopf ruhte auf ihren gefalteten Kleidern. Abermals blinzelte sie; die Welt rings um sie präsentierte sich als gleißendes Lichterspiel. Durch die Schlehdornzweige sah sie einen klaren Himmel, dessen Wolkenschleier golden zu leuchten begannen. Jedes Blatt zeichnete sich als Silhouette vor einem glänzenden Hintergrund ab, und dazwischen erblickte sie kreisende Lichterwirbel.

Sie setzte sich auf, und der klarer werdende Blick zeigte ihr leuchtende Schemen, die wie zur Erwiderung ihrer Aufmerksamkeit anschwollen, bis sie die Größe von Kindern erreichten, Kindgestalten, die sie mit glänzenden Augen anstarrten.

»*Wir preisen die Königin!*«, sangen die süßen Stimmen. »*Wir preisen die Schlehdornbraut! Die Herrin ist in das Land gekommen!*«

»Ich kenne euch ...«, flüsterte Gwendivar und blickte in ihrem Gedächtnis auf das Mädchen zurück, das vor langer Zeit im Sommerland mit dem Elfenvolk gespielt hatte. Einen Augenblick verschwamm ihre Sicht. Von Mauern gefangen, umgeben von Menschen mit all ihren blinden Bedürfnissen, hatte sie vergessen, wie man wahrhaft sieht ...

»*Wir leben zwischen den Welten. Zwischen Sonnenaufgang und Sonnenuntergang können wir von einem Ende dieser Insel zum anderen fliegen. Bleibst du bei uns, Herrin, oder reitest du weiter?*« Vogelgesänge und Elfengesänge vermischten sich zu einem Wasserfall harmonischer Klänge.

»Die Königin ist ins Land gekommen, aber der König wandert immer noch umher«, antwortete sie.

Merlin hatte versucht ihr zu sagen, was nötig war, doch sie hatte ihn nicht verstanden. Sie schaute von den leuchtenden Gestalten zu ihrem eigenen Fleisch – es fühlte sich fest an, obwohl ihrer Haut von durchsichtigem Glanz war, als könnte sie den Puls der Macht darunter sehen.

»Zwischen dem Aufgang der Sonne und ihrem Untergang bringt mich, ihr Feen, zu Britanniens wahrem König…«

IX

Die Wende
A. D. 515

Es war der Abend des Beltene, und die Sonne zog sich gen Westen zurück, hinterließ eine Spur flammendroter Wolkenfetzen. Vom Wall aus konnte Artor hier und da das Flackern von über das Land verstreuten Leuchtfeuern sehen. *Wie vereinzelte Truppen, die von der Hauptstreitmacht getrennt wurden und allein gegen die Dunkelheit bestehen müssen* – ein höchst militärischer Vergleich für die Feuer des Frühlings, dachte er betrübt, doch sein Herz glich einem Schlachtfeld, auf dem allein für Krieg Platz war.

Einige der Feuer brannten in der alten Feste von Vercovicium, wo seine Armee ihr Lager aufgeschlagen hatte. Sie war zentral gelegen, und bis er erfuhr, ob Medrod plante, über Luguvalium oder Dun Eidyn südwärts zuzuschlagen, so gut wie jeder andere Ort, um auf Neuigkeiten zu warten.

Hier nutzte der Wall natürliche Böschungen, die in alle Richtungen eine gute Aussicht über das offene Land boten. Die Wasser der Seen spiegelten das Lodern des Himmels wie flammende Scherben wider. Auch dort draußen, wo die Bewohner verstreuter Gehöfte sich zusammengefunden hatten, um das Fest zu begehen, brannten Feuer.

In dieser Nacht würde keine Armee marschieren. In der Feste konnten seine Männer ungefährdet so viel von dem heimischen Bier trinken, wie sie auf der Reise nach Norden ergattert hatten. Artors Sorgen jedoch vermochte kein Getränk fortzuspülen. Also war er stattdessen aufgebrochen, um den Wall entlangzuwandern.

Der Wall wand sich gen Osten, erklomm die Böschungen und senkte sich durch die Täler. Obwohl Teile davon zu verfallen begannen, stellte er noch immer ein gewaltiges Vermächtnis des Reiches dar, das er einst beschützte. Im Gehen betastete der König ein Bronzestück, das er zwischen den Steinen gefunden hatte, ein altes Militärabzeichen mit dem Bildnis eines Adlers. Er wünschte, es besäße die Macht, ihm die Geister jener Männer zu Hilfe zu rufen, die diese Steine errichtet hatten, so wie das Bildnis der Göttin am Mons Badonicus die Geister heraufbeschworen hatte.

Er hatte getan, was er konnte, um dem Land hinter sich Frieden zu bescheren, indem er neue Eide mit den Söhnen König Icels geschworen und eine Reihe kurzer, blutiger Gefechte gegen die aufständischen Fürsten von Demetia, Pagus und Gwenet ausgetragen hatte. Sie glichen einer Schar Kampfhähne, von denen jeder auf dem eigenen Misthaufen krähte. Wie schnell sie doch die Heerscharen der Feinde vergessen hatten, die jenseits der Wälle des Gehöfts lauerten!

Jenseits dieses Walls, dachte er, während seine Schritte über das feste Mauerwerk hallten. Er spähte in die Schatten, die über die nördlichen Gebiete krochen. Dort, wo Medrod die wilden Stämme des Nordens versammelte, lag die Finsternis, die Britanniens Licht auslöschen würde. Diese schmale Mauer aus Stein stellte ihre letzte Verteidigungslinie dar.

Vor ihm war tatsächlich ein Abschnitt in sich zusammengefallen. Vorsichtig kletterte Artor abwärts, bis er auf dem weichen Gras stand. Hier fiel der Hang ab und stieg zu einem Paar Felsvorsprüngen hin wieder an, deren Umrisse sich vom dunkler werdenden Himmel abhoben. In der Kluft dazwischen erblickte er das plötzliche Aufflackern eines Feuers und steuerte darauf zu.

Jeder seiner Männer, der sich solchermaßen, ohne Befehl und Rückendeckung, in feindliches Gebiet wagen würde, müsste eine Woche lang die Ställe ausmisten. Doch Gai und Gwalchmai waren nicht mehr da, um ihn zu schelten. Lautlos bahnte der König sich einen Weg durch die Düsternis, beschwor alles Wissen herbei, das Merlin ihm beigebracht hatte, um sich unsichtbar zu bewegen. Eigentlich glaubte er nicht, dass es sich um einen Feind handelte, sondern um einen Hirten, der einem Fremden gewiss die Wärme seines Beltene-Feuers gönnen würde.

Jene Flamme, die im Windschatten eines Sandsteinfelsens loderte, war das einzige Licht in einer sich verdunkelnden Welt. Artor zog den Mantel zu, um das Kettenhemd zu verbergen und eilte auf das Feuer zu, wobei er sich fragte, was sie verbrennen mochten, dass die Luft so süß roch, als hätte das offene Sumpfland irgendwie all die üppigen Frühlingsdüfte eines Waldes vereint. Blinzelnd erblickte er von wirbelnden Funken überlagerte Gestalten, die ob seines Herannahens flüchteten, bis nur noch eine am Feuer verweilte. Als er näher kam, richtete die Gestalt sich auf; Licht schien auf ein Gewirr goldenen Haares und schimmerte in den Falten eines frühlingsgrün gestreiften und karierten Umhangs.

Gwendivar …

Mit weit aufgerissenen Augen hielt Artor inne. *Eine Vision*, dachte er benommen, *aus meinem Sehnen geboren*. Doch kein Bild in seinem Gedächtnis passte zu jenem Antlitz, das älter wirkte, als er es in Erinnerung hatte, zugleich aber frisch wie die Schlehdornblüten, die ihre Stirn zierten. Würden in einer Vision Schlamm am Rocksaum kleben und sich im Haar Blätter verfangen haben?

Sie ist echt! Artor konnte sich nicht vorstellen, wie sie hierher gelangt war. Ein zugleich heißer und kalter Schauder kroch ihm über die Haut.

»Ich bringe dem König Britanniens den Beltene-Segen des Landes ...« Ihre Stimme zitterte, als würden die menschlichen Ängste mit der Magie ringen, die immer noch ihre Augen umwölkte.

Artor schluckte und besann sich, welchen Grund sie hatte, sich zu fürchten.

»Welches Recht hast du, die sowohl Britannien als auch mich verraten hat, einen solchen Segen zu überbringen?«

Zuerst flammten ihre Wangen rot auf, dann erblassten sie, doch als sie antwortete, erklang ihre Stimme gefasst. »Das Recht einer Priesterin Brigantias, deren Land dies ist. Ihr bin ich immer treu geblieben, und sie gibt mir das Recht zu nehmen und zu geben.«

»Du hast mein Herz genommen, und einem anderen mein Bett und meinen Thron gegeben!«, sagte Artor verbittert und legte die Hand auf den Griff seines Schwertes. »Ich sollte dich auf der Stelle töten!«

»Nicht dein Bett«, entgegnete sie mit leiser Stimme, »so leer es auch gewesen sein mag. Die Klinge, die du trägst, ist ein Schwert der Gerechtigkeit, das sich weigern würde, mich anzutasten. Du tätest besser daran zu fragen, welche Gaben ich darbiete.«

Wie vom Schlag getroffen, ließ er den Knauf los. Sein Bett war in der Tat leer gewesen, dachte er voller Scham, doch seine Seele frohlockte ob des Wissens, dass Medrod nicht darin mit ihr geschlafen hatte. »Was sind deine Gaben ... Herrin?« Die Worte kamen quälend über seine Lippen.

»Herrschaft. Stärke. Macht.«

Artor glaubte ihr. Selbst in Seide und Gold hatte sie nie so wunderschön ausgesehen wie jetzt, wie sie in ihrem schmutzigen Kleid neben dem Feuer stand. Und in jenem Augenblick wusste er, dass er eine leere Hülle war, ungeeignet, ihr zu dienen.

»Gwendivar...« Der Zorn, der seiner Stimme Kraft verliehen hatte, verebbte. Diesen ganzen Krieg hindurch hatte ihn jener Zorn aufrecht gehalten. Nun hatte er gar nichts mehr. »Ich habe versucht, dich zu hassen«, erklärte er müde, »aber was immer du getan haben magst, es war meine Sünde, mein Versagen, das es ausgelöst hat. Kannst du mir glauben, dass meine Liebe stets bei dir war, so wenig ich es auch zeigte?«

»Geliebter –«, sprach sie mit einer Zärtlichkeit, die ihm das Herz zerriss. »Ich hatte deine Briefe. Dachtest du, ich wüsste es nicht? Aber du bist nicht gekommen, und ich wurde immer mutloser und verwirrter. Deshalb tat ich, was ich glaubte, tun zu müssen, um dem Land Gerechtigkeit wiederfahren zu lassen. Wenn hier jemand Schuld zu tragen hat, muss ich den Großteil auf mich nehmen.«

Mit geneigtem Haupt und leeren Händen stand er vor ihr. »Seit vierzig Jahren lebe ich mit dem Schwert in der Hand, Gwendivar, und ich bin müde. Mein Friede ist zerbrochen, und die Menschen meines Volkes fallen wie Wölfe übereinander her. Ich habe nichts mehr übrig, das ich geben könnte...«

»Habe ich es nicht schon gesagt?«, widersprach sie leise. »Es ist an mir zu geben. Ich bin die Tigernissa, die Königin. Komm zu mir...«

Schritt für Schritt bahnte er sich unsicher einen Weg um das Feuer. Gwendivar fasste zu ihm empor, um die ringförmige Brosche zu lösen, die seinen Mantel zusammenhielt, dann ging sie zu dem Gurt über, an dem sein

Schwert hing. Er unterbrach sie, blickte um sich, wog die Entfernung zurück zum Wall ab.

»Wir werden von Wachen beschützt, die wesentlich aufmerksamer sind als jeder deiner Soldaten«, beruhigte ihn Gwendivar. »Leg die Rüstung ab, Artor, vielleicht verstehst du dann…«

Stück für Stück entledigte der König sich seiner Kleider, bis er schutzlos an jenem Ort stand, an dem Vertrauen mit Verzweiflung Hand in Hand geht. Es spielte keine Rolle, ob er ihr glaubte. Liebe oder Tod wären ihm gleichermaßen willkommen, solange sie ihn in ihren Armen ereilten. Auch die Königin hatte den grünen Mantel abgeworfen und die Nadel gelöst, die ihr Kleid zusammenhielt, sodass sie nur noch mit ihrer Schlehdornkrone bekleidet dastand.

»So grüße ich dich, denn du bist das Haupt des Volkes.« Sie streckte sich, um ihn auf die Stirn zu küssen.

Hinter seinen geschlossenen Lidern flammte Licht auf, erhellte Vergangenheit und Gegenwart, sodass er die Bedeutungen und Verbindungen aller Dinge verstand.

Ihre Hände wanderten über seine Schultern, und die Blüten ihrer Krone strichen sanft über seine Brust, als ihre Lippen sich auf die Haut oberhalb des Herzens pressten. »Ich grüße dich, denn du bist der Beschützer des gesamten Landes.«

Bei den Worten erfüllte ein Feuer seine Brust, begleitet von einer reinigenden, schützenden Zärtlichkeit, die allen Gefahren trotzen würde, nicht aus Hass, sondern aus Liebe.

Dann bückte Gwendivar sich zu seinen Hüften, ließ die Finger über die Narbe gleiten, die Melguas' Speer hinterlassen hatte. Scharf sog Artor die Luft ein, als ihre Lippen sein Geschlecht berührten und er spürte, wie es sich aufrichtete.

»Ich grüße dich, denn du bist der Herrscher des Landes –«

Schwankend durch den Stoß purer Macht, der aus der Erde schoss und durch jedes Glied flutete, ergriff Artor ihre Schultern.

Sie neigte den Kopf zurück, blickte zu ihm auf. »O mein Geliebter, komm zu mir!«

Kein Mann hätte jener Aufforderung zu widerstehen vermocht. Die Königin zog ihn neben den Stein hinab; ihre weißen Schenkel öffneten sich, um ihn in Empfang zu nehmen, und in ihren Armen fand die Macht, die ihn erfüllte, endlich ihren rechtmäßigen Ausdruck.

Gleichermaßen erobert und erobernd, gebend und nehmend, ließ Artor alsbald davon ab, zwischen Gwendivars und der eigenen Ekstase zu unterscheiden. Und auch der Augenblick des Höhepunkts, in dem der Inbegriff des Daseins sich auf einen einzigen Punkt bündelte, gipfelte in einer Bewusstseinserweiterung, die ihn selbst, Gwendivar, die Erde unter ihnen und die gesamte heilige Insel umfasste.

Anschließend lagen er und Gwendivar neben dem Feuer, eingehüllt in ihre Mäntel, um sich gegen die Kälte zu schützen, die sie zuvor nicht wahrgenommen hatten. Als ihr Kopf an seiner Schulter ruhte, wusste Artor, dass nun alles gut war. Hätte ihn keine so gewaltige Freude erfüllt, er hätte ob all der Nächte geweint, die sie jeder für sich im königlichen Bett gelegen hatten.

»Hätten wir ein Schiff, könnten wir zu den Gesegneten Inseln segeln«, murmelte er in ihr Haar.

Gwendivar schüttelte leicht den Kopf und schmiegte sich noch dichter an ihn. »Ich glaube, wir sind weit genug gewandert, du und ich. Es ist nun an uns, *dieser* Insel Segen zu bringen.«

»So wie du ihn mir gebracht hast…«, bemerkte Artor lächelnd. »Aber welche Macht hat dich hierher zu mir geführt?«

»Merlin hat mich aus Medrods Feste befreit. Gott weiß, was für Gerüchte dort umherschwirren – die müssen glauben, Ninive und ich hätten uns in Luft aufgelöst!« Ihr Gelächter verebbte, während sie die Geschichte erzählte. »Aber es war das Elfenvolk, das mich an diesen Ort brachte, obwohl ich kaum erwartet hätte, dass der Hochkönig Britanniens allein über die Heide wandert.«

»Nicht ganz allein. In der alten Feste lagern etwas über viertausend Mann.« Er deutete auf die unregelmäßige Linie des Walls, der sich dunkel gegen die Sterne abzeichnete. »Ich hatte vor, Medrod bis nach Fodreu zu verfolgen, jetzt aber weiß ich nicht recht, was ich tun soll.«

»Bleib hier«, antwortete Gwendivar, »wo du eine Versorgungsquelle und ein wenig Schutz hast. Medrod ist dabei, den Norden gegen dich aufzuwiegeln – es ist besser, wenn du dich ihm auf eigenem Boden stellst.« Sie berichtete, was sie während ihrer Gefangenschaft über die Stärke des Feindes und Medrods Absichten erfahren hatte.

»Wir sollten wohl langsam aufbrechen«, meinte er schließlich. »Meine Männer werden sich fragen, was *mir* widerfahren ist…«

»Müssen wir denn wirklich jetzt schon zurück?« Gwendivar lachte leise und streckte sich, um sein Ohrläppchen zu küssen.

Zu Artors Freude antwortete sein Körper – dabei hatte er sich schon gefragt, ob ihre Vereinigung ein wiederholbares Wunder sein würde. Er küsste sie, und von da an nahmen die Dinge ihren Lauf. Zwar erreichten sie diesmal nicht ganz jenen Zustand Schwindel erregender Ekstase, dafür war er besser in der Lage, die beruhigende Wirklichkeit der Frau in seinen Armen zu genießen.

Merlin saß mit halb geschlossenen Lidern an eine Eiche gelehnt und lauschte dem Herzschlag in seiner Brust. Ninive entfachte in der Nähe ein Feuer und bereitete ein Gestell aus Weidenzweigen vor, um die Forellen zu braten, die sie im Bach gefangen hatte. Von Zeit zu Zeit spähte sie mit gerunzelter Stirn zu ihm, sprach jedoch kein Wort.

Sie fürchtet sich, mich zu fragen…, dachte er trübsinnig. *Tja, kein Wunder.* Was als Kurzatmigkeit auf der Reise durch das Piktenland begonnen hatte, war zu allgemeiner Schwäche geworden, als rinne das Leben in ihm mit jedem Schritt zurück in die Erde. Seit Beltene waren drei Wochen vergangen, und sie hatten kaum die Entfernung zurückgelegt, die er früher an einem Tag zu laufen pflegte.

Er selbst verspürte weniger Furcht, sondern eher Verwunderung darüber, dass ihm jener Körper den Dienst versagte, der so viel mehr Jahre als die übliche Lebensspanne eines Menschen überdauert hatte. *Ich hätte wahrlich einen besseren Zeitpunkt für meinen Abgang wählen können*, dachte er. Aber er hatte gehört, die meisten Menschen fühlten sich noch nicht bereit, wenn ihre Zeit schließlich kam.

Er hatte Gwendivar gerettet, und das Elfenvolk berichtete ihm, sie sei mit dem König wiedervereint. Tatsächlich hätte er es wohl auch so gewusst, denn die Freude ihres Wiedersehens war durch das ganze Land gehallt. Doch die Geister erzählten auch von einem mächtigen Feind im Land der Pretani. Merlin hatte von einer Feste oberhalb eines Flusses geträumt, wo Männer kämpften und starben. Bald würde Artor sich seiner wichtigsten Schlacht stellen, und Merlin würde nicht da sein.

Wenn er die Augenlider schloss, sah er das Antlitz des *daimon* seiner Prophezeiungen, überirdisch schön und mit vor Weisheit großen Augen. Wenn er sie wieder öffnete, sah er Ninive mit ebenso hellem Haar, aber seidiger, von Sonne und Wind gebräunter Haut und von Furcht umschatteten, dunklen Augen. Sie kleidete sich wieder gänzlich in der Tracht des Volkes ihrer Mutter, nämlich mit einem Wollrock, dessen zerfranster Saum ihr bis zu den Knien reichte, und einem Fellumhang, den ein geschnitzter Knochen an der Brust zusammenhielt. Barfuß vermochte sie in den Wald einzutauchen wie ein Geschöpf des Elfenvolks. Sie kannte die Wildnis ebenso gut wie er, stellte eine vollkommene Gefährtin für seine Wanderungen dar, doch konnte sie je zu mehr werden?

»Herr, der Fisch ist gar – seht Ihr, wie sich das Fleisch von den Gräten löst?« Ninive kniete sich neben ihn und bot ihm eine Forelle auf einem Ampferblatt an.

»Ich will's versuchen«, erwiderte er lächelnd. Behutsam ergriff er ein paar Happen der Forelle.

»Ich habe mir gedacht«, sagte Ninive, nachdem sie fertig waren, »wenn ich Euch Essen hier ließe, könnte ich Hilfe holen und Euch zu einem Gehöft bringen, wo Ihr rasten könnt …«

Er schüttelte den Kopf. »Wir müssen weiter.«

»Nicht den ganzen Weg bis zum Wall!«, begehrte sie auf. »Es wäre Erntezeit, ehe wir dort ankämen, und –« Unvermittelt brach sie ab und schaute weg.

»– ich würde es wahrscheinlich nicht mehr erleben«, führte er ihren Gedanken fort. »Glaubst du, das wüsste ich nicht?« Das Antlitz, das sich ihm zuwandte, war von Schmerz gezeichnet, und er streckte eine Hand nach ihr aus, die bereits magerer war als noch vor einer Woche. »Meine Kleine, bedeute ich dir so viel?«

Ninive deutete mit einer weit ausholenden Geste um sich. »Ihr habt mir meine Seele wiedergegeben!« Damit ergriff sie seine Hand und drückte ihre Stirn dagegen. Mit der anderen Hand berührte er ganz sanft ihr Haar.

»Ich bin neunzig Jahre alt und fürchtete schon, ich sei unsterblich. In Wahrheit bin ich erleichtert, dass dem nicht so ist. Wenn im Wald ein Wesen zu schwach wird, um sich Nahrung zu beschaffen, tritt bald der Tod ein. Ich würde dich ja bitten, mich zurückzulassen –«

»Das würde ich niemals tun!«, rief sie aus.

»– aber ich muss etwas noch Schwierigeres von dir verlangen. Gewaltige Kräfte vereinen sich gegen den König, und ich kann ihm nicht zur Seite stehen. Ich habe von einer Zukunft geträumt, die mich mit Furcht erfüllt. Ich muss die Zeit nutzen, die mir noch bleibt, damit etwas überlebt.«

Mit Augen so dunkel wie Teiche im Wald starrte sie ihn an. »Was soll ich tun?«

»Es gibt einen Ort, den ich vor dem Mittsommertag finden muss. Er liegt tief im Wald von Caledon –« Merlin deutete gen Süden. »Wenn wir ihn erreichen, vollführen wir einen mächtigen Zauber.«

Der Beltene – oder vielleicht die Königin – hatte den Sommer herbeigeführt. Sogar entlang des Walls sprossen Blumen und wuchs Gras, und im Moor ertönte aus dem im üppigen Purpur eines Kaisers blühenden Heidekraut das summende Lied der Bienen. Mittlerweile wurden die Tage rasch länger, je näher die Mittsommer-Epiphanie rückte.

Artor nutzte die Zeit in geschickter Weise. Neue Botschaften waren über ganz Britannien ausgesandt worden und verkündeten, dass König und Königin wieder vereint waren. Außerdem beriefen sie die Krieger zu einer großen Heeresversammlung nach Vercovicium. Um diese Jahreszeit fesselten die Anforderungen der Felder viele an ihre Höfe, dennoch schien jeden Tag eine weitere Gruppe Reiter auf der Römerstraße herbeizutraben, die unterhalb des Walls verlief.

»Siehst du, sie sind dir immer noch treu ergeben«, meinte Gwendivar, während sie vom Steig der Festungsmauer auf den sich bewegenden Teppich aus Männern und Pferden hinabblickte.

»Dein Name ist es, der sie hergeführt hat«, entgegnete Artor und schlang die Arme um sie. »Sie wissen, dass der Quell der Herrschaft Britanniens zu mir zurückgekehrt ist.«

Sie kuschelte sich an ihn. Die Wärme seiner Berührung erfüllte sie immer noch mit Erstaunen. Inzwischen war es längst Juni geworden, und das Wetter war klar und freundlich; die lange Dämmerung des Nordens breitete einen amethystfarbenen Schleier über die Hügel aus. In der Stille des Abends war jeglicher Laut weithin vernehmbar.

»Was ist das?«, fragte sie, als ein Geräusch gleich fernem Donner den gewöhnlichen Lärm des Lagers unten zu übertönen begann.

Sie spürte, wie Artor zunehmend angespannt wurde. Er hob die Hand, um die Augen gegen die im Westen versinkende Sonne abzuschirmen, starrte auf den Militärweg, wo sich etwas bewegte, das Staub aufwirbelte. Gwendivar wandte sich um, um zu ihm aufzuschauen. Schon verdrängte der gestrenge Blick des Befehlshabers die Zärtlichkeit in seinen Augen.

»Ein Bote«, erklärte er düster, »der zu überstürzt reitet, um gute Neuigkeiten zu bringen.«

Medrod hatte Luguvalium eingenommen. Die Häuptlinge der Selgovae, denen die Steuern immer noch widerstrebten, die Artor ihnen vor einem Dutzend Jahren auferlegt hatte, hatten ihm bei einem raschen Vorstoß nach Süden beigestanden, und Morcant Builc von Dun Breatann, der seines Vaters Pakte missachtete, hatte sich ihnen angeschlossen. Der Haupttross der Pikten war noch nicht aufgetaucht, aber dessen wahrscheinlichste Route würde ostwärts durch die Länder der Votadini führen. Artor war sich der Gefahr bewusst gewesen und hatte Cunobelinus befohlen zu bleiben, wo er war, um Dun Eidyn zu verteidigen. Aber hielte Medrod ein Ende des Walls und die Pikten das andere, wäre die Streitmacht des Königs in der Mitte gefangen.

Die augenscheinlichste Lösung bestand darin, Medrod zuerst anzugreifen und ihn zu vernichten. Binnen zweier anstrengender Tagesmärsche führte Artor seine Männer nach Luguvalium und bereitete sich gerade darauf vor, die Feste anzugreifen, als Gwendivar, die langsamer folgte, zu ihm stieß.

Im Wind lag ein schwacher Geruch nach etwas Brennendem, durch die Luft hallte das Krächzen von Krähen. Gwendivar schaute zu ihrem Gemahl auf und suchte nach den rechten Worten, um sich von ihm zu verabschieden.

Ihr ganzes Leben lang hatte sie Geschichten über Artors Schlachten gehört, aber sie hatte ihn noch nie für den Krieg gerüstet gesehen. Die vergoldeten Schuppen seines Kettenhemdes schimmerten im Sonnenlicht, sein Umhang leuchtete in kaiserlichem Purpur. Das große, schwarze Ross stampfte mit den Hufen und schnaubte, als er es vor der kleinen Kirche am Rand der Stadt zügelte, wohin er sie mitgenommen hatte.

»Bleib hier, Liebste«, forderte er sie auf und beugte

sich hinab, um ihr Haar zu berühren. »Wenn wir sie hier vernichten, komme ich dich holen, aber wenn sie fliehen, verfolgen wir sie, und dann ist es hinter unseren Reihen sicherer für dich.« Sein Schild war neu, aber das Geschirr des Pferdes, Artors lederne Beinschoner und der schwere Wollkittel wirkten arg verschlissen.

»Aber wie werde ich wissen –«

»Falls wir gewinnen, bin ich sicher, dass es dir jemand mitteilen wird.« Er lachte, wobei seine Zähne im kurz gestutzten Bart aufblitzten. Silbrige Strähnen durchzogen ihn, doch sein braunes Haar wuchs nach wie vor dicht. Gwendivar ballte die Hände zu Fäusten, während sie das Verlangen unterdrückte, die Finger abermals in den vollen Locken zu vergraben.

»Und falls wir verlieren –« Seine Züge wurden ernst. »Dann musst du dich verstecken und dir irgendwie einen Weg nach Süden suchen. Lass mich nicht im Stich, meine Königin, denn wenn ich falle, kannst allein du die Herrschaft weitergeben.«

»Sag so etwas nicht!«, rief sie aus. »Ich will dich jetzt nicht verlieren!«

»Gwendivar ... ich werde immer bei dir sein ...«

Hinter ihm ertönte ein Horn; der König richtete sich auf und setzte den Helm auf, den er unter den Arm geklemmt hatte. Da die Nasen- und Seitenteile den Großteil seines Antlitzes verdeckten, wirkte er plötzlich wie ein Fremder. Der Hengst bäumte sich auf, und Artor ließ ihn wenden. Die Männer seiner Leibgarde reihten sich hinter ihm ein, und dann waren sie fort.

Die Königin starrte ihnen nach; erst als der Widerhall der Hufe auf den Kopfsteinen verhallt war, gestattete sie den Tränen zu fließen.

Jenen ganzen, endlosen Tag lang kniete sie auf den abgewetzten Holzdielen des Kirchenbodens und betete, obwohl sie kaum wusste, an welchen Gott sie ihre Gebete richtete. Gegen Mitte des Nachmittags hörte sie einen gewaltigen Tumult, der nach und nach verebbte, bis nur noch einige Hunde bellten, und dann drangen die Stimmen der Bewohner der Stadt zu ihr, eine nach der anderen.

Alsbald kehrte der alte Priester zurück, der in der Kirche seinen Dienst versah.

»Der König ist wohlbehalten, oder zumindest war er es noch vor einer Stunde. Aber der Meineidige hat seine Linien durchbrochen und ist mit dem Großteil seiner Männer geflüchtet, und unsere Armee ist hinter ihm her, abgesehen von einer Truppe unter Fürst Peredur, die zurückgeblieben ist, um Euch und die Stadt zu beschützen. Lasst uns den Herr der Heerscharen preisen, der den Sieg verleiht!«

Nachts beherrschten flüsternde Laute den Wald von Caledonia: der Wind, der sich mit den Bäumen unterhielt. Merlin spürte das leichte Zittern im Stamm hinter sich, dasselbe Zittern, das durch den Schaft des Speeres an seiner Seite pulsierte. Während er dort hockte, fügten sich seine Gedanken in den gemächlichen Takt des Waldes, und das Rascheln des Laubs und der Zweige verwandelte sich in die Worte eines Zwiegesprächs zwischen der Göttin, die in der Erde lebte, und dem Gott.

Je länger die Reise dauerte, desto deutlicher verstand der Druide sie. Tagsüber klammerte er sich an das Pony, das Ninive ihm besorgt hatte, und hielt, so gut er konnte, das Gleichgewicht. Nachts jedoch, wenn das Mädchen leise atmend neben der Glut des Feuers lag, verwandelte Merlin sich in einen Baum, der aus der Erde und dem Himmel jene Kraft bezog, die er benötigte, um weiterzureisen. Aber die Erde bebte von fernen Hufschlägen, und im Wind hallten die Schreie von Raben, die ihresgleichen zu einem großen Gemetzel riefen, und er wagte nicht, sich dem Frieden des Waldes hinzugeben.

Und jeden Tag wurden die Stunden des Zwielichts länger, je näher die Sonnenwende rückte, zu der sich alle Mächte einfinden würden, um jenen Streit zu schlichten, der das Gleichgewicht des Landes gestört hatte.

Auf der Insel der Maiden erwachte Morgause aus schlimmen Träumen. Noch eine Woche fehlte bis zum Mittsommer, und die Priesterinnen bereiteten sich auf das Fest vor, doch ihre Albträume waren erfüllt von Blut und Schlachten. Sie sah Artor und Medrod, die einander in zerfetzten Rüstungen gegenüberstanden, beider Gesichter gleichermaßen von Zorn erfüllt, und spürte, wie Schweiß auf ihrer Stirn ausbrach. Sie fühlte in jener Auseinandersetzung eine Fügung des Schicksals, die sie mit Furcht erfüllte.

Morgause verließ ihre Kammer und rief ihre Zofen. »Packt Vorräte und Decken für eine Reise zusammen. Nest und Verica, ihr kommt mit mir.«

»Aber Herrin«, begehrten sie auf. »Was wird aus den geheiligten Riten, dem Fest?«

»Dieses Jahr feiert die Herrin der Raben ihr eigenes Fest«, erwiderte sie mit schwerem Herzen. »Zum Mittsommertag muss ich am Wall sein …«

»Mittsommerabend …«, sagte Goriat und ließ den Blick über den gewundenen Fluss sowie die Böschung darüber wandern, wo in der alten Feste Lichter flackerten. »Zu Hause finden sich jetzt die Clans ein, um die Sonnenwendfeuer zu entfachen, brennende Fackeln hoch in die Luft zu werfen, auf dass das Korn wachse, und das Licht durch die Felder zu tragen.«

»Im Süden auch«, entgegnete Artor.

Er fühlte sich seltsam gespalten in seinem Denken; während sein nüchterner Verstand die militärische Stärke des Lagers abwog, bewunderte er zur gleichen Zeit die Schönheit der Umgebung. Die Feste erhob sich auf einer steilen Felsspitze. Darunter erstreckten sich Ebenen, durch die sich ein kleiner Fluss wand. Auf dem höher gelegenen Gelände, wo die Briten sich niederließen, waren Männer und Pferde in Bewegung.

»Wie seltsam, dass auch dieser Bach den Namen Cam trägt«, bemerkte der jüngere Mann schließlich.

Der König zuckte mit den Schultern. »Britannien ist voll von Flüssen, deren Bette sich winden und krümmen, und ich nehme an, dass viele davon jenen Namen haben.« Mit seinen Getreuen im Gefolge marschierte er das Ufer entlang.

»Ihr müsst wohl wünschen, es wäre jener, der nahe Camelot fließt.«

»Nur wenn ich mich innerhalb der Mauern befände«, gab Artor mit bitterem Humor zurück. »Muss ich eine Festung angreifen, bin ich froh, wenn es sich um keine handelt, die ich erbauen ließ. Camboglanna war einst stark, mittlerweile aber sind die Mauern halb verfallen, und Medrod ist nicht für eine Belagerung gerüstet.«

»Dann hat er sich in eine Falle begeben«, erwiderte Goriat grinsend.

Vortipor schüttelte den Kopf. »Nicht wenn die Pikten es schaffen, ihm Entsatz zu leisten. Das ist die Gefahr, die uns droht. Er kann uns nicht entkommen, folglich hofft er, Zeit zu schinden –«

»– bis er uns zahlenmäßig überlegen ist. Ich verstehe.« Mit zusammengekniffenen Augen spähte Goriat zu der Festung empor. »Die alten Römer waren gute Baumeister. Dass diese verlotterte Bande Camboglanna besetzt, tut mir in der Seele weh! Ein Angriff hügelaufwärts von dieser Seite wäre schwierig, und ich vermute, auf der gegenüberliegenden Seite ist es auch nicht besser.«

Peredur zuckte mit den Schultern. »Der Wall reicht an beiden Seiten bis an die Feste, und es gibt nur ein Tor, das außerdem noch gut erhalten ist.«

Goriat wandte sich an Artor. »Wir müssen ihn irgendwie herauslocken, Herr.«

Artors Blick ruhte immer noch auf dem Fluss – der Schimmer des letzten Sonnenlichts auf dem Wasser erinnerte ihn an Gwendivars Haar. *Ich kämpfe schon zu lange*, dachte er seufzend. *Ich möchte mit ihr irgendwohin, wo man noch nie von Krieg gehört hat – vielleicht auf die Gesegneten Inseln.* Doch er hatte noch diese eine Schlacht zu gewinnen. Wenn ihm das gelang, würde es vielleicht endlich vorbei sein.

»Ich werde eine Botschaft senden. Medrod ist nun schon zweimal vor mir weggerannt. Wenn Gewalt ihn nicht zum Kampf bewegen kann, dann wollen wir mal sehen, ob Scham es vermag.«

Sie schauten hinauf zu der Straße, die den überwucherten Graben vor den Mauern kreuzte. Dunkle Gestalten mit Bögen in den Händen bewegten sich auf dem Steig darüber.

»Ich überbringe sie«, erbot Goriat sich seufzend. »Wir waren einst Brüder. Vielleicht hält ihn das ab, den Bogenschützen dort droben zu befehlen, mich zu erschießen…«

Über Camboglanna kreisten zwei Raben, dann schwebten sie über den Fluss und ließen sich krächzend in den Zweigen eines vertrockneten Schlehdornstrauchs nieder.

Wie zersprengte Schatten schwirrten Rabenschwingen durch Merlins Vision. Mit rasselndem Atem klammerte er sich an den Sattelknauf und zwang die sich drehende

Welt zur Ruhe. Über dem Tosen in seinem Kopf hörte er, wie eine Stimme ihm etwas zurief –

»Herr, ich habe die Quelle gefunden!«

Er schlug die Augen auf und erblickte Ninive, einen festen Punkt, um den die Welt wieder Gestalt und Bedeutung annahm. Die Raben befanden sich in Camboglanna. Hier gab es nur den unregelmäßigen Flügelschlag von Zaunkönig und Meise und das melodische Gurgeln eines winzigen Baches.

Vor ihm wogten die zarten Zweige junger Ebereschensträuche in der Brise, deren Konturen von der untergehenden Sonne in goldenes Licht getaucht waren. Darunter wucherte ein Schlehdornbusch, an dessen Zweigen noch einige welkende, weiße Blüten hingen. Dahinter erblickte er eine mächtige Eiche.

»Das Wasser entspringt unterhalb des Felsvorsprungs gleich hinter den Bäumen.« Ninive hüpfte tänzelnd über das Gewirr aus Laub und moosbewachsenen Steinen. Durch das Dickicht der Äste war der Hang des Hügels zu erkennen.

»Das ist der Ort ... der Ursprung des Cam«, murmelte er und nickte, als er jede Einzelheit des Bildes erkannte, das ihn in seinen Träumen heimgesucht hatte. »Und der Tag – sind wir zu spät gekommen? Sag, welchen Tag haben wir?«

»Auf Grund der Berechnungen, die Ihr mir zu Beginn dieser Reise gegeben habt, ist dies die kürzeste Nacht des Jahres«, antwortete sie.

Mit einem langen Seufzer lehnte er sich zurück. »Mittsommerabend. Morgen werden sie am Fluss kämpfen.«

»Könnt Ihr helfen?«, erkundigte sich das Mädchen. »Wird das Wasser Eure Macht zu Artor befördern?«

»Kann man das Schicksal beeinflussen?«, brummte er.

»Wir werden sehen. Hier habe ich zumindest die Möglichkeit, es zu versuchen!«

Er glitt vom Rücken des Ponys und bahnte sich, auf Ninive und den Speer gestützt, einen Weg zu der Eiche, deren knorrige Wurzeln einen Sitzplatz oberhalb des Baches bildeten. Darauf ließ er sich nieder, sandte die Sinne aus, um jeden Teil des Waldes rings um sich zu erfassen, und wartete, so wie in Camboglanna zwei Armeen der Morgendämmerung des längsten Tages harrten.

Das erste Sonnenlicht glitzerte auf dem Fluss und den Helmen der Männer, die ihn säumten – Artors Armee in voller Gefechtsaufstellung. Medrod konnte sie klar und deutlich sehen. Ebenso seine Männer. Sie sprachen leise über den verfluchten Brief. Dachten sie etwa, er könnte sie nicht hören?

Er hatte das Pergament den Flammen übergeben, doch der Wortlaut hatte sich in sein Gedächtnis eingebrannt.

»Du prahlst mit deinem Mut, aber schon zweimal bist du vor meinem Zorn geflüchtet. Du prahlst mit deinem Recht zu herrschen, aber die Königin ist vor dir geflohen und in mein Bett zurückgekehrt ...«

Gwendivar! Oh, Artor hatte gewusst, dass ihn dies in Rage versetzen würde. In seinen Träumen hielt er ihren wohlgeformten Körper immer noch in den Armen.

Die verhassten Worte hallten durch seinen Verstand – seiner Mutter scheltende Stimme, die seines Vaters Worte sprach.

»Wie ein gieriges Kind hast du versucht, dein Erbe an dich zu reißen und dadurch jeden Anspruch darauf verwirkt! Du bist feige und erbärmlich – blutbefleckt und im Innersten verdorben.«

Falls ich das bin, Mutter, lautete seine verbitterte Antwort, *bin ich nur das, was du und er aus mir gemacht ha-*

ben! Und dennoch prasselten die Vorwürfe weiter auf ihn ein.

»Und die Wahrheit dieser Dinge soll jedermann erfahren, wenn du nicht herauskommst und dich mir stellst, von Angesicht zu Angesicht!«

Raben kreisten unter ihm in der Luft und riefen ihrer Göttin die Zahl der Gemetzelten zu. Er brauchte nur zu warten, dachte Medrod voller Zorn, und sie wären alle in Sicherheit. Aber diese blutrünstigen Narren, die er befehligte, lechzten danach, ihre Niederlage bei Luguvalium wettzumachen.

»Herr«, sagte Bleitisbluth. »Die Männer sind wütend. Der Feind brüllt garstige Dinge. Der Römerkönig hat eine Garnison in Luguvalium zurückgelassen; wir sind seiner Streitmacht zahlenmäßig überlegen. Mir scheint es besser, unseren Kriegern den Angriff zu befehlen, solange Ihr noch könnt!«

Die Stimmen der Raben wurden lauter, verschmolzen zu einer einzigen, die ihn rief. *Gwendivar ist für mich verloren, nun muss ich der Herrin der Raben dienen ...*

»Na schön – wenn sie so erpicht auf eine Schlacht sind, dann sollen sie kämpfen!« Die Gewissheit erfasste Medrod so jäh, wie ein Funke Zunder entfacht, und mit ihr setzte ein heftiges Hochgefühl ein. Er rasselte die Namen einer Reihe von Häuptlingen herunter, dazu ihre Befehle und Truppenstärken. »Der Rest bildet eine Reserve, die sich hier bei mir versteckt.«

Medrod beobachtete vom Torhaus aus, wie seine Armee hinabmarschierte, um der unten wartenden Streitmacht zu begegnen. Die Männer des Nordens ritten zwar auf ihren stämmigen Ponys in die Schlacht, gekämpft aber wurde mit Schild und Speer und zu Fuß. Das schmale Flachland neben dem Fluss begünstigte sie. Er hatte damit gerechnet, dass Artor nicht in der Lage sein würde, seine Reiterei zu vollem Vorteil zu nutzen, und tatsächlich sah er, dass der König selbst unberitten im den Kampf zog.

Im Verlauf des Vormittags war der purpurne Umhang überall auf dem Feld zu finden. Darüber flatterte die Pendragon-Standarte im Wind, deren Träger sich bemühte, mit Artor Schritt zu halten. Je näher der Mittag rückte, desto stärker schien die Sonne herab.

Er ist ein alter Mann, dachte Medrod, *und es wird immer heißer. Bald wird seine Kraft versagen!*

Staubwolken kräuselten sich von unten herauf, kratzten in der Kehle, brannten in den Augen. Die einzige Farbe war das Rot von Blut, das hell wie der Umhang der Schlachtgöttin unter den unbarmherzigen Strahlen der Sonne des Mittsommertages leuchtete.

Was Merlin aufrecht hielt, war der Speer. Er hatte seinen Platz zwischen der Eiche, den Gebirgseschen und dem Schlehdorn eingenommen, wo das Wasser des Cam aus dem Fels hervorbrach. Sein Herz galoppierte wie ein Schlachtross, die Visionen pulsierten im Gleichklang mit dem Hufschlag. Er verließ sich zunehmend auf seine inneren Sinne, sandte sie durch die Luft und die Erde aus, bis sein Bewusstsein zur Gänze außerhalb des Körpers war. Dabei lief er Gefahr, sich selbst zu verlieren, doch er vermeinte, die Herrschaft über seinen Geist lange genug bewahren zu können, um das zu vollenden, was er zu tun hatte.

»Beschreite den Kreis, Ninive –«

Die Stimme des Mädchens wurde laut und wieder leise, während sie im Sonnensinn um ihn herumschritt, die geheiligten Kräuter verstreute und in der alten Sprache des Volkes ihrer Mutter sang. Ninive weinte, dennoch blieb ihre Stimme fest, und er fand Zeit, für einen Moment stolz auf sie zu sein. Neunmal beschritt sie den Kreis, und mit jeder Umrundung kehrte sich das Bewusstsein des Druiden weiter nach innen, tauschte die verschwommene Wahrnehmung seines früheren Zustandes gegen eine mächtigere Verbindung mit seiner Umgebung, als stünde er, an Schlehdorn, Esche und Eiche gebunden, innerhalb einer kristallenen Säule.

Dann vollendete sie den Zauber, und er brauchte seine Kontrolle nicht mehr, denn die Magie hielt ihn aufrecht. Ninive glich einem hellen Funken vor ihm, den er mehr spürte als sah.

»Die Stunde des Triumphes der Sonne, des längsten Tages naht! Ich beschwöre Euch, o Seher Britanniens, sagt, was diesem Land bevorsteht.«

Einen Augenblick lang sah Merlin gar nichts. Dann erwachte der *daimon* in ihm, und sein Geist wand sich unter der Flut der Bilder.

»Der Rote Drache gebärt einen Bären und ein Rudel junger Füchse, die das Land zerreißen. Männer und Frauen schreien laut und flüchten vor ihren Herrschern, verschreiben sich Gallien; denn es sind die Fürsten ihres eigenen Volkes, die sie unterdrücken. Und dann erhebt sich der Weiße Drache aus dem Schlaf und verschlingt sie allesamt, von Landsende bis zu den Orkaden.«

Unermessliche Zeit raste an ihm vorbei; er sah seltsame Armeen über Britannien marschieren, sah stählerne Straßen, verwüstete Wälder und Städte im ganzen Land. Er sah ein gekreuztes Banner, das um die Welt ging. Merlin war außerstande, die Bilder zu begreifen, und so verfiel er wieder in Schweigen.

»Wenn diese Dinge eintreten, o Seher, wo werdet Ihr dann sein?«, erklang eine neue Frage.

»Lailoken am Hof Gwendoleus werde ich sein und Taliessin am Hofe Uriens. Niemals werde ich dieses Land verlassen, sondern auf ewig meine Gestalt wandeln, wie es die Umstände erfordern. Von Körper zu Körper werde ich wechseln, und meine Stimme wird in Britannien zu hören sein bis ans Ende der Zeiten.« In seiner Vision sah Merlin all diese Leben deutlich vor sich, und er lachte.

»Die Sonne nähert sich ihrem Höchststand, Meister, und es bleibt noch eine Frage zu stellen. Sagt nun, welches Schicksal Artor, dem König, vorherbestimmt ist!«

Die Vision, die Jahrhunderte überspannt hatte, wirbelte gleich einem Strudel nach innen, schnellte wie ein Pfeil ihrem Ziel entgegen. Merlin sah das blutige Feld von Camboglanna und Artor, der auf einen zerbrochenen Speer gestützt nach Atem rang. Goriat lag tot neben ihm, doch seine Feinde flüchteten den Hügel hinauf. Über ihnen schwebten, für sterbliche Augen unsichtbar, der Gott des Schwertes und die Herrin der Raben. Und dann hallte die bittere Musik von Kriegspfeifen durch die Luft, und aus der Festung preschte ein Trupp berittener Krieger, angeführt von Medrod.

Die Bean-Sidhe *heult –*, dachte Artor, *jener Verhängnis singende Dämon, von dem Cunorix vor so langer Zeit zu erzählen pflegte.* Mit dem Handrücken wischte er sich Schweiß von der Stirn und spähte zur Feste hinauf, bereits wissend, dass es sich um etwas Schlimmeres handeln musste. Die Armee, der er sich gestellt hatte, war verschwunden, doch nun wagte sich endlich Medrod hervor, den er während der gesamten Schlacht vergeblich gesucht hatte. *Jetzt*, dachte er voller Verzweiflung, *wo ich bereits erschöpft bin.* Doch dies war nicht die rechte Zeit, um fluchend herumzustehen.

»Edrit, lauf – sag Vortipor, er soll sich bereitmachen!«, rief er dem Krieger zu, der seine Standarte trug, und mühte sich schwerfällig hinauf zum höher gelegenen Gelände. Es war schlau von Medrod gewesen, eine Reserve ins Feld zu schicken, nachdem die Schlacht beinahe vorüber war. Doch auch Artor war schlau gewesen.

Er hörte schadenfrohes Gebrüll, als der Feind ihn erspähte, und kämpfte sich zu der Reihe der Weiden durch.

Auf der anderen Seite wartete Vortipor mit den besten Reitern, welche die Briten besaßen. Ein Junge hielt Artors großen Rappen, einen Nachkömmling des ersten Corvus, mit dem er in den Krieg gezogen war. Edrit half ihm in den Sattel und reichte ihm einen Wurfspeer und den runden Schild eines Reiters. Artor ergriff die Zügel und spähte durch die Zweige. Medrods Truppe hatte den Fuß des Hügels erreicht. Seine Krieger wurden langsamer, während sie sich entlang der Straße verteilten.

Der König drehte sich zu seinen Männern um. »War es heiß hier, während ihr gewartet habt? Da unten ist uns bei der Arbeit auch heiß geworden! Aber jetzt seid ihr an der Reihe, Männer, und ihr seid die Kämpen von Gallien. Behaltet eure Formation bei, und der Haufen dort wird auseinander stieben wie Bienen aus einem umgeworfenen Stock!«

»Aber sie können noch stechen!«, murmelte jemand, und die anderen lachten.

Sie ritten los. Vortipor übernahm die Spitze, während Artor bei den Männern am Flügel blieb. Als die Aufständischen sich dem Fluss zuwandten, brachen des Königs Männer durch die Reihe der Weiden und trieben ihre Pferde zu vollem Galopp an, wobei ihnen die Neigung des Hügels zusätzlichen Schwung verlieh.

»Artor!«, schrien die britischen Reiter. »Artor und Britannien!«

Sie würden den Feind aus einem Winkel treffen. Der König schlang die langen Beine um Corvus' Flanken, ließ die geknoteten Zügel auf den Hals des Rosses sinken und hob den Arm, brachte den Wurfspeer in Anschlag.

Er erspähte Medrod, doch dann schlug die Spitze des britischen Keils ein, und Artor raste an ihm vorbei. Durch jahrelange Übung, die beinahe zu einem Instinkt geworden war, wählte er ein neues Ziel; er warf, und ein Mann fiel. Eine Lanzenspitze sauste auf ihn zu; er riss den Schild hoch und ächzte, als er die Wucht des Stoßes abfing, verlagerte das Gewicht und wirbelte Schild und Pferd herum, spürte, wie der Speer dem Mann aus der Hand gerissen wurde und klirrend zu Boden fiel.

Er hielt den Schild nach außen, um seinen Körper zu schützen, während er quer über seinen Bauch griff, um das Heft des Sarmatenschwertes zu ergreifen. *Möge der Verteidiger mit mir sein!*, betete er und fühlte, wie jähe Ungeduld seine Hand erzittern ließ. Bei der Schlacht von Verulamium war der Gott des Schwertes selbst erschienen, um einen Zauber zu wirken, doch dies war eine Schlacht zwischen Sterblichen, und Artor wagte lediglich um die Kraft zu bitten, den Kampf bis zum Ende durchzustehen.

Das schwarze Ross war frisch und verstand seinen Zweck; es wirbelte herum, um ein kleineres beiseite zu stoßen, sodass Artor den Reiter mit einem Schwerthieb erledigen konnte. Dann tauchte eine andere Gestalt vor ihm auf. Er stieß zu, immer und immer wieder. Heißer Schweiß rann ihm unter der Rüstung über den Leib, denn die Sonne stand hoch am Himmel. Nach jedem Hieb hob sein Arm sich langsamer, dennoch tötete er weiter, da er im Antlitz jedes Feindes Medrods höhnische Züge sah.

Hoch am Himmel stand die Sonne, und der gesamte Wald erbebte unter dem Gewicht ihrer Pracht. Der Kreis der Macht, in dem Merlin stand, glich einem grellen

Lichtwirbel. Seine innere Sicht aber erfüllte Artor, der weiter kämpfte, während rings um ihn Männer flohen oder fielen.

Ein feindliches Schwert traf den Schild des Königs; Merlin sah, wie er aus dem Gleichgewicht geriet und vom Rücken des Pferdes stürzte. Im nächsten Augenblick fällte ein geschleuderter Speer seinen Gegner. Artor raffte sich am Rand des Wassers auf die Knie, ohne Schild, aber immer noch mit dem Schwert in der Hand. Der König schaute auf. Medrod stand über ihm.

Merlin umfasste den Schaft des Speeres. »Ist es soweit?«, flüsterte er, während das mit Runen beschnitzte Holz wie etwas Lebendiges in seiner Hand pulsierte. Im ganzen Wald war allein das süße Gurgeln des jungfräulichen Baches zu hören. »Dies ist mein Wille«, sagte er laut, »dass mein Geist weder schlafen noch das Sommerland aufsuchen, sondern weiter durch die Welt wandern soll!

Ich bin der Wind auf den Wellen!«, rief Merlin.

»Ich bin das Feuer im Wald!
Ich bin die Sonne unter dem Meer
und der Samen im Stein.
Vor Anbeginn der Zeit war ich bei den Göttern,
und noch am Ende werde ich singen.
Ich bin Wilder Mann und Weiser, Druide und Dämon –
Ich rufe das Land Britannien zu seines Königs Hilfe!«

Der Speer kreiste in seiner Hand, und er trieb ihn mit der Spitze voraus in die feuchte Erde. Tief, tief sank er hinein, bis zu den Wurzeln der Schöpfung, doch der hölzerne Schaft streckte sich, sandte Zweige empor, die den Himmel berührten. Einen endlosen Moment lang *war* Merlin der Baum, der Erde und Himmel verband.

Dann fiel die Welt um ihn in sich zusammen, begleitet vom donnergleichen Rumoren polternder Steine. Doch der Inbegriff des Wesens, das Merlin gewesen war, verwandelte sich bereits in Wurzeln und Zweige, in Erde, Stein und den aufkommenden Wind, am stärksten jedoch in das fließende Wasser zu seinen Füßen. Schnell wie ein Gedanke raste er gen Süden auf Camboglanna zu.

X

Der Rabe der Sonne

A. D. 515

Medrod glich einem gesichtslosen Schatten zwischen Artor und der Sonne.

»So, verehrter Vater, nun kniet Ihr also vor mir! Gebt Ihr Euch nun endlich geschlagen?«

Der König schaute mit zusammengekniffenen Augen zu ihm empor, leckte sich Blut von der Lippe, die er sich aufgeschlagen hatte, als er zu Boden gestürzt war. Sein Helm war ihm vom Kopf geglitten; die Luft war kühl auf dem schweißdurchtränkten Haar. Es war kurz nach Mittag.

»Ich knie auf der Erde, deren Macht mich zu Fall gebracht hat«, erklärte er mit ruhiger Stimme. »Lässt du mich aufstehen, oder muss ich auf Knien gegen dich kämpfen?«

Seine Beine wurden nass; er blickte hinab und erkannte, dass er in den seichten Gewässern am Rand des Flusses kniete.

Langsam hob Medrod das Schwert. *Er ist müde*, stellte Artor fest, doch auch er selbst war erschöpft. Vielleicht wäre es einfacher, von hier aus zu kämpfen. Oder sich von Medrod töten zu lassen. Sie waren von Toten und Sterbenden umgeben. Er hatte seine Armee verloren, dachte er wie betäubt, und Britannien.

Süß und klar plätscherte der Fluss zwischen seinen

Füßen vorbei. Da Medrod immer noch nicht antwortete, schöpfte der König eine Hand voll Wasser aus dem Strom.

Sein erster Gedanke war, dass er gar nicht wahrgenommen hatte, wie durstig er war. Er schöpfte mehr Wasser aus dem Fluss und fühlte, dass sein Körper aufblühte wie ausgetrocknete Erde im Regen. Mit dem dritten Mundvoll spürte er das triumphierende Aufbranden von Merlins Geist, das ihn eins mit allem um sich herum werden ließ. Die kühle Süße des Wassers, die feste Stärke der Erde, die trockene Hitze der Luft – Artor empfand alles mit einer Gewalt, die beinahe schmerzlich war.

Mit einer Bewegung, die noch einen Augenblick zuvor unmöglich gewesen wäre, war der König auf den Beinen. Mit weit aufgerissenen Augen zuckte Medrod zurück und starrte ihn an.

»Danke ...«, flüsterte Artor, doch es war nicht sein Gegner, zu dem er sprach. Er wankte, und Medrod kam ihm mit hoch erhobenem Schwert entgegen.

Mit einer geschmeidigen Drehung nahm der König Verteidigungsstellung ein und riss das Schwert des Verteidigers beidhändig hoch, um Medrods Hieb abzuwehren. Das Klirren der beiden aufeinander treffenden Klingen hallte durch das Tal. Artor ging leicht in die Knie, das große Schwert hob sich und verharrte über seiner rechten Schulter.

»Warum hast du das getan, Medrod? Warum hast du versucht, Britannien zu zerstören?«

Verständnislos blickte sein Sohn ihn an. »Ich wollte herrschen –«

Artor schüttelte den Kopf. »Man kann das Land nicht beherrschen, man kann ihm nur dienen.«

Medrods Mund zuckte, und er stieß zu. »Du hast es im Stich gelassen! Du hast *mich* im Stich gelassen!«

Für den Bruchteil einer Sekunde zögerte der König; die Wahrheit des Gesagten verletzte ihn schlimmer als es jedem feindlichen Schwert möglich gewesen wäre. Dann stieg wieder Kraft aus der Erde auf, und er wusste, dass er immer noch der Kämpfer der Herrin war.

Artor wich zurück, ließ das Schwert seitlich hinunterfahren, wehrte die Waffe seines Sohnes ab und wirbelte ihn dabei herum, sodass ihre Schultern sich kurz berührten, als begegneten sie sich bei einem Tanz.

»Ich kam zu dir«, zischte Medrod. »weil meine Mutter mich weggeworfen hatte wie ein Werkzeug, das sie nicht mehr brauchte. Und du hast mich zu den Barbaren verbannt und *vergessen*! Ich musste mir alles erkämpfen, mein Leben, meinen Namen …« In einer drehenden Bewegung wich er aus und ließ den Rest unausgesprochen zwischen ihnen – *Gwendivar* …

»Gib auf, und du sollst über den Norden herrschen«, bot Artor ihm an, dessen Atem in heftigen Stößen ging.

»Ich könnte immer noch alles gewinnen, *Vater* …« Medrod drang mit einer Reihe kurzer Hiebe auf ihn ein, die dem König höchste Konzentration abverlangten.

»Nicht solange ich lebe!« Den letzten Hieb des jüngeren Mannes blockte Artor mit einer Wucht ab, die Medrod um die eigene Achse drehte.

»Du wirst sterben, durch die Hand der Zeit oder durch meine«, entgegnete Medrod keuchend. »Die Erben Britanniens sind junge Füchse, die es kaum erwarten können, sich ihre eigenen, kleinen Königreiche abzubeißen, und das wird das Ende deines Traumes sein.«

Unwillkürlich nahm Artor Verteidigungsstellung ein, doch seine Gedanken rasten. Er trug das Schwert des Verteidigers, doch was konnte ein toter Mann verteidigen? Er blickte in das höhnische Antlitz seines Sohnes empor. Die Männer nannten Medrod einen Verräter, doch Betrüger wäre zutreffender gewesen; ein Betrüger, der darauf aus war, ihn zu täuschen und dadurch in die Verzweiflung zu treiben. Und dennoch pochte in seinen Adern immer noch die Macht jenes unmöglichen Augenblicks der Verbindung mit dem Land.

»O Medrod, ist in deinem Herzen kein Platz für etwas anderes als Hass?«

»Du hast mir das Einzige genommen, das ich vielleicht hätte lieben können!«, brüllte Medrod zur Antwort und stürmte mit wild schwingendem Schwert auf ihn zu.

Artor wich zurück, setzte seine ganze Geschicklichkeit ein, um die Klinge abzuwehren. Der Junge war ein guter Schwertkämpfer, aber er hieb mit der Wut eines Berserkers um sich, als wollte er nicht bloß töten, sondern vernichten. Vierzig Jahre Erfahrung hielten des Königs Waffe zwischen ihm und jener tödlichen Klinge, und dieselben kampferprobten Reflexe geboten Medrods Ansturm letztlich mit einem Stoß Einhalt, der sich durch Kettenhemd und Brustbein bohrte und auf der anderen Seite wieder hervordrang.

Einen Augenblick lang starrten die beiden einander in die Augen. Dann verzerrten sich Medrods Züge. Die Waffe glitt ihm aus der Hand, und Artor spürte, wie das Gewicht des Körpers des Jungen das Schwert zu Boden zog. Er trat einen Schritt zurück und zog die Klinge heraus, während Medrod fiel; helles Blut – das Blut seines Sohnes – befleckte den Stahl.

Knisternde Stille erfüllte die Luft.

»Vater ...« Ein dünnes Rinnsal Blut rann aus Medrods Mund. Der König kniete sich neben ihn, legte das Sarmatenschwert beiseite, nahm seinem Sohn den Helm ab und wischte ihm die Haare aus der Stirn wie einem kleinen Kind. Medrods Augen weiteten sich, begegneten offen dem Blick seines Vaters; Schrecken wandelte sich nach und nach in entsetztes Begreifen.

Dann zuckte er zusammen, riss die Hand an die Seite. »Es ist nicht *mein* Blut«, flüsterte er, »das diesen Boden weihen wird ...«

Abermals verkrampfte er sich, trieb den Dolch, der in der Scheide an der Hüfte geruht hatte, unter Artors Kettenhemd. Entlang der alten Narbe, wo Melguas den König vor langer Zeit verwundet hatte, stach die Klinge in seine Lenden empor.

Einen Augenblick lang ging jedwede Wahrnehmung in einer roten Woge des Schmerzes unter. Als sie allmählich verebbte, schaute Artor hinab und sah, dass Medrod reg- und blicklos dalag, das Gesicht der Sonne zugewandt.

O Herrin, dachte der König, *ist dies dein Opfer?*

Er fühlte, wie sich warmes Blut über seine Oberschenkel ergoss und spürte die ersten Anzeichen einer noch qualvolleren Pein. Langsam ließ er sich neben dem Leichnam seines Sohnes zu Boden sinken; mit jedem Pulsschlag flackerte seine Sicht, wechselte von hell zu dunkel, heftete sich auf einen Stein, der neben ihm lag. Eine leuchtende Spirale drehte sich in dem Stein. Artors Finger schlossen sich um dessen feste Wirklichkeit.

Das ist der Königsstein ... das Herz Britanniens. Es war die ganze Zeit unter meinen Füßen.

Auch sein Gehör musste aussetzen, dachte er, denn in seinem Kopf hallte seltsame Musik wider ... gleich gallischen Schlachthörnern ...

Gwendivar keuchte und streckte die Hand nach Peredur aus, um bei ihm Halt zu suchen, als ein jäher Schmerz ihren Leib durchfuhr.

»Herrin, was ist? Ist Euch nicht gut?«

Sie versuchte sich aufzurichten, starrte ringsum auf die Männer, die sie zum Markt begleitet hatten. Blut, Staub und Sonnenlicht erfüllten ihre Sicht und der Schattenriss einer alten Feste auf einem Hügel.

»Camboglanna ...«, flüsterte sie. »Artor ist verwundet!«

Während die Worte ihre innere Sicht beschrieben, empfand sie eine gewaltige Woge aus Kummer und Hochgefühl, die aus der Erde selbst aufzusteigen schien.

»Herrin, der König hat uns befohlen, hier über Euch zu wachen!«, rief Peredur erschrocken.

Gwendivar schüttelte den Kopf. »Die Schlacht ist vorüber. Wenn ihr für meine Sicherheit sorgen wollt, dann folgt mir, denn ich werde mich auf jeden Fall zu ihm begeben!« Damit lief sie zu den Ställen los, und nach einem kurzen Moment eilten die Männer hinter ihr her.

Morgause empfand den Augenblick wie einen Schatten, der sich vor die Sonne schob, einen Schauder, der die Erde erschütterte. Taumelnd stand sie auf der Straße, konnte plötzlich kaum noch atmen. Luguvalium lag anderthalb Tage hinter ihnen. Links und rechts erhoben sich die Ausläufer der Sumpfländer. Vor ihr erstreckte der Wall sich über die ersten Felsen, und brauner Staub färbte den Himmel.

»Was ist?«, riefen ihre Priesterinnen. »Was hört Ihr?«

»Ich höre die Schreie der Raben«, flüsterte Morgause. »Ich höre das Stöhnen sterbender Männer. Das Blut von Königen tränkt die Erde. Wenn wir rechtzeitig dort sein wollen, müssen wir uns beeilen!«

»Rechtzeitig wofür?«, wollte Nest wissen und hastete hinter ihr her, doch Morgause antwortete nicht.

Wo sich einst eine Klippe befunden hatte, stand Ninive weinend vor einem Haufen aus Erde und Geröll. Schlehdorn, Esche und Eiche waren unter dem Erdrutsch verschwunden, und mit ihnen jede Spur des Druiden, der sich ihrer Hilfe bedient hatte, um seinen letzten und größten Zauber zu wirken. Der kleine Bach aber plätscherte immer noch unter dem Geröll und sang zu den Steinen.

Merlin hatte vollbracht, was er beabsichtigt hatte, aber hatte er den König gerettet? Sie wusste nur, dass das Gefüge der Wirklichkeit einen gewaltigen Riss erfahren hatte. Was würde Merlin nun von ihr erwarten? Ninive trocknete ihre Tränen und verharrte lauschend, und sie vermeinte im Flüstern des Windes, im Gurgeln des Baches seine Stimme zu hören.

Sie hob den Beutel auf, in dem sie ihr Essen getragen hatte und machte sich auf, dem Verlauf des Baches gen Süden zum Wall zu folgen.

Langsam kehrte das Bewusstsein zurück. Ganz vorsichtig holte Artor Luft und fragte sich, wie lange er bereits dagelegen hatte, denn sein Körper hatte schon begonnen, Wege und Mittel zu ersinnen, den Schmerz im Zaum zu halten. Er spürte die Wunde nur noch als dumpfes Pochen im Unterbauch, obwohl sein Fleisch die Erinnerung an die grässlichen Qualen durchaus wach hielt.

In der Nähe unterhielten sich mit leisen Stimmen Menschen – einige mussten also überlebt haben. Und er musste schon vorher, im Fieberwahn, aufgewacht sein, denn er hatte vermeint, Morgause und Bediver wären da. Der König schlug die Augen auf und blinzelte, erkannte ein Kettenhemd und dunkles, gelocktes Haar.

»Herr! Ihr seid wieder bei uns!« Bediver wirbelte herum und kniete sich neben ihn, die fein geschnittenen Züge bronzen vom langen Feldzug, zerfurcht vor Anspannung.

»So wie du«, antwortete Artor. »Alter Freund, was machst du hier?« Er musste eine ganze Weile bewusstlos gewesen sein, dachte er, denn seine Wunde war verbunden worden, und er lag in einem behelfsmäßig instand gesetzten Gebäude innerhalb der Feste.

»Wir hatten nichts mehr von Euch gehört«, erwiderte Bediver hilflos. »Ich dachte, Ihr könntet mich vielleicht brauchen. Ich kam, so schnell ich konnte – lieber Gott, wäre ich doch nur rechtzeitig hier gewesen!«

»Das bist du.« Die Augen des Königs wanderten durch den Raum, erblickten nur Bedivers Männer. »Wir haben gewonnen...«

»Das Feld war bereits Euer, als ich hier eintraf«, erklärte Bediver. »Meine Leute haben es durchkämmt und nach Überlebenden gesucht. Ein paar der Aufständischen sind entwischt. Vortipor ist am Leben, wenngleich verwundet, außerdem ein paar andere – bedauernswert wenige.«

Artor stieß einen langen Seufzer aus und zuckte zusammen, als sein Bauch wieder zu schmerzen begann. »Ich sah Goriat fallen...«, sagte er.

Bediver nickte. »Morgause hat sich aufgemacht, um nach ihm zu suchen. »Wir waren dankbar, jemanden hier zu haben, der so viel von Heilkunst versteht«, fügte er mit zögerlicher Anerkennung hinzu. »Sie war es, die Eure Wunden verbunden hat.«

»Meine arme Schwester. Sie hat all ihre Söhne verloren...«, murmelte Artor. *So wie ich*, dachte er, und die Welle des Kummers, die dem Gedanken folgte, riss ihn abermals in die Finsternis.

Einst, als Kind, hatte man ihr die Geschichte von Niobe erzählte, die allzu lauthals mit ihren Kindern geprahlt hatte und dann mit ansehen musste, wie die Götter sie ihr wegnahmen. Nun, dachte Morgause, während sie das Feld von Camboglanna absuchte, weinte sie Niobes Tränen.

Wie Spreu lagen die Toten auf dem frisch abgeernteten Feld verstreut; Raben staksten zwischen ihnen umher, pickten sich ihren Anteil an der grässlichen Ernte heraus. Selgovae und Sachsen lagen ausgestreckt nebeneinander, Dumnonier und Demetier, Krieger aus jedem Winkel Britanniens. Im Tod gab es keinen Unterschied zwischen Medrods Aufständischen und den Männern, die Artor treu geblieben waren. Dies war nicht mit den Sachsenkriegen zu vergleichen, bei denen Briten gegen Eindringlinge von jenseits des Meeres gekämpft hatten. Bei einem Konflikt wie diesem konnte es keinen Gewinner geben, ganz gleich, welche Seite den Sieg für sich beanspruchte.

Goriat hatte sie bald gefunden. Die Trauer um ihn vermischte sich mit der Trauer um Aggarban, Gwyhir und Gwalchmai, doch in gewisser Weise hatte sie die drei schon vor langer Zeit verloren. Der Kummer, der sie von einem Leichnam zum nächsten trieb, jeden umdrehen ließ, um suchend in die verzerrten Gesichter zu blicken, war an jenem Tag geboren worden, als ihr jüngster Sohn, ihren Namen verfluchend, von der Insel der Maiden aufgebrochen war.

Als sie Medrod schließlich entdeckte, neigte sich der längste aller Tage dem Ende zu. Bediver hatte gesagt, sein Leichnam hätte neben dem König gelegen, doch nachdem Artor geborgen worden war, mussten ihn die Männer, die dem König in Gallien gedient hatten, woanders hingebracht haben. Nun sah Morgause, dass er nicht nur an einen anderen Ort gebracht, sondern auch in nachträglicher Rache zerhackt und entstellt worden war, sodass sie ohne Bedivers Beschreibung nicht erkannt hätte, welche Wunde ihm das Sarmatenschwert zugefügt hatte.

Morgause holte Wasser vom Fluss und badete den Körper, wie sie einst ihr Kind gebadet hatte. Man hatte Medrod sowohl entkleidet als auch verstümmelt, dennoch sah sie, dass ihr Sohn zu einem prächtigen Mann herangewachsen war – mit einem schönen Körper, wenn schon mit keiner schönen Seele. Vom Blut gereinigt, prangte auf seinem Antlitz ein vertrautes, höhnisches Lächeln.

»Und wessen Schuld war das?«, murmelte sie, als sie ihn mit ihrem Schleier bedeckte. »Du warst ohne Zweifel meine erfolgreichste Schöpfung, eine sorgfältig geschmiedete und gezielte Waffe, die letztlich zugestoßen hat.« Auch sie hatte er bis tief ins Herz verletzt.

»Ist das allein mein Werk?« Morgause blickte sich um, trotz der Wärme der Sonne. »Ach Medrod, selbst jetzt kann ich dich nicht hassen, ohne auch mich selbst zu hassen!«

Auf der Insel der Maiden war sie stets zu beschäftigt gewesen, um über die Vergangenheit nachzugrübeln; nun wurde sie von ihr überwältigt. Hätte sie eine Klinge zur Hand gehabt, hätte sie in jenem Augenblick womöglich ihr eigenes Urteil gegen sich selbst vollstreckt, doch die Waffen der Gefallenen waren bereits eingesammelt worden.

In der Nähe landete mit flatternden Schwingen ein Rabe, dessen Schnabel sich zu einem Krächzen öffnete; binnen weniger Sekunden folgten ihm zwei weitere.

»Ihr werdet ihn nicht bekommen!«, rief Morgause aus, und in den Schreien der Raben hörte sie eine Antwort.

»Ich werde sie alle bekommen … aus meinem blutigen Leib werden sie geboren, und voll Blut kehren sie zu mir zurück. Weine, meine Tochter, weine für alle gemetzelten Söhne und alle Mütter, die sie betrauern – weine mit mir!«

Ringsum war das Wehklagen der Raben zu hören, doch der Schrei, der aus ihrem Bauch in die Brust aufstieg und durch die Kehle drang, ertönte wesentlich lauter – ein kummervolles Geheul, das von der Böschung widerhallte. Als die Menschen es vernahmen, schlugen sie das Kreuz vor der Brust oder formten mit den Fingern das Zeichen des Horns und blickten über die Schultern.

Morgause aber fühlte sich nach jenem Schrei erleichtert und empfand die Last ihres Kummers als weniger beschwerlich, da sie wusste, dass die Natur mit ihr trauerte.

Bald darauf hörte sie das Knarren von Rädern, als Männer mit dem Karren kamen, um die Leichen für den Scheiterhaufen einzusammeln.

»Behandelt ihn ehrenvoll«, befahl Morgause mit belegter Stimme, als sie sich bückten, um Medrods Leichnam aufzuheben, »denn er entstammte dem Blut der Könige Britanniens.«

»Herrin, kehrt Ihr in die Feste zurück?«, wollte der Truppenführer wissen. »Es heißt, der König sei erwacht und habe schlimme Schmerzen.«

Der König …, dachte sie wie betäubt. Artor brauchte sie noch. Sie würde weiterleben müssen, wenigstens eine Weile.

»Lebt er noch?« Gwendivar glitt vom Pferd und taumelte, als ihre Muskeln sich nach dem langen Ritt verkrampften. Fackellicht jagte verzerrte Schatten über den Hof der Festung. Es war bereits nach Mitternacht, doch sie hatte darauf bestanden, ohne Pause durchzureiten, um Artor so schnell wie möglich zu erreichen.

»Der König lebt«, antwortete Bediver, »aber –«

Hastig stolperte sie an ihm vorbei und erklomm die Stufen des Praetoriums, wo das Dach grob mit Ried instand gesetzt worden war. Eine Öllampe warf unstetes Licht auf den schlafenden Mann und die Frau, die an seiner Seite saß. Als sie Gwendivars Schritte hörte, erhob sie sich, und die Königin versteifte sich, da sie in dem verhärmten Gesicht ein Abbild von Medrods Zügen erkannte.

Jäh wich Morgause zurück, als hätte sie jenen Augenblick des Erschreckens wahrgenommen. »Gewiss wollt Ihr bei ihm bleiben. Vorerst kann ich nichts mehr für ihn tun.« Damit verließ Morgause durch raschelnde Vorhänge den Raum.

Die Königin ließ sich auf die Bank sinken und ergriff Artors Hand. Sie fühlte sich warm an, als loderten darin immer noch die Feuer der Sonnenwende. Gwendivar legte die vom Ritt eiskalten Finger auf seine Stirn und sah, wie der zuckende Schmerz verebbte, der seine Träume heimsuchte, und wie die festen Lippen in dem krausen Bart sich zu einem matten Lächeln verzogen.

Alsbald schlug er die Augen auf. »Ich habe geträumt, ich wäre in Demetia ... auf dem Feldzug gegen die Iren. Aber du bist hier ...«

Gwendivar nickte. Auch in Demetia war sie bei ihm gewesen, doch in anderer Weise; damals hatte ihre Seele die seine gesucht wie eine Taube die Heimat.

»Und ich bin hier –«, Artor verzog das Gesicht. »Wenigstens noch eine Weile ...« Sie wollte schon widersprechen, doch er schüttelte den Kopf. »Ich habe immer erwartet, im Kampf zu sterben, aber ich hatte auf einen sofortigen Tod gehofft.«

»Das ist nur das Wundfieber«, unterbrach sie ihn verzweifelt. »Wir haben dich schon einmal geheilt!«

»Nun, wir werden sehen...« Seine Stimme erlahmte. »Gott weiß, nun, da wir endlich vereint sind, will ich...« Die Augen fielen ihm zu. Voller Panik beugte sie sich über ihn, aber er schlief nur.

Sie schlang die Arme um ihn, rief die Göttin an, die sie am Beltene erfüllt hatte, und alsbald überkam Gwendivar nicht jene überschwängliche sexuelle Macht, die des Königs Manneskraft zum Leben erweckt hatte, sondern eine besorgte, mütterliche Zärtlichkeit – Brigantia, die ihren gefallenen Verfechter, ihr geliebtestes Kind tröstete.

Während der verbleibenden Stunden der Dunkelheit döste Gwendivar ein wenig länger als in der Nacht zuvor, wobei sie den König fest in ihren Armen hielt. Als das Licht der Morgensonne durch das Rieddach sickerte, hörte sie draußen Stimmen. Als sie aufschaute, erblickte sie Ninive. Artor regte sich, als das Mädchen die Kammer betrat.

»Du warst bei Merlin –«, sprach der König. Im zunehmenden Tageslicht sah Gwendivar nur allzu deutlich, wie das Fieber bereits begonnen hatte, an seinem Fleisch zu zehren.

Ninive nickte und kam an das Fußende des Bettes. In ihrem zerschlissenen Umhang und mit im Haar verfangenen Blättern erinnerte sie an einen Waldgeist.

»Wir waren im Wald von Caledonia. Er wollte zu Euch –«

»Aber etwas ist geschehen. Während der Schlacht hat er mich berührt. Was hat er getan?«, erkundigte sich der König mit heiserer Stimme.

»Wie es in der Wildnis üblich ist, überkam ihn jäh das Alter…«, berichtete Ninive stockend. »Er setzte seine letzte Kraft ein, um einen großen Zauber zu vollführen. Und als er vorüber war, fühlte ich ihn überall um mich herum, als wäre er nicht von uns gegangen, sondern in der Welt allgegenwärtig geworden.«

»Vielleicht muss es so sein«, murmelte Artor. »Es war schon immer so, dass der Seher dem König vorausging…«

Später an jenem Vormittag, nachdem Artor abermals in einen unruhigen Schlaf gefallen war, ließ Gwendivar sich überreden, hinaus ins Sonnenlicht zu gehen und ein wenig zu essen. Man hatte einen behelfsmäßigen Tisch aufgestellt und dünnes Bier, Gerstenbrot und harten Käse aufgetragen. Alsbald gesellten sich Ninive und Morgause zu ihr.

»Wie schwer ist der König verwundet?«, erkundigte sich das Mädchen.

Gwendivars Blick heftete sich auf das verfallene Tor, durch das sie den Rand der Böschung und das Schimmern des Flusses dahinter sehen konnte, als könne sie es zwar ertragen, die Antwort zu hören, nicht aber, sie in den Augen der älteren Frau zu lesen.

»Schwer genug, wenn die Klinge nur die Muskelschicht durchdrungen hat, die den Bauch schützt. Aber wenn sie auch die Eingeweide erreicht hat…« Morgause schüttelte den Kopf. »Dann gibt es nichts, was ich tun kann.«

Gwendivar drehte sich um. »Ihr seid die Herrin vom See! Wir müssen ihn dorthin bringen«, forderte sie voller Verzweiflung. »Der Kessel hat ihn schon einmal geheilt!«

Morgause starrte sie an, als hätte sie ob des eigenen Kummers vergessen, wer sie war.

»Könnte er das Gerüttel einer Pferdesänfte so lange ertragen?«, fragte Ninive und blickte von einer zur anderen.

»Wenn er hier bleibt, stirbt er«, erwiderte Morgause bedächtig. »Und vielleicht können wir ihn einen Teil des Weges mit einem Boot befördern, wenn eines hier, so weit flussaufwärts, fahren kann.«

»Wir versuchen es!« Unvermittelt erhob sich Gwendivar. »Ich bin die Tigernissa; sogar Bediver wird mir gehorchen!«

»Ihr seid die Tigernissa, Königin im Reich der Menschen«, sprach Morgause, in deren Antlitz etwas aufflammte, das zuvor nicht da gewesen war, »während ich Branwen bin, die Weiße Rabin, die im Land der Seelen herrscht.«

»Beim Volk meiner Mutter könnte ich wohl auch als Königin zählen«, meldete Ninive sich zu Wort, »obwohl es der Wald ist, in dem ich herrsche.«

»Mit drei Königinnen, die sich um ihn kümmern, wird Artor gewiss geheilt!«, rief Gwendivar aus, und in jenem Augenblick, als die Sonne so strahlend auf die Hügel herabschien, glaubte sie sogar daran.

Als das Boot die Reise flussabwärts antrat, sah Morgause, wie zwei Raben von dem alten Schlehdornstrauch abhoben und ihnen voranflogen. Am nächsten Tag und den folgenden waren es schon ein Dutzend, die um das Boot kreisten, davor oder dahinter flogen.

Gwendivar erstarrte jedes Mal, wenn sie die Tiere erblickte, als wollte sie den König verteidigen, obwohl die Vögel keine Anzeichen von Hunger zeigten. Die Krieger, die sie entlang des Ufers begleiteten, fassten die Anwesenheit der Raben anders auf und meinten, Lugos und die Herrin der Schlachten hätten ihre Vögel gesandt, um ihren Kämpen zu beschützen. Ninive behauptete, es sei Woden, der Merlin seinen Speer geschenkt hatte.

Morgause hingegen besann sich, wie Artor das Haupt des Brannos im Weißen Berg von Londinium gefunden und Anspruch auf den Platz des alten Königs als Hüter Britanniens erhoben hatte. Es hieß, an jenem Tag wären die Raben, die ihren Führer erkannt hatten, zu ihm gekommen. Vielleicht waren es wirklich Brannos' Raben, die ihm nun folgten; doch ob sie ihn zum Tode oder zu noch größerem Ruhm geleiteten, vermochte sie nicht zu sagen.

Zunächst wateten einige der Männer mit dem Boot durch das Wasser, während es den Fluss hinabtrieb, halfen ihm über seichte Stellen hinweg und räumten Hindernisse beiseite. Doch alsbald wurde das Wasser tiefer, und es bedurfte lediglich eines gelegentlichen Paddelschlags des Bootsmanns, damit der König weiter sanft gen Luguvalium trieb. Eine der Königinnen war stets singend bei ihm und legte ihm vom Wasser des Flusses gekühlte Umschläge auf die glühende Stirn, während die anderen beiden mit den Kriegern ritten.

Morgause spürte Artors Pein, selbst wenn sie nicht bei ihm war. Der Silberweiden-Aufguss, den sie ihm eingeflößt hatte, half wenig dagegen. Sie hatte ihn mit Laucheintopf gefüttert, dessen Duft sie aus der Wunde roch. Mittlerweile war sie sicher, dass die Eingeweide verletzt waren und im Bauch Fäulnisprozesse eingesetzt hatten, und wenn er im Fieberwahn von alten Schlachten stammelte, war sie nachgerade froh.

Bevor der Cam in die Salmaes-Förde mündete, bogen sie in jenen Fluss ein, der nördlich von Voreda verlief, und reisten stromaufwärts, wobei das Boot vom Ufer aus von Männern mit Seilen geschleppt wurde, wenn es nötig war. Jede Nacht war ein klein wenig länger, und die

Kraft des Königs schien mit der schwindenden Stärke der Sonne zu verebben. Er kämpfte immer noch – manchmal glaubte sie, er träumte deshalb vom Krieg –, doch immer öfter verließ ihn das Bewusstsein gänzlich, um dem geschundenen Leib einige Stunden unruhiger Erholung zu gönnen.

Als sie endlich in Voreda eintrafen, rasteten sie, um eine Pferdesänfte zu bauen, ehe sie den letzten Teil der Reise in die Hügel antraten.

Morgause holte tief Luft. In den großen Hügeln herrschte stets eine lebendige Stille, ein Gemisch aus dem Rascheln des Windes in den Blättern und dem Rauschen von Wasserfällen; oder vielleicht war es der Odem der Berge selbst, den sie hörte. Über ihnen trieb ein Rabe im Wind. Sie hatten im Schatten eines Birkenhains angehalten, um die Pferde vor dem letzten Anstieg verschnaufen zu lassen, und jene eigenartige Ruhe schien die ganze Welt zu erfüllen.

Die drückende Wärme der Niederungen hatte Kraft aus Geist und Körper gesogen, doch mit jedem Schritt in die Hügel spürte Morgause, wie neue Energie sie durchflutete. Während sie den Tross zurückging, um nach Artor zu sehen, vermeinte sie, auch er müsste sich besser fühlen. Und tatsächlich war er wach und starrte mit fiebrigen Augen um sich.

»Wo sind wir?«, flüsterte er.

»Wir befinden uns knapp unterhalb des Steinkreises auf der Hügelkuppe.«

Der König nickte. »Ich erinnere mich daran.«

»Nach der nächsten Biegung führt der Pfad abwärts. Bald werden wir den See und die Insel sehen.«

»Ich glaube nicht, dass ich jemals dort ankommen werde –«, seufzte Artor.

Morgause umfasste sein Handgelenk und spürte, wie der Puls gleich einer verlöschenden Kerzenflamme flackerte.

Auch Gwendivar und Ninive waren abgestiegen, sahen Morgause und den König miteinander reden und kamen zu ihm herüber.

»Was ist denn los?«, wollte Gwendivar wissen und bückte sich, um Artor das schweißnasse Haar aus der Stirn zu wischen. »Sind die Schmerzen schlimmer geworden?« Morgause hörte, welche Mühe Gwendivar hatte, ihrer Stimme einen festen Klang zu verleihen.

»O meine Geliebte«, hauchte er. »Die Schmerzen liegen hinter mir. Die Fasern meines Seins lösen sich auf, und mit jedem Schritt zerfallen sie mehr. Ich kann nicht weiter ...«

»Mein König«, rief Bediver verzweifelt aus. »Wir sind beinahe am See!«

Ninive ergriff Morgauses Arm. »Herrin, lasst ihn doch hier im Kreis warten; vielleicht kann er aus dessen Macht Kraft beziehen. Können wir denn nicht vorauslaufen und den Kessel herbringen?«

Ninive war einst eine Priesterin am See gewesen, dachte Morgause. Sie war ihre Enkelin, die Erbin ihrer Macht – vielleicht sprach nun die Göttin durch sie.

»Der Steinkreis ...«, wiederholte Artor. »Ich spüre, wie er mich ruft. Schwester, falls du mir vergeben hast, was ich dir durch meine Geburt angetan habe, lass mich hier rasten ...«

»Mein Bruder«, entgegnete sie, »ist dein Herz in der Lage, *mir* zu verzeihen?«

Kaum sichtbar schüttelte er den Kopf. »Unseres Sohnes Blut hat alle Schuld beglichen, Morgause.«

»Ich gehe«, sprach sie leise, wobei ihre Stimme zitterte. »Warte auf mich, Artor! Warte auf mich!«

Als sie den Pfad hinab aufbrach, hörte sie sein Flüstern hinter ihr:

»Das werde ich ... sofern ich kann ...«

Artor lag unter dem freien Himmel auf der Brust des Berges. Er spürte die Kraft der Steine, die ihn einer königlichen Leibwache gleich umstanden. Er selbst bildete ihr Zentrum, während der Hügel, auf dem der Steinkreis sich erhob, von Bergen umgeben war, und das Land des Sees und der Berge den Mittelpunkt der Kreise der Welt bildete.

Seine Begleiter wollten ihm ein Schattendach bauen, doch er bat sie, es zu lassen. Er brauchte das Licht. Hier atmete er zwar freier als seit Tagen, dennoch gab er sich keinerlei falschen Hoffnungen über seinen Zustand hin. Von Zeit zu Zeit huschte die dunkle Gestalt eines Raben durch sein Blickfeld. *Bald*, dachte er, *komme ich mit euch. Geduldet euch nur noch eine kurze Weile.*

In seinen klaren Augenblicken war ihm nach und nach bewusst geworden, dass sein Verfall selbst für die Heilkraft des Kessels zu weit fortgeschritten war. Die Macht des Kessels diente dazu, die natürliche Ordnung wiederherzustellen, und für einen so versehrten Körper wie den seinen entsprach es dem Lauf der Natur, den Geist ziehen zu lassen.

Das Königreich, über das er von Camelot aus geherrscht hatte, war am Ende, und wer würde nun über Britannien wachen? Rastlos wälzte er sich hin und her, während er an die jungen Füchse aus Medrods Prophezeiung dachte. Was würde aus dem Land werden, wenn einer von ihnen versuchen sollte, sich über die anderen zu stellen, indem er das Sarmatenschwert schwang? Selbst die Priesterinnen der Insel waren außerstande, es gegen einen entschlossenen Angreifer zu verteidigen –

Er musste gestöhnt haben, denn plötzlich beugte sich Bediver über ihn.

»Herr, braucht Ihr Wasser?«

Artor schluckte. »Das Schwert – bring es her …« Kurz schloss er die Augen, bis er die vertrauten Rillen des Griffes in der Hand spürte. Er versuchte, ihn zu umfassen und stellte erstaunt fest, wie wenig Kraft noch in seinen Fingern lag. Doch sie reichte aus, um den Strom der Macht zu fühlen.

Verteidiger, betete er, *was ist dein Wille für diese Klinge?* Und im nächsten Augenblick erzitterte Artor unter einer Flut von Bildern, als er begriff, was getan werden musste.

Gwendivars Hände legten sich kühl auf sein Gesicht, dann hoben sie ihn an, und er spürte, wie Wasser aus dem Lederbeutel auf seine trockenen Lippen tröpfelte. Er schaute zu Bediver auf.

»Bring das Schwert zum Rand des Sees hinab und schleudere es mit all deiner Kraft hinein.«

»Artor! Es verkörpert die Stärke des Königreiches!«, rief Bediver aus.

»So ist es – und so wird es immer sein –, solange es nicht in böse Hände fällt! Nimm es und geh, und erzähl mir danach, was geschehen ist!«

Nachdem Bediver aufgebrochen war, legte Artor sich wieder hin und wartete, bis sein rasender Puls sich beruhigte. Sein Leib schien kaum noch kräftig genug, um sein galoppierendes Herz davon abzuhalten, ihn fortzutragen. Sein Körper glich einem leeren, allein von Sonnenlicht gefülltem Gefäß; oder vielleicht war es das Fieber, das seine Sterblichkeit verbrannte, so wie Schlacke verbrennt, wenn die Göttin ihre Schmiedeschürze anlegt und das Erz im Feuer reinigt.

Artors Haut wirkt so durchscheinend, dachte Gwendivar. *Er ist wie ein mit Licht gefülltes Gefäß* ... Sie hatte ihn stets als stark und auf seine Weise anziehend empfunden; nun, da sein Fleisch verfiel und die makellosen Knochen darunter zum Vorschein kamen, war er wunderschön. *Und ich werde ihn verlieren.* Der Griff der Furcht, die ihr seit der Schlacht am Cam so vertraut geworden war, krampfte sich um ihren Magen.

Artor schien zu schlafen, doch sie war sich nicht sicher. Durch die Verbindung, die seit Beltene zwischen ihnen gewachsen war, spürte sie, dass er den Großteil der Zeit in dem nebligen Grenzbereich zwischen Schlafen und Wachen verbrachte – oder vielleicht an den Grenzen zur Anderswelt. Während der Reise hatte sie oft mit ihm gesprochen, obwohl sie nicht wusste, ob er sie hören konnte, aber es gab noch so viel zu sagen.

»Ich habe so vieles vermisst«, flüsterte sie. »Kinder, den Trost deiner Arme während der langen Jahre. Ich weine, weil ich dir keinen wahren Sohn schenken konnte, der jenes Schwert nach dir tragen kann. Aber keiner anderen Frau war das Geschenk beschieden, neben dir als deine Königin zu herrschen. Und wenn das Königreich auch fallen muss, das wir errichten wollten, dann haben wir es immerhin versucht und die Finsternis wenigstens für eine kurze Weile fern gehalten.«

Sanft streichelte sie sein Haar. »Ich glaube, wenn du mich verlassen musst, gehe ich zurück nach Süden, nach Avalon. Möchtest du mit mir kommen, Geliebter, auf dass wir eines Tages gemeinsam auf der heiligen Insel begraben liegen?«

Sie hörte Schritte und blickte auf, als Bediver den Hügel heraufkam. Seine Hände waren leer; Gwendivar runzelte die Stirn. War tatsächlich so viel Zeit verstrichen?

»Sieh nur, Bediver ist zurück«, sagte sie, und Artor schlug die Augen auf, also hatte er vielleicht doch zugehört.

»Ist es vollbracht?«, fragte der König. »Was hast du gesehen?«

Bediver starrte ins Gras. Ein Muskel zuckte in seinem Gesicht. »Den Wind auf dem Wasser und ein Aufspritzen. Was sonst könnte es zu sehen gegeben haben?«

»Wie das Schwert sich mit dem See vereint!«, rief Artor mit so kraftvoller Stimme, dass alle sich umdrehten. »Denn du hast nicht getan, worum ich dich bat! Geh noch einmal los, Bediver, und gehorche meinem Befehl, sofern ich noch dein König bin.«

Raben stiegen gleich einer schwarzen Wolke auf und krächzten mit zornigen Stimmen, als Bediver abermals den Hügel hinab aufbrach. Einige flatterten hinter ihm her wie flügelschlagende Schatten von Artors Willen.

Schweigend harrten Gwendivar und die Krieger seiner Rückkehr. Und wieder schien die Zeit zu kurz, um zum See hinab und wieder heraufzusteigen, als Bediver wiederkam.

»Bediver, ich habe dir vertraut!« Die Stimme des Königs wirkte schwach vor Kummer. »Fünfundzwanzig Jahre lang warst du bei mir, standest mir näher als ein Blutsverwandter! Verrätst am Ende sogar du mich?«

Bediver breitete die Arme aus; Tränen glitzerten auf seinen Wangen. »Herr, wartet, bis sie den Kessel bringen und Euch heilen, und nehmt das Schwert zurück! Oder wenn Ihr uns schon verlassen müsst, so beraubt uns wenigstens nicht der letzten Hoffnung, die wir noch haben! Ihr habt keinen Nachfolger ernannt! Wie sollen wir einen wahren König küren, wenn nicht durch das Schwert?«

»Ihr alle seid meine Erben!«, verkündete der König

mit fester Stimme. »Jeder, der meine Geschichte hört! Und nicht durch Waffen soll das Erbe verteidigt werden, das ich euch hinterlasse...« Schwach bewegte Artors Kopf sich auf dem Kissen. »Ihr müsst Hoffnung aus euren Herzen schöpfen, nicht aus dem Schwert...« Abermals versuchte er zu sprechen und hustete nur. Gwendivar erkannte, dass ihm die Kraft für weitere Worte fehlte.

»Bediver«, forderte sie ihn mit einer Härte in der Stimme auf, die sie sich im Verlauf der zehn Jahre als des Königs Herrscherin angeeignet hatte. »Ich befehle dir, den Willen des Königs zu erfüllen, im Namen der Liebe für mich, die du im Herzen trägst...« Seine Augen blickten in die ihren, und sie sah, wie die Verzweiflung darin einem Kummer wich, der so tief war wie der ihre.

»Herrin«, antwortete er mit brüchiger Stimme, »auch mein Sohn liegt bei den Toten auf dem Feld von Camboglanna.«

Seine Schritte waren langsam, als er neuerlich den Hügel hinab zum See aufbrach.

Morgause saß im Bug des schaukelnden Bootes, während Nest sie zum Ufer ruderte. Den Kessel hielt sie in den Armen. Ninive hockte vor ihr und hütete den Beutel mit der Medizin und den anderen Dingen, die zu finden sie mehr Zeit als erwartet gekostet hatte, denn womöglich würden sie einige Zeit auf dem Hügel zubringen müssen, ehe sie Artor zum See hinab schaffen konnten.

Wir haben Zeit, beruhigte Morgause sich innerlich und drehte sich auf dem Sitz, um den Hügel im Blick zu halten. *Im Kreis ist er in Sicherheit. Er wird leben, bis ich zurückkehre...*

Unter seiner Umhüllung bebte der Kessel, den sie gegen den Leib gepresst hielt, wie ein lebendes Wesen. So viele Jahre hatte sie nach ihm gestrebt, und als sie ihn endlich in Händen hatte, da hatte seine Macht von ihr Besitz ergriffen und sie verwandelt. Doch obwohl sie seit mehr als einem Dutzend Jahren als seine Priesterin diente, benutzte sie ihn nur unter Einhaltung der vorgeschriebenen Riten. Diese innige Berührung verursachte ihr Schwindel.

Brigantia, steh mir bei, betete sie. *Lass mich deinen Willen vollstrecken!*

Eine Bewegung am Ufer erregte ihre Aufmerksamkeit, und sie beugte sich vor, um besser zu sehen. »Nest, wende das Boot«, befahl sie unvermittelt. »Lenk es zu dem kleinen Strand am Felsen.«

Am Rand des Wassers stand Bediver und hielt das Schwert. Sogar von hier aus konnte sie erkennen, dass er weinte.

»Was tust du denn da?«, schrie sie. »Ist Artor –«

»O Herrin, er befahl mir, es in den See zu werfen!«, rief er mit zuckendem Antlitz zurück.

Das Boot schaukelte, als Morgause aufstand. Vor Artor waren die Frauen ihres Blutes die Hüter des Schwertes gewesen.

»Halt ein! Du darfst es nicht –«, setzte sie an, doch Bediver holte bereits aus, wirbelte die Klinge mit mächtigem Schwung von sich.

Einen Augenblick lang schien das Schwert in der Luft zu schweben und glänzte dabei im Sonnenlicht. Dann flog es weiter, stieg in einem Flammenbogen über dem Wasser auf. Morgause wurde nach vorn geschleudert, spürte, wie Ninive im selben Augenblick ihre Beine umklammerte, als der Kessel sich aus ihren Fingern löste, die keine Kraft mehr hatten, ihn zu halten.

Der Kessel wirbelte gleich einem silbrigen Rad über

das Wasser; das Schwert stach herab. Als sie sich trafen, flammte grelles Licht auf und blendete die Sinne. Doch als Morgause rücklings stürzte, brannte sich nicht das Nachbild des Schwertes und des Kessels in ihre Lider, sondern das einer Göttin, die sich aus den Wassern reckt, um den Gott zu empfangen...

Artor fuhr aus seiner Bewusstlosigkeit auf und stöhnte. *Ich sterbe!*, dachte er, doch er war noch immer an seinen von Schmerzen geplagten Leib gefesselt. Vielmehr war es die Welt, die erbebte und sich neu zusammenfügte, und er begriff, dass jenes vollkommene Gleichgewicht, nach dem er getrachtet, seit er das Schwert aus dem Stein gezogen hatte, endlich erreicht war.

»Gwendivar!«, rief er. »Spürst du das? Es ist vollbracht!«

Sie legte seine Hand auf ihre Brust, und er fühlte, wie ihr Herz darin beinahe so wild pochte wie das seine. Artor grinste wie ein Krieger am Ende einer verzweifelt gefochtenen, entgegen jeder Hoffnung gewonnenen Schlacht. In ihrem Antlitz sah er eben solche Verblüffung.

»Helft mir auf –«, forderte er die Umstehenden mit plötzlicher Autorität in der Stimme auf. »Lehnt mich mit dem Rücken an einen Stein.«

Die Königin nickte, und Männer, aus deren Augen kummervolles Begreifen sprach, kamen herbei, um ihn aufzuheben. Sie lehnten ihn an einen Felsblock, der ein Rechteck am östlichen Rand des Kreises markierte und dessen Oberfläche von den Jahrhunderten glattgescheuert war. Er gibt einen königlichen Sitz für den Tod eines Königs ab, dachte Artor.

Er holte tief Luft und lies langsam den Atem entweichen. Der kalte Stein erwärmte sich unter ihm; ein Schauder kroch ihm über den Rücken und in die Tiefen der Erde, ehe er gleich einer Fontäne wieder emporbrach. Der König hustete, immer und immer wieder, und er spürte, wie die Bande rissen, welche die Seele an den Körper fesseln.

Gwendivar kniete weinend neben ihm.

»Meine Geliebte ... meine Geliebte ...«, flüsterte er, der nun so viele Dinge verstand. »Wir können einander nicht verlieren. Ich werde niemals fern von dir sein. Wenn mein Körper in der Erde ruht, wird mein Geist über Britannien wachen ... Wache mit mir, meine Königin, bis wir wieder vereint sind ...«

Sie ergriff seine Hand, und Artor lächelte. Er nahm Stimmen wahr – Bediver, Morgause und Ninive, die ob des überhasteten Anstiegs keuchten, doch er fand keine Kraft mehr, um zu ihnen zu sprechen. Er gestattete den Augen, sich zu schließen. Durch die Lider sah er immer noch Sonnenlicht; seine übrigen Sinne schienen sich zu schärfen. Sein Körper vermochte ihn nicht mehr zu halten; sein Geist drang nach draußen, durch die Erde, die Luft, das Wasser. Unter der Oberfläche, die er stets als Wirklichkeit anerkannt hatte, spürte er das wahre Britannien, jenes wahre Land des Herzens, das alles überdauern würde, ganz gleich, welche Übel sich in der Welt der Menschen ereigneten.

Wieso nur, fragte er sich, hatte er so lange gebraucht, um dies zu verstehen?

In Gwendivars Augen schien das Licht, das Artors Antlitz erfüllt hatte, langsam zu verblassen. Dafür nahm das Strahlen rings um sie zu. Sie zwinkerte die Tränen fort und schaute von der leeren Hülle auf, fragte sich, wohin er gegangen war.

Morgause stieß einen Schrei der Klage aus, und als wäre dies ein Zeichen gewesen, stoben die Raben gleich einer schimmernden, schwarzen Wolke auf. Dreimal umkreisten die schwarzen Vögel den reglosen Leib, kreischten voller Kummer und Triumph zugleich. Dann sah Gwendivar, wie aus ihrer Mitte ein Rabe aufstieg und gen Süden davonflog. Im Licht der Sonne wirkte sein Gefieder leuchtend weiß.

EPILOG

REX AETERNUS
A.D. 1189

»Es heißt, du kennst alle Geschichten Britanniens«, spricht der König. »Kannst du auch über König Arthur singen?« Er klopft auf ein ledergebundenes Buch, das auf dem Tisch vor ihm liegt. »Hier sind die *Lais* von Marie de France, die sie mir gewidmet hat. Auch den *Brut* und Geoffreys *Historia* habe ich als junger Mann gelesen. Zudem habe ich viele, viele Lieder von den Gauklern deines Landes gehört. Ich warne dich, es wird dir schwer fallen, etwas zu finden, das ich noch nicht kenne!«

Der Barde neigt das Haupt. Er ist alt, wirkt aber kräftig und hat dunkle Augen unter buschigen Brauen. Er ist ein ausgesprochen großer Mann.

»Gebieter, ich kenne zahlreiche Geschichten, die noch niemand gehört hat, über Arthur und vielerlei andere Dinge.« Im durch das Spitzfenster einfallenden Licht schimmert sein Bart silbrig vor dem schmutzigen Weiß seiner Robe.

»Ha!«, ruft König Henry aus. »Dann setz dich, denn an meinen Eingeweiden nagt ein Fuchs, und eine gute Geschichte hilft mir vielleicht, den Schmerz zu vergessen.« Er hat die Burg von Chinon mit wunderschönen Dingen gefüllt. Der Stuhl, den er den Barden zuweist, hat einen Sitz aus rotem Leder und Beine, die wie die Klauen eines Gänsegeiers geschnitzt sind.

»So starb König Arthur«, spricht der Barde. »Erdolcht von seinem Sohn.« Er spricht Französisch mit dem tiefen, melodischen Klang der keltischen Lande.

Der König bedenkt ihn mit einem scharfen Blick. »Meine Söhne haben dasselbe getan, sowohl Richard, der sich gegen mich auflehnt, als auch John, der Ränke mit dieser Natter Philippe Auguste schmiedet, während er lächelnd meinen Namen preist. Aber du überraschst mich«, fährt er fort und trinkt einen weiteren Schluck Wein. »Die meisten Briten behaupten, dass Arthur niemals starb, sondern auf den westlichen Inseln schläft oder in einer Höhle in den Hügeln oder im Tal von Avalon. Auch die Waliser behaupten das, besonders wenn sie Aufstand predigen.«

»Diejenigen, die von Avalon erzählen, kommen der Wahrheit am nächsten«, brummt der Barde. »Dort liegt er begraben.«

»Und wie hat sich das zugetragen?« Henry zieht seine Robe enger um sich und lehnt sich mit einer hochgezogenen Augenbraue auf dem geschnitzten Stuhl zurück.

»Die Schlacht von Camlann wurde im Norden Englands ausgetragen, nahe des Großen Walls«, erklärt der Barde, »nicht in Cornwall, wie so viele behaupten. Und nachdem der König gestorben war, brachte Königin Guinevere seinen Leichnam nach Süden und begrub ihn auf Inis Witrin, der Insel aus Glas, dem Ort, den man heute Glastonbury nennt.«

»Tatsächlich?« Der König legt den Kopf schief, willens, sich unterhalten zu lassen. »Sag denn, wenn du so viel weißt, was für ein Mann war Arthur, und wie alt war er, als er seinem Ende begegnete?«

»Ein großer Mann, so wie Ihr, und fünfundfünfzig Jahre alt, als er starb. Auch er stritt zum Wohle des Landes mit den Kirchenvertretern und träumte von einem Kaiserreich in Gallien.«

Henry runzelt die Stirn. »Dann habe ich ihn übertroffen, denn ich bin sechsundfünfzig. Ich frage mich, willst du mir drohen oder schmeicheln?«

Der Barde zuckt mit den Schultern. »Arthur wandelte auf der Erde, liebte innig und trachtete beflissen danach, gute Gesetze zu erlassen, den Frieden zu wahren und das Land vor seinen Feinden zu beschützen.«

»Das habe ich auch getan«, entgegnet der König mit sanfterer Stimme. »Aber du beraubst die Geschichte all ihres Zaubers, indem du sie so erzählst!«

»Ist es denn kein viel größeres Wunder, dass dieselbe Geschichte sechs Jahrhunderte nach Arthurs Tod noch immer erzählt wird, und zwar in jedem Land des Christentums?«, gibt der Barde mit noch sanfterer Stimme zurück.

Lachend schüttelt König Henry den Kopf. »Du wirst niemals reich werden, indem du sterblichen Königen solche Geschichten erzählst! Wir glauben lieber, dass Arthur in einem Zeitalter der Wunder lebte und vermeiden jeden Vergleich.«

»Aber was, wenn es wahr wäre?«

»Wenn es sich beweisen ließe, meinst du?« Plötzlich ergreift der König den sehnigen Arm des Barden. »Wer bist du, das du solche Dinge weißt?«

Eine Weile mustert ihn der Barde. Dann lächelt er ungemein freundlich, und Henry spürt, wie er den Griff löst. »Man hat mir viele Namen gegeben. Ich bin der Wilde Mann der Wälder und ein Barde am Hofe von Königen. Ich bin ein Wanderer auf den Pfaden der Welt und Arthurs Seher. Und Ihr selbst könnt die Wahrheit meiner Worte beweisen –«

Er beugt sich vor. »Vor fünf Jahren brannte das Kloster von Glastonbury nieder. Die Mönche sind immer noch dabei, es wieder aufzubauen. Befehlt ihnen, zwischen den beiden Pyramiden auf dem Kirchhof tief zu graben. Sie werden einen aus einem Eichenstamm geschnitzten Sarg finden. Darin werden sie auf Arthurs Gebeine stoßen, und zu seinen Füßen auf Guinevere mit einem Bleikreuz, das ihre Namen verrät.«

»Das würde die Waliser zum Schweigen bringen!«, ruft der König aus, ehe er nüchterner fortfährt: »Sie behaupten, Arthur sei ihr Verteidiger, aber dasselbe gilt für die Engländer und für uns Normannen, denn mein Enkel trägt seinen Namen. Heutzutage gehört er jedermann. Warum ist das wohl so, was meinst du?«, fragt Henry. »Weshalb spielt er eine so bedeutende Rolle?«

»Weil er Britannien liebte…«, antwortet der Barde. »Weil er das Land eine kurze Weile vor der Finsternis bewahrte.« Damit lehnt er sich zurück und betrachtet den König.

»Ich erzähle Euch diese Dinge, damit Ihr wisst, dass derlei Taten von Sterblichen vollbracht werden können. Und doch entspricht auch, was die Waliser und die Briten Euch sagen, der Wahrheit. Arthurs Geist ist nie von uns gegangen – weder in den Himmel noch in eine andere Welt; er wacht noch immer über diese heilige Insel…«

GLOSSAR

Anmerkung zur Aussprache

Britische Namen sind im Wesentlichen in der Schreibweise des 5.–6. Jahrhunderts wiedergegeben. Die spärlichen Quellen sind meist in lateinischer Sprache oder daraus abgeleitet; auf die Aussprache können wir nur auf Grund von »Schreibfehlern« und der späteren Entwicklung schließen. Grundsätzlich gibt es keine einheitliche Schreibung, und die meisten der prominenteren Zeitgenossen benutzten ihren Namen vermutlich sowohl in einer lateinischen als auch in einer keltischen Fassung. Generell lässt sich sagen, dass die Konsonanten in der Wortmitte vielfach weicher ausgesprochen wurden als im klassischen Latein, während die Vokale zum Teil verdumpft waren (aus »Medraut« wurde »Medrod«). Letzterem wurde hier bereits Rechnung getragen, als Konzession an die bessere Lesbarkeit.

VERSALIEN, Gottheiten oder Gestalten aus der Mythologie
VERSALIEN KURSIV, legendäre Gestalten
Grundschrift, fiktive Personen oder Benennungen
Grundschrift kursiv, historisch belegte Personen
(...), zu Beginn der Geschichte bereits verstorben
[...], Name in der späteren Literatur

Personen

Aelle, Anführer der Südsachsen
AGGARBAN [Agravaine], Morgauses dritter Sohn
Agricola, gen. Langhand, Fürst von Demetia
Alarich II., Anführer der Wisigoten
Amalfrida, Tochter des Theodoric, vermählt mit Thraserich, dem Anführer der Vandalen
(*Ambrosius Aurelianus*, Kaiser Britanniens und Vitalinus' Gegenspieler)
(*Amlodius Licinus*, Artors Großvater)
(Artoria *ARGANTE*, Artors Großmutter)
ARTOR/ARTORIUS [Arthur/Artus], Sohn des Uther und der Igraine, Hochkönig von Britannien
BEOWULF, König der Gauten in Dänemark
BEDIVER [Bedivere], Neffe des Riothamus, einer von Artors Gefährten
Bleitisbluth, ein Piktenhäuptling
BRANNOS [Bran], mythischer König der Insel der Mächtigen
BRIGANTIA [Brigid], britische Göttin des Heilens, der Eingebung und des Landes
Budic, ein Enkel des Riothamus, Herrscher von Civitas Aquilonia
Cador, Fürst von Dumnonia
GAI [Kay], Sohn des Caius Turpilius, Artors Ziehbruder und Gefährte
Caninus [Aurelius Caninus], Sohn des Fürsten von Glevum, Verbündeter Medrods
CATHUBODVA, Herrin der Raben, eine britische Kriegsgöttin
Ceawlin, Sohn des Cynric und Enkel des Ceredic
Ceincair, eine Priesterin auf der Insel der Maiden
(*Ceredic* [Cerdic], Anführer der Westsachsen)
Chlodowig [Clovis], König der Franken in Gallien

Chlotild, Königin der Franken

Clutorix, siehe Paulinus Clutorix

Conan, Fürst von Venetorum

Constantin, Sohn des Cador, Fürst von Dumnonia

Cuil, ein Straßenräuber

Cunomorus, siehe Marcus Cunomorus

Creoda, Sohn des Icel von Angeln

Cunobelinus, Kriegsführer der nördlichen Votadini

Cunoglassus, ein Fürst von Gwenet, Verbündeter Medrods

Cunovinda, eine junge Priesterin auf der Insel der Maiden

Cymen, Aelles ältester Sohn

Cynric, Sohn des Ceredic, Anführer der Westsachsen

Daniel Dremrud, Sohn des Riothamus

Doli, piktischer Krieger im Dienste Morgauses

Drest Gurthinmoch, Hochkönig der Pikten

(*Dubricius*, Bischof von Isca und Oberhaupt der Kirche Britanniens)

Dumnoval [Dyfnwall], Herrscher der südlichen Votadini

Edrit, ein junger Krieger im Dienste Aggarbans

Eldol der Jüngere, Fürst von Glevum

Eormenric, Sohn des Oesc, kindlicher König von Cantuwara

Gipp, Gründer von Gippewic in Essex, Medrods Verbündeter

GORIAT [Gareth], Morgauses vierter Sohn

(*GORLOSIUS* [Gorlois], erster Gemahl Igraines, Vater von Morgause)

Gracilia, Gemahlin Gwalchmais

GWALCHMAI [Gawain], Morgauses erster Sohn

GWENDIVAR [Gwenivere], Artors Königin

Gwenomarcus, Herrscher von Plebs Legionorum

GWYHIR [Gaheris], Morgauses zweiter Sohn

Haedwig, eine sächsische Weisfrau

(*Hengest*, König von Cantuwara, Anführer des Sachsenaufstands)

Icel, König der Angeln in Britannien

IGRAINE, Artors Mutter, Herrin vom See

Johannes Riothamus, Herrscher in Gallien

Johannes Rutilius, Riothamus' Schwager, Bedivers Vater

Julia, eine Nonne von der Insel aus Glas, Gwendivars Gefährtin

(Kea, eine britische Sklavin bei den Pikten, Medrods erste Geliebte)

Vater Kedi, ein irischer Priester am Hofe Artors

LEODEGRANUS [Leodegrance], Fürst von Lindinis, Gwendivars Vater

(*LEUDONUS* [Lot], Anführer der Votadini)

MAGLOCUN [Maelgwn], ein Fürst von Gwenet, Medrods Verbündeter

Magnus Maximus [Macsen Wledig], ein in Britannien dienender General, der zum Kaiser ausgerufen wurde (383–388)

Marcus Cunomorus [Mark von Cornwall], Sohn des Constantin

Marianus, ein Verbündeter Medrods

Maxentius, ein Enkel des Riothamus

MEDROD [Mordred], Morgauses fünfter, von Artor gezeugter Sohn

MELGUAS [Meleagrance], ein in Gwenet geborener Ire, Entführer Gwendivars

MERLIN/AMBROS [Merlin Ambrosius] – Druide und Zauberer, Artors Berater

Morcant Bulc, Erbe von Dun Breatann

MORGAUSE, Tochter der Igraine und des Gorlosius, Königin der Votadini

(*Naitan Morbet*, König der Pikten)

NINIVE [Nimue/Vivian], Tochter Gwalchmais und einer Frau aus den Hügeln

Nest, eine Priesterin auf der Insel der Maiden

(*Oesc*, Enkel Hengests und König von

Cantuwara, Eormenrics Vater)
Othar, Ela, Adgils, Admund [Othere, Onela, Eadgils, Eadmund] – König Ottar von Schweden, sein Bruder Ali, seine Söhne Adils und Eadmund
Paulinus Clutorix, Fürst von Viroconium
PEREDUR, Sohn des Eleutherius, Fürst von Eboracum
Pompejus Regalis [Riwal], Herrscher von Domnonia
Ridarchus [Rhydderch], König von Altacluta and Schutzherr Luguvaliums
Rigana, Oescs Witwe, Eormenrics Mutter
Riothamus, siehe Johannes Riothamus
Rutilius, siehe Johannes Rutilius
Theodoric (1) [Theoderich], Magister Militum, König der Westgoten von Italien
Theodoric (2), Sohn des Theudebald, ein gotischer Admiral im Dienste Britanniens
Theuderich, König der Franken, Sohn des Chlodowig und einer Konkubine und einer seiner Nachfolger, zusammen mit den legitimen Söhnen Chlodomer, Childebert und Lothar
Thraserich, Anführer der Vandalen im Norden Afrikas
Uorepona, »die Große Stute«, Hochkönigin der Pikten
(*UTHER* [Uther Pendragon], Artors Vater)
Verica, eine junge Priesterin auf der Insel der Maiden
(*Vitalinus*, der Vor-Tigernus, Herrscher Britanniens, der die Sachsen ins Land brachte)
Vortipor, Sohn des Agricola, Fürst von Demetia

Orte

In Britannien

Alba, Schottland
Altacluta, Gebiet am Firth of Clyde
Ambrosiacum, Amesbury
Anglia, Lindsey und Lincoln
(Annwyn, das Land der Toten)
Aquae Sulis, Bath
Arwe, der Orwell, Suffolk
Avalon, Insel der Äpfel, Glastonbury
Belisama, der Ribble, Lancashire
Bodotria-Mündung, der Firth of Forth
Britannia, das römische Britannien
Caellwic, Kelliwic, Cornwall
Caledonia, Schottland
Calleva (Atrebatum), Silchester
Camboglanna, Camlann, Feste von Birdoswald am Wall
Camelot, Cadbury Castle, Somerset
Camulodunum, Colchester
Cantuwara/Cantium, Kent
Cantuwaraburh, Canterbury
Castra Legionis, vormals Isca (Silurum), Caerleon
Cendtire, die Halbinsel Kintyre
Cluta, der Clyde
Demetia, das heutige Pembrokeshire
Deva, vormals Urbs Legionis, Chester
Dumnonia, Cornwall und Devon
Dubrae, Dover
Dun Bara, Barry Hill, Perth
Dun Breatann, Dumbarton Rock
Dun Eidyn, Edinburgh
Dun Tagell/Durocornovium, Tintagel
Durnovaria, Dorchester, Dorset
Durobrivae (1), Rochester, Kent
Durobrivae (2), Water Newton, Cambridge
Eboracum, York
Fodreu, Fortriu, Fife
Förde von Cluta, Firth of Clyde

Gippewic, Ort in Essex
Glevum, Gloucester
Gwenet, Gwynedd, Denbigh und Caernarvonshire in Wales
Icene/Ictis, der Itchen bei Winchester
Insel aus Glas [Inis Witrin], Glastonbury
Insel der Äpfel [Inis Afallach], siehe Avalon
Insel der Maiden, Insel im Derwent Water, Lake Country
Isca (Silurum), siehe Castra Legionis
Kernow, Cornwall
Lindinis, Ilchester, Somerset
Lindum, Lincoln
Londinium, London
Luguvalium, Carlisle
Metaris-Mündung, der Wash
Mons Badonicus, Badon Hill bei Bath
Portus Adurni, Portsmouth
Sabrina, der Fluss und das Mündungsgebiet des Severn
Salmaes, der Solway Firth
Segontium, Caernarvon, Wales
Sommerland, Somerset
Sorbiodunum, Old Sarum bei Salisbury
Tanz der Riesen, Stonehenge
Tava, der Tay
Urbs Legionis, siehe Deva
Uxela, der Axe im Mündungsgebiet des Severn
Vercovicium, Festung am Hadrianswall
Venta Belgarum, Winchester
Verulamium, St. Albans
Viroconium, Wroxeter
Voreda, Old Penrith, Cumberland

Außerhalb Britanniens

Aquilonia, siehe Civitas Aquilonia
Armorica, Bretagne
Avalon, Avallon in Burgund
Civitas Aquilonia, Quimper, Bretagne
Dalriada, das nördliche Irland
Domnonia, Côtes du Nord, Bretagne
Eriu, Irland
Gallia, Frankreich

Halogaland, Küstenstrich in Norwegen südlich des Polarkreises

Iberia, die spanische Halbinsel

Lochlann, Skandinavien, vor allem Norwegen; von den Römern Scandia genannt

Lugdunensis, Nord- und Ost-Frankreich, von der Bretagne bis Lyon

Mare Internum, das Mittelmeer

Plebs Legionorum, St. Pol de Léon, Bretagne

Scandia, siehe Lochlann

Tolosa, Toulouse

Venetorum, Vannes, in der Bretagne

Britannien im 6. Jahrhundert

Die Sage von der verborgenen Königin
Erster Band des Britannien-Zyklus

Diana L. Paxson

Die Herrin vom See

Britannien im 5. Jahrhundert christlicher Zeitrechnung. Von den Römern im Stich gelassen, von inneren und äußeren Feinden bedroht, sehnen sich die Menschen nach einem gerechten Herrscher. Argante, die Herrin vom See, ist die Hüterin eines magischen Schwertes, in dem die Seele eines Gottes wohnt. Es ist dem Verteidiger zugedacht, der das Land retten soll, indem er die Tradition der alten heidnischen Könige mit dem Erbe der römischen Kaiser vereint. Sein Name ist Artor.

Die Artussage gehört zum großen Erbe unserer Zivilisation. An der Schwelle zum 21. Jahrhundert hat Diana L. Paxson, eine der bedeutendsten Autorinnen historisch-phantastischer Romane, sie für die Leser von heute neu erzählt.

Aus dem Amerikanischen
von Michael Krug
Mit einem Nachwort von Helmut W. Pesch
270 Seiten mit Karte und Stammtafel
Gebunden mit Schutzumschlag

Gustav Lübbe Verlag

Von alten Göttern und einer neuen Zeit
Zweiter Band des Britannien-Zyklus

Diana L. Paxson

Die Herrin der Raben

Als die See das Land verschlingt, liegt die einzige Hoffnung des Jütenvolkes in dem sagenhaften Britannien jenseits des Meers. So gelangt der junge Oesc, der Enkel Hengests des Eroberers, an den Hof Artors, des Königs der Briten. Die beiden Gegner werden zu Freunden, doch ihre Freundschaft kann nicht von Dauer sein. Denn Oesc dient Woden, dem Herrn der Raben, und Artor ist der Erbe einer uralten Macht, die über seine Mutter, die Herrin vom See, auf ihn gekommen ist.

In der Tradition von »Die Nebel von Avalon« erzählt Diana L. Paxson die Legende von König Artus nicht als Heldensage, sondern als eine Geschichte von Völkern und Stämmen und von alten Traditionen, die sich gegen eine neue Zeit behaupten müssen.

Aus dem Amerikanischen
von Michael Krug
288 Seiten mit Karte und Stammtafel
Gebunden mit Schutzumschlag

Gustav Lübbe Verlag

Das magische Erbe von Avalon
Dritter Band des Britannien-Zyklus

Diana L. Paxson

Die Herrin von Camelot

Die Fürsten Britanniens haben die eindringenden Sachsen zurückgeschlagen. Und jetzt verkündet König Artor, dass die Waffen des Krieges schweigen sollen, und ruft seine Mutter Igraine, die Herrin vom See, dazu auf, den Kessel der Göttin zu beschwören, um dem Land Frieden zu bringen. Igraines Hoffnung ruht auf der jungen Gwendivar, die dazu ausersehen ist, Artors Königin zu werden. Aufgewachsen in der alten Tradition, soll sie die neue Hüterin der Geheimnisse sein. Aber Morgause, Artors Schwester, verlangt das Recht, das ihr von Geburt an zusteht – und sinnt auf Rache.

In ihrem Britannien-Zyklus verbindet Diana L. Paxson den historischen Roman mit Elementen der heidnischen Mythologie und wirft so ein neues Licht auf eine alte Legende.

Aus dem Amerikanischen von Michael Krug
Mit einem Nachwort von Helmut W. Pesch
288 Seiten mit Karte
Gebunden mit Schutzumschlag
